생명의 정거장

『いのちの停車場』 南 杏子
INOCHI NO TEISHABA

생명의 정거장

いのちの停車場

미나미 교코 지음
최현영 옮김

직선과곡선

일러두기

- 본문의 주는 모두 옮긴이가 독자의 이해를 돕기 위해 붙인 것입니다.
- 이 작품은 픽션입니다. 실재하는 인물, 단체 등과는 아무런 관련이 없습니다.

차 례

프롤로그

응급의료센터 한쪽 구석에는 흰색의 특별한 책상이 있다.

책상 위에는 핫라인이라고 부르는 전화만이 놓여 있다. 핫라인으로는 구급대로부터의 이송 수락 요청 전화가 들어온다. 그리고 수화기를 통해 환자의 병세를 듣고 수용 여부를 결정하는 것은 핫라인 담당이 한다.

"오늘 밤, 핫라인은 부센터장님이 담당하시나요?"

흰 책상 앞에 앉아있는 사와코를 보더니 젊은 의사가 뜻밖이라는 듯이 묻는다.

"보드 보면 알잖아요."

당일 업무분담표는 의국원 총 25명의 이름이 적힌 마그넷 이름표와 함께 입구 벽에 걸려 있었다. '4월 16일 야간 근무'라는 검은 글자가 춤추는 화이트보드 가장 윗부분에는 시라이시 사와코의 이름표가 붙어 있다.

"아아, 죄송합니다."

"사과할 건 없어요. 평소와는 다른 상황이니까."

예순두 살인 사와코가 야간 근무를 하는 것은 월 2회 정도뿐이다. 그때 핫라인 담당은 중견급 의사가 맡는 것이 보통이다. 의사로서의 지식과 경험 이상으로 순발력이 요구되는 역할이기 때문이다.

하지만 오늘은 나고야에서 개최되는 일본 응급구조학회 총회에서 응급의료센터장인 미쓰시마가 기조연설자로 무대에 오른다. 이 경사스러운 날을 맞이하여 의국원 대부분이 센터장을 따라 학회 참석차 자리를 비웠다. 여기 남은 것은 아직 학회 참가 자격조차 없는 신참 의사이거나 레지던트뿐이다.

"조용한 밤이 되길 빕시다."

사와코는 혼자 중얼거리며 일어섰다.

핫라인 담당은 다양한 상황을 고려하여 환자의 수용 여부를 순간적으로 판단해야 한다. '상황'이란 이미 차 있는 병상 수, 스태프 수와 능력, 요청받은 환자의 병세, 타 병원의 수용 여력 상태 등 다방면에 걸쳐 있다. 신참 의사에게는 도저히 맡길 수 없는 일이었다. 다만 열두 시간의 업무가 심신에 미치는 부담은 대단히 크다.

조호쿠 의과대학 병원 응급의료센터에서 본교 출신 여의사 최초로 부센터장으로 발탁된 지 8년. 여전히 젊은 의사들 못지않은 업무 소화 능력을 자랑하고는 있지만 사와코의 직급 정년은 3년 후로 다가왔다. 조용한 밤이 되기를 비는 마음에 거짓은 없었다.

커피를 들고 핫라인 앞에 다시 앉았다.

입구에서 와이셔츠 차림의 훤칠한 사무원이 들어왔다.

"각 병동 당직 의사 명단입니다."

응급의료센터 외래에서 사무 아르바이트를 하는 노로 세이지다. 균형 잡힌 수려한 이목구비의 소유자이다.

아얏. 건네받은 A4 용지 가장자리에 왼쪽 손등을 조금 베었다.

원내에는 에어컨이 작동되고 있는데 송풍구의 방향에 따라 공기가 매우 건조한 공간이 생긴다. 이 책상 앞에 앉으면 사와코는 한겨울 쉴 새 없이 장작 난로를 피워 방 안이 바싹 건조해졌던 서쪽 해안의 본가가 떠오른다.

"괜찮으세요?"

"응, 고마워. 오늘 밤은 노로구나."

사무라고는 해도 응급의료센터에 드나듦으로써 현장 공부를 할 수 있어 의대생들에게는 인기 아르바이트이다. 다만 노로는 현재 의사 국가시험에 떨어져 재수 중인 상태다.

"국시가 있는데 아르바이트하러 와도 괜찮아?"

"아, 네. 뭐, 적당, 히 하고 있습니다."

밤낮없이 시험공부에 몰두해야 할 시기일 텐데도 왠지 남 얘기하듯 한다. 학부 5년 차(예과 2년, 본과 4년으로 나뉘는 우리나라 의대와 달리, 일본 의대는 단일하게 6년임) 임상 실습 때는 꼭 응급의학 의사가 되고 싶다며 응급의료센터에서 열정적으로 응급의료 전문서까지 읽곤 했는데.

"또 그런 소리. 일이 많지 않은 시간에는 맘 다잡고 공부해."

"네엡. 그건 그렇고 오늘 밤은 평화롭게 지나가면 좋겠습니다."

노로는 도망치듯이 자기 자리로 돌아갔다.

"평화……. 그러게."

사와코가 샌드위치 포장을 막 뜯었을 때였다. 안일한 소원을 꿰뚫어 보듯이 핫라인이 울렸다.

"네, 조호쿠 의대입니다."

"여기는 도쿄 소방청 재해 응급구조 정보 센터입니다."

발신자는 뜻밖에 본청 부서명을 댔다. 핫라인 알림은 각 소방서 구급대에서 들어오는 것이 보통이다. 본청이 관여한다는 것은 대규모 상황을 의미한다. 사와코의 긴장은 단번에 극으로 치솟았다.

"대규모 교통사고로 인한 중상 환자 수용 요청입니다. 히가시 이케부쿠로 욘초메 254번 국도, 도덴 아라카와 선(도쿄도에서 운영하는 노면 전차) 무코하라 정류장 부근에서 대형 관광버스가 전차에 충돌, 전도 후 연쇄 추돌사고를 일으켜 다수의 부상자가 발생했습니다. 중상자를 중심으로 가능한 한 많은 환자를 수용해 주시길 바랍니다만."

응급의료센터에 병상은 열 개가 있지만, 인공호흡기까지 장착된 완전 장비를 갖춘 병상은 두 개뿐이다. 일반적인 심전도 모니터가 설치된 병상 8개는 이미 찼다.

"몇 명입니까?"

두 명 받을 수 있다는 말을 삼킨 채 사와코가 역으로 물었다. 이케부쿠로역 남쪽에 위치한 조호쿠 의대 병원은 현장에서 최단 거리에 있는 제3차 응급의료기관(위중한 질환 및 다발 외상에 대응할 수 있는 응급의료센터 및 고도 응급의료센터가 이에 해당함)이다. 사고가 일어난 정류장에서 5㎞도 떨어지지 않은 곳이다.

"타 병원에도 의뢰하겠지만 중상자 이송처 확보에 난항이 예상됩니다. 비교적 경상 환자는 전부 인근 병원에 이송토록 하겠습니다. 가능한 한 중상자를 부탁하고 싶습니다만……."

상대방도 필사적인 자세로 설득에 나섰다.

"그러니까 중상자에 한하면 몇 명인가요?"

"현재로서는 적어도 스무 명입니다. 조호쿠 측에는 그중 일곱 명을 의뢰하고 싶습니다."

예상 이상의 환자 수에 사와코는 순간 숨을 삼켰다. 하지만 주저하고 있을 시간이 없다. 부상자의 목숨은 촌각을 다투고 있다. 지금 거절하면 살릴 수 있는 환자도 못 살리게 된다.

소방청 출동지령센터로서는 사고현장에서 구급차 여러 대를 남하시켜 신주쿠 구의 국립 국제의료연구센터 병원, 도쿄 여자의과대학 병원, 게이오기주쿠대학 병원까지 해서 모든 환자의 수용을 마치고 싶을 것이다. 연 1회 개최되는 학회로 인해 응급의학 의사가 부족한 사정은 어느 병원이나 마찬가지다. 현장에서 최단 거리에 있는 조호쿠 의대가 의뢰받은 '일곱 명'은 결코 과하다고 할 수 없다.

"알겠습니다. 일곱 명 받겠습니다. 바로 보내 주세요."

이번에는 상대방이 침을 꿀꺽 삼키는 것이 느껴졌다.

"감사합니다! 상세사항은 각 구급대로부터."

전화를 끊은 직후, 사와코는 일어서서 큰 소리로 말했다.

"교통사고 외상으로 인한 중상 환자 일곱 명, 받았습니다!"

응급의료센터 내부가 술렁거렸다.

"제정신이세요, 시라이시 선생님? 어떻게 보실 생각입니까? 오늘 밤 스태프는 다섯 명뿐이에요."

젊은 의사의 눈이 휘둥그레졌다. 환자 한 명에 의사 한 명이 붙어도 힘에 부친다. 하물며 위중한 환자의 경우라면 환자 한 명에 의사 두세 명이 붙는 경우도 드물지 않다.

"병상이 부족합니다. 무리예요!"

간호과장의 안색이 변했다. 중상자용 병상이 두 개뿐인 것은 사실이다.

"현재 있는 환자는 최대한 일반 병동으로 올립시다. 병상이 부족하다면 회복용 병상을 사용해도 되니까."

회복을 기다리기 위한 병상이 두 개 있다.

"그런 곳에서 중상 환자를 받으라는 겁니까? 책임 못 집니다."

회복용 침대는 간단한 산소마스크와 흡인을 할 수 있는 정도의 장비밖에 없어 본래는 갓 이송된 환자를 받을 만한 곳은 아니다. 그런 것은 물론 알고 있다. 하지만 한정된 자원으로 목숨을 구할 방법을 생각하는 것이 최우선이다.

"긴급사태예요. 전차와 대형 버스의 충돌 사고로 스무 명 이상의 중상자 발생. 현장은 히가시 이케부쿠로예요. 우리가 못 본 체할 수는 없어요. 책임은 제가 집니다. 오늘 밤은 조호쿠 의과대학 응급의료센터의 저력을 발휘합시다."

여느 때와 다른 사와코의 말에 응급의료센터 스태프 전원이 호응했다.

"저는, 병상 배정 담당과 연락하여 지금 있는 환자를 일반 병동으로 옮기겠습니다."

젊은 스태프 한 명이 움직였다. 사와코는 고개를 끄덕이며 "부탁합니다."라고 말했다. 그를 시작으로 잇따라 스태프들의 목소리가 들려왔다.

"라인 단톡방에서 비번인 의사들에게 부탁해보겠습니다."

"원내 간호사들을 소집해보겠습니다."

"원내 방송으로 틈을 낼 수 있는 의사들을 호출해보겠습니다."

사와코는 고개를 숙였다.

"모두, 고마워요."

고참 간호사가 회복실에 구형 심전도 모니터를 끌고 들어왔다.

"용케 발견했네요. 이거라면 충분히 응급 대응을 할 수 있겠어요."

"한 10년 전으로 돌아간 것 같지만요."

간호사가 어깨를 움츠리며 말했다.

멀리서 사이렌 소리가 들려오기 시작했다. 여느 때처럼 한 대 소리가 아니다. 여러 대의 경보음이 합주하듯 다가오고 있다.

사와코는 흥분으로 몸이 떨렸다. 어떤 환자라도 구해내고야 말겠다는 기분이 들었다.

"32세 남성. 두부 외상, 좌전 두부 좌상. 의식 혼탁(외부 자극에 수동적으로 반응하는 혼미 상태, 반응이 없는 반혼수 상태와 혼수상태를 일컬음), 직전 주요 증상 극심한 두통, 혈압 190에 100, 호흡수 12……."

들것에 실린 환자가 구급대원의 동반하에 옮겨지고 있다. 바로 뒤에도 네 대의 들것이 늘어서 있다. 다섯 명의 환자가 한꺼번에 들어오고 있다. 평소에는 기껏해야 한두 명이니 오늘은 대단히 이례적인 상황이다. 사무 스태프까지 와서 환자 가족을 대합실로 안내한다.

원내 방송을 듣고 달려온 의사와 간호사가 속속 응급의료센터로 모여들고 있었다. 상당히 넓은 응급의료센터가 사람들로 넘치난다.

"55세 여성. 복부 장기 손상으로 인한 복강 내 출혈 의심. 의식 혼탁, 주요 증상 불명, 혈압 82에 최저혈압 측정 불가, 호흡수 18……."

여러 명의 의사와 간호사가 환자 한 명을 에워싸고 구명에 임한다. 링거와 호흡 보조, 심장 마사지, 요도 카테터(소변줄) 연결, 지혈 처치, 링거 준비 등 여러 가지 처치가 동시에 이루어져야 하기 때문이다.

"28세 남성. 흉부 타박. 의식 거의 청명. 주요 증상 흉통, 호흡 곤란. 안면 창백, 혈압 90에 45, 호흡수 20……."

차례차례 의사와 간호사가 환자를 에워싼다.

마지막으로 일곱 번째 환자는 구급대원의 심장 마사지를 받으며 입실했다. 외상성 심실세동을 일으켰다. 전기 쇼크로 심폐소생술을 시행할 필요가 있다. 사와코는 즉시 제세동기의 패들을 손에 쥐었다.

"360줄부터 시작합니다. 모두, 물러서."

스태프가 감전되지 않도록 큰소리로 알린다. 환자의 심장을 가운데 끼우듯이 가슴 중앙에서 오른쪽 위와 왼쪽 겨드랑이 측면에 패들을 대고 전기 스위치를 누른다. 신체가 크게 튀어 올랐다.

심전도 파형을 지켜보았지만, 맥박이 불안정한 상태 그대로다. 신속하게 심장 마사지를 재개한다. 사와코는 다시 패들을 쥐고 자세를 잡았다.

"다시 한번 갑니다. 모두, 물러서."

다시 환자의 가슴이 강하게 솟아올랐다. 숨을 죽이고 심전도 모니터를 응시한다. 녹색 라인이 정상 파형을 그렸다.

"됐다!"

"돌아왔다!"

스태프가 일제히 환호성을 지르며 안도의 표정을 지었다. 사와코도 같은 심정이었다. 하지만 안도한 것도 잠깐이다.

주위를 둘러보니 고통으로 인상을 찡그린 환자들로 넘쳐나고 있었다. 차례차례 의사와 간호사에게 적절한 지시를 내리고 기술이 부족한 부분은 도와주면서 현장을 굴려 갈 필요가 있었다.

"제길, 왜 안 들어가는 거야."

옆 병상에서 젊은 의사가 낮은 목소리로 말을 뱉었다. 호흡부전을 일으킨 환자의 기관에 튜브를 제대로 삽관하지 못해 쩔쩔매고 있다. 순식간에 환자의 의식이 멀어져갔다. 사와코는 의사 옆에 나란히 섰다.

"이리 줘요."

삽관 튜브와 후두경을 손에서 빼앗았다.

"이렇게 목이 짧고 굵은 환자의 경우, 후두 전개가 어려워요. 선불리 힘을 넣으면 이를 부러뜨릴 수 있거든."

사와코는 왼손에 쥔 후두경에 체중을 싣듯이 곡선형 블레이드를 치켜들었다.
“나왔다!”
기관 입구가 후두경이 발하는 작은 빛에 비쳐 어렴풋이 나타났다. 그곳을 목표 삼아 오른손으로 쓱 튜브를 밀어 넣는다.
“들어갔다! 즉시 산소 연결하고 주입해요.”
앰부백이라고 부르는 럭비공 정도 크기의 공기 주입기를 손으로 누른다. 우선은 이걸로 기관에 산소를 보낸다. 핏기없던 환자의 얼굴이 금세 핑크빛으로 돌아왔다. 주위에 서 있던 간호사와 의사들의 입에서 “역시…….” 하며 감탄사가 흘러나왔다.
“감사합니다!”
젊은 의사의 목소리를 뒤로하고 사와코는 대각선 맞은편 병상으로 향했다.
“시라이시 선생님, 죄송합니다! 고도 화상 환자 처치는 어떻게…….”
사고현장에서, 유출된 휘발유에 불이 붙어 화재가 발생했던 모양이다. 불에 탄 양복에 가위를 넣어 살살 벗겨낸다. 육안으로 보기에는 피부에 특별한 변화가 일어난 것 같지는 않지만, 몇 시간이 지나면 부종과 짓무름이 발생할 것이다. 피부 장벽 기능이 파괴되었으므로 감염 위험이 크다.

다리에서 침출액이 배어 나오고 있다. 탈수의 위험도 있었다. 상황에 따라서 피부 이식이 필요할지도 모른다.

"생리식염수 링거와 항생제 개시하고 당장 피부과 당직 의사 호출해요."

회복용 침대 쪽의 의사가 외치는 소리가 들렸다.

"갈색뇨다!"

그는 요도 카테터를 손에 든 채 얼어붙었다.

흑색에 가까운 갈색 소변은 '갈색뇨'라고 하며 무거운 물체에 압박당했을 때 발생하는 크러시증후군의 특징이다. 근육질 환자는 파괴되는 근육량이 많아서 단시간에도 중증화하기 쉽다. 횡문근 융해로 인해 대량으로 새어 나온 미오글로빈과 칼륨이 치사성 부정맥과 신부전을 일으킨다. 다행히 심전도 파형은 아직 괜찮은 상태이다.

"생리식염수 대량 주입해요. 시간당 소변량 200을 확보하도록."

삼투압이 체액과 거의 같은 생리식염수를 링거로 투여한다. 신속히 소변으로 칼륨을 배출시키기 위해서이다.

"어느 정도 속도로 투여할까요?"

간호사가 묻는다.

"시간당 1 l. 제세동기를 옆에 갖다 두도록 해요."

언제 부정맥을 일으켜도 이상하지 않은 상태였다.

"그리고 투석 센터에 연락해요."

신장을 보호하기 위해서라도 혈액 투석이 필요하다.

사와코는 투석 센터 담당 의사에게 혈액 투석 지시를 내리면서 눈앞의 두부 CT 결과가 찍힌 화상 모니터를 바라본다. 뇌 내에 미세한 기포를 발견했다. 부비강 등의 골절로 인해 경막이나 지주막이 손상되어 두개 내에 공기가 들어갔을 것이다. 공기와 함께 균이 뇌로 침입했을 가능성을 시사한다. 세균감염이 일어나면 뇌염에 걸려 사망할 위험이 높다.

"이 두부 외상 환자 누가 보고 있어요?"

"접니다."

의국에 들어온 지 3년 차 의사였다. 얼굴 상처를 봉합하고 있다.

"항생제 투여 시작했어요?"

"아, 그건……. 출혈이 심해서 먼저 꿰매고 나서 하려고……."

"기뇌증(기체가 있어서는 안 되는 두개강 내에 기체가 존재하는 증세)이에요."

"앗……."

지침기(봉합 시, 봉합 바늘을 잡는 뭉툭한 가위 모양의 기구)를 들고 있던 손이 멈췄다. 작은 기포의 심각성을 바로 이해한 모양이다.

"다, 당장 항생제 투여 개시하겠습니다."

3년 차 응급의학 의사는 허둥지둥 일어섰다.

맞은편 병상에서는 휴대용 엑스선 촬영 장비가 세팅되었

다.

"찍습니다."

방사선사가 말했다. 사와코는 즉시 문 너머에 섰다. 응급의료센터는 여기저기에서 방사선이 난사되는 장소이기도 하다. 엑스선을 맞지 않으려고 촬영 순간에는 스태프 각자가 알아서 꾀를 내어 순간적으로 거리를 두거나 차폐물에 몸을 피하는 등 안전을 도모한다.

"어라?"

방사선사가 목소리를 높였다.

"쇼크입니다, 쇼크를 일으켰습니다!"

동시에 담당의가 외쳤다.

중증 흉부 외상을 입은 남성 환자였다. 조금 전까지는 대화도 할 수 있었는데 이미 의식을 잃었다. 사와코는 급히 달려가 환자 가슴을 계속 만지며 산소 유량을 올린다. 피부가 폭폭 가라앉는다. 눈을 쥘 때 같은 느낌이다. 폐와 기관에서 새어 나온 공기가 피하조직 내를 기어가듯이 고여 일어나는 현상이다.

"피하기종이 있어요. 긴장성 기흉이지."

폐에서 새어 나온 공기가 폐를 찌부러뜨리고 심장과 혈관까지 압박하여 혈압 저하를 초래한다. 한시 빨리 흉강 내의 공기를 체외로 배출해야 한다.

"흉강 천자를 실시할 테니 18게이지 천자침 갖고 와요."

늑골 위에서부터 두 번째와 세 번째 사이, 제2 늑간에 바늘을 넣는다.

슈우 하는 소리가 나며 공기가 빠지는 것이 느껴진다.

환자의 의식이 돌아왔다. 하지만, 이것만으로는 충분하지 않다. 흉관이라고 부르는 좀 더 두꺼운 튜브로 지속적으로 흡인하며 구멍 난 폐가 회복되어 부풀어 오르기를 기다려야 한다.

"흉막강 배액법 말씀이시죠? 제가 흉관을 넣어두겠습니다."

병동에서 호흡기내과의 일인자가 지원차 내려와 있었다.

"고마워요. 와줘서 다행이에요!"

사와코는 이쪽 현장을 그에게 맡겼다. 센터 내부를 둘러본다. 아직 처치가 끝나지 않은 환자가 있다. 그때 노로가 열 살 정도 되는 여자아이가 앉은 휠체어를 밀며 들어왔다. 사고와 관계없는 환자이다.

"왜 노로가? 간호사는?"

"아, 그러니까. 간호사가 없어서요. 워크인 환자입니다."

워크인 환자란 구급차 이외의 방법으로 자율적으로 진료받으러 온 환자를 의미한다. 구급대의 신규 수락 요청은 거절하고 있지만, 자력으로 진료받으러 온 환자를 거절할 수는 없다. 누군가 손이 빈 의사에게 맡기고 싶었지만 그런 의사는 없었다.

"엄마."

왁자한 응급의료센터의 모습에 깜짝 놀랐는지 여자아이가 울음을 터뜨렸다. 노로가 "괜찮아, 엄마 금방 오실 거야."라며 달랬다. 여자아이는 울음을 그치고 배를 움켜잡으며 몸을 구부렸다.

사와코는 소녀의 배를 재빨리 촉진했다. 배꼽 오른쪽, '맥버니 압통점'이라고 부르는 부분이 특히 아픈 모양이다. 피부의 탄력이 떨어져 있다. 축 늘어진 모습을 보니 탈수를 일으킨 듯하다. 소녀의 어머니가 진료 접수를 끝내고 돌아왔다. 여자아이는 아침부터 복통이 있어 아무것도 먹지 못했는데 밤이 되자 위액까지 전부 토했다고 한다.

"충수염인 것 같습니다. 초음파로 자세히 보죠. 그 전에 탈수 현상이 있으니 수액을 놓겠습니다."

사와코가 여자아이 소매를 걷어 올렸을 때였다. 처치실에 있던 간호사가 "시라이시 선생님, 빨리 와주세요. 두부 대량 출혈입니다."라며 불렀다. 초를 다투는 사태에 사와코는 일단 손을 멈추고 일어섰다.

처치실로 향하는 도중에 젊은 의사가 "스완-간즈 카테터를 넣으려는데 괜찮을까요?"라고 사와코에게 물었다. 스완-간즈 카테터란 심장 상태를 연속적으로 파악하기 위하여 폐동맥에 넣어두는 카테터이다. 삽입해둠으로써 심장병 치료 판단이 쉬워진다. 곧이어 "아까 환자가 다시 심실세동을 일으켰습니다. 제가 전기 쇼크를 주어도 될까요?"라고 판단을 요청하는 질문이 날아온다.

"각자가 할 수 있는 것을 진행해도 좋아요! 책임은 제가 집니다."

사와코는 전원에게 들리도록 큰 소리로 말했다.

"오, 좋았어."

등 뒤에서 노로가 중얼거리는 소리가 들렸다.

사와코가 처치실에 도착하자 젊은 여성의 머리를 레지던트가 필사적으로 누르고 있는 참이었다. 농반(오물이나 적출물을 받을 때 쓰는 의료용 트레이)에 버려진 여러 장의 거즈는 짤 수 있을 정도로 혈액으로 흠뻑 젖어있다. 압박 중인 거즈를 잡은 손을 조금이라도 느슨하게 풀면 심장 박동에 따라 혈액이 분수처럼 뿜어나왔다.

"머리숱이 많아 상처 부위가 안 보이네. 가위 줘요."

사와코가 외친 직후였다.

"머리, 자르지 마세요."

가슴께에서 작지만 또렷하게 여성 환자의 말이 들렸다.

"그런 말 할 상황이 아니에요."

사와코는 여성의 머리를 꽉 누르고 지혈할 부위를 찾았다. "여기 머리카락, 잘라요."라고 간호사에게 지시한 순간이었다.

"아얏!"

별안간 여성에게 오른팔을 물렸다.

사와코는 둔한 통증에 얼굴을 찡그렸다. 순간, 무슨 일인가 했지만 금세 사태를 이해했다. 흔히 있는 일이었다. 약물중독 환자에게 배를 차이거나 술 취한 환자에게 얻어맞는 일도 있다. 방심한 내가 잘못이라고 생각하며 사태를 받아들일 수밖에 없었다.

"빈혈로 의식장애를 일으켜서 그래요. 혈액 데이터는?"

"지금 도착했습니다. 헤모글로빈 수치 6으로 떨어졌습니다."

"생리식염수 수액 1500이랑 수혈 4팩. 동의서 잊지 말고."

결국, 여성은 의식을 잃었다. 저항할 힘이 없어진 덕에 진찰은 쉬워졌다. 두피는 15cm 정도 깊게 찢어져서 두개골이 보였다. 그대로 동맥도 함께 결찰(지혈 등을 목적으로 혈관 등을 동여맴)할 수 있도록 깊숙이 열두 바늘 꿰맸다. 출혈은 멈춘 것 같다.

수액 투여와 수혈이 끝났을 즈음, 환자는 의식을 회복했다.

오전 다섯 시가 지나서야 마침내 모든 환자의 용태가 안정되었다.

사와코는 처치실 구석에 그대로 주저앉아 눈을 감았다. 당직실까지 올라갈 힘조차 남아 있지 않다.

"시라이시 선생님 때는 항상 당첨이야, 그치?"

처치실 안쪽은 간호사 휴게실과 연결되어 있다. 그쪽에서 나는 소리 같다.

"그 선생님, 정말 잘도 걸린다니까."

사와코가 있는 것을 눈치채지 못한 듯했다.

"아무리 그래도 오늘은 심했지. 중상자 일곱 명이라니, 말도 안 돼. 내가 여기서 근무한 10년 중, 오늘이 최대였어."

"제아무리 사와코 선생님이라고 해도 피곤했겠지. 다리가 꼬여서 넘어질 것 같더라고."

"뭐, 이제 나이도 있으니까. 스타일 좋은 건 인정하지만, 슬슬 하이힐은 그만 신는 게 좋지 않겠어? 역 근처는 길도 울퉁불퉁한데."

"구급대에서 수락 요청 오면 진짜 웃기겠는데? 시라이시 사와코 씨, 62세, 이케부쿠로 역 앞에서 전도, 골절로……."

킥킥 숨죽여 웃더니 요시모토 개그 라이브 쇼에서 엄청 웃긴 걸 봤다는 이야기로 옮겨갔다.

며칠 후, 사와코는 병원장으로부터 호출을 받았다. 면담 장소로 지정된 회의실은 탁상이 디귿 자 모양으로 배치되어 있고 다카바야시 원장, 우에스기 부원장, 응급의료센터 미쓰시마 센터장과 사무장, 상담실장이 앉아있었다.

조금 늦게 아메미야 의대 학장이 방에 들어오더니 정면 좌석에 앉았다. 총장 다음의 권력을 쥐고 있는 아메미야가 참석하는 면담이라니, 예삿일이 아니라는 예감이 들었다. 사와코는 응급의료센터의 부센터장인 동시에 의대 부교수도 겸임하고 있는 것과도 관계가 있음이 틀림없다.

사와코는 다중 추돌사고가 있었던 밤에 진료를 받았던 환자 가족으로부터 불만이 접수되었다고 전해 들었다. 그 환자는 사고 부상자가 아닌 예약 없이 방문했던 여아 환자였다.

"그 어린이 환자는 충수염이었기 때문에 소화기 외과에 의뢰했습니다. 제대로 치료받았다고 들었는데 무슨 문제라도 있습니까?"

사와코는 다카바야시 원장의 의중을 확인하고자 표정을 살폈다. 하지만 원장은 무표정인 채 말이 없다. 사무장이 설명을 시작했다.

"아르바이트 사무원인 노로 세이지에게 링거를 놓게 했다는 점입니다. 와이셔츠 차림으로 토시를 낀 채 링거 놓는 것을 아이 어머니가 보고 큰 소동을 벌였어요. 의사가 아닌 사람이 딸의 치료에 참여한 것 같다면서요. 조호쿠 의대 병원의 중대한 위법 행위를 매스컴에 고발하겠다는 의사를 전해왔어요."

아메미야 의대 학장은 팔짱을 낀 채 눈을 감았다.

사와코는 혼란의 한가운데 남아 있는 기억을 더듬었다. 그때 소녀에게 링거를 놓은 사람이 노로였나? 사와코가 여자아이가 있는 곳으로 돌아왔을 때는 이미 소화기 외과 당직 의사가 와 있었다. 링거는 그 의사가 놓은 것으로 생각했다. 인력이 부족한 가운데, 각자가 할 수 있는 것을 진행해도 좋다고 말했을 때, 등 뒤에서 노로가 "좋았어."라고 중얼거렸던 것에 생각이 미쳤다.

"죄송합니다. 손이 부족하여 어쩔 수 없는 상황이었으므로 제가 지시했다고 받아들였다고 해도 할 말은 없습니다. 다만, 그날 밤의 혼란스러운 상황에서……."

부원장인 우에스기가 언성을 높였다.

"그것이야말로 문제입니다. 중상 환자를 일곱 명이나 동시에 수용하다니 비상식에도 정도가 있어요. 한계를 넘는 수의 환자를 수용한 책임은 시라이시 선생, 당신에게 있어요."

"죄송합니다. 그것은 그럴지도 모릅니다."

사와코는 순순히 인정했다. 하지만, 또다시 같은 일이 일어난다고 해도 두 명밖에 받을 수 없다고 딱 잘라 거절할 수는 없을 것이다. 인명을 구하는 행위에 한계 따위는 두고 싶지 않다.

"어쨌든 문제는 말이죠, '그 어머니를 어떻게 납득시킬까?' 하는 겁니다."

다카바야시 원장이 조용히 말했다. 아메미야 의대 학장은 눈을 떴지만, 아무 말도 하지 않았다.

사와코는 결심했다. 누군가가 책임을 져야 한다면 나밖에 없다. 현장 지휘를 맡은 사람은 바로 나였다.

늘 최종 결과에 대해서 책임질 각오를 품고 있었다. 그 마음으로 매일 전력을 다해 응급의료에 임해왔다. 연령 면에서도 슬슬 물러날 시기이다. 여기서 물러나는 것에 후회는 없다.

"알겠습니다. 제가 책임지고 물러나겠습니다."

회의실에 모인 전원이 입을 한일자로 굳게 다문 채 그 의사에 반대하지 않았다. 사와코는 다시 일을 열었다.

"다만, 그 현장에 있었던 스태프는, 노로까지 포함하여 전원, 지켜주십시오. 부탁드립니다."

사와코는 "그동안 감사했습니다."라고 말하며 고개를 숙였다.

제1장 | 스케치북 위의 이정표

호쿠리쿠 신칸센의 창밖 풍경을 멍하니 바라본다. 가루이자와를 지날 즈음, 풍경은 단숨에 바뀌었다.

몇 개의 터널을 빠져나올 때마다 차창 밖의 정경도 바뀌어 지금은 전원풍경이 끝없이 펼쳐진다. 출발역을 에워싸고 있던 빌딩 숲은 멀어진 지 오래다. 두 번 다시, 역순으로 전개되는 파노라마를 볼 생각은 없다.

조호쿠 의과대학에 입학할 때까지는 가나자와에 살았다. 열여덟 살이던 해, 2월, 시험을 치러 처음으로 상경했을 때, 한겨울임에도 불구하고 여성들이 높은 구두를 신고 다니는 것을 보고 깜짝 놀랐다. 고향에서는 깊은 눈 속에 발이 파묻힌 상태를 '고보루'(이시카와현 방언으로 눈이나 진흙에 빠진다는 의미)라고 한다. 그때 사와코는 행여라도 발이 눈에 빠지지 않도록 장화를 신고 시험을 쳤다.

의대를 갓 졸업한 스물네 살부터 38년간, 응급의학과 의사로서의 일 외에는 아무것도 눈에 들어오지 않았다. 인명을 구하는 최전선에 서 있다는 생각으로 충만하여 어떤 희생도 마다하지 않았다. 도쿄라는 도시에서는 밤낮 가릴 것 없이 응급환자가 밀어닥친다. 이들을 수용하는 응급의료센터는 항상 열기로 넘쳐흘렀다. 사와코는 자신이 끊임없이 불이 지펴진 장작 난로 같았다는 생각이 들었다.

어느 순간, 주위를 둘러보니 자신보다 훨씬 젊은 의사들뿐이었다. 예순 살이 넘어가면서부터는 업무에 있어 의지의 대상이라기보다 배려의 대상이 될 때가 많았다. 어두운 곳에서는 자잘한 글씨의 데이터가 보이지 않아 돋보기를 손에서 놓을 수 없고 작은 수술에서조차 실수할 뻔하여 식은땀을 흘린 적도 있다.

그날 밤, 일곱 명의 중상자를 수용했던 것은 올바른 판단이었다. 하지만, 오랜만에 누군가 나를 의지한다는 기쁨에 흥분했던 것은 아닐까?

전력으로 일에 매진해왔다. 대학 병원을 그만둔 것에 후회가 없다는 것은 진심이다. 1년쯤 전부터 세대교체 시기가 오고 있음을 자각했다. 나 한 사람이 그만둠으로써 다른 스태프들을 지킬 수 있다면 이번 기회에 그만두자는 생각이 자연스럽게 들었다.

창밖으로 연못이 보였다. 연못가에 우두커니 서 있는 한 그루 고목의 모습에 시선을 빼앗겼다.

어머니는 5년 전에 세상을 떠나고 지금은 본가에 아버지 혼자 살고 있다. 아버지는 원래 가가대학 의대 부속병원 신경과 의사였다. 만년 일반 강사로 출세와는 거리가 멀었지만, 연구자로서는 일류였다고 생각한다. 토, 일요일은 학회와 연구회에 나가는 일이 많았다. 정년 후에도 얼마간 연구를 계속해 왔으나, 여든을 기점으로 은퇴하고 지금은 여든일곱 살의 고령이다. 아무리 가사 도우미가 매일 와준다고는 해도 불편한 일도 있을 것이다.

갓 5월에 들어선 이 시기의 밭은 눈부실 정도로 푸르고 싱그럽다. 이렇게 신진대사를 반복하는 것이 자연이다. 도시 생활에서 장작 난로는 쓸모없어졌지만, 옛 모습 그대로 변함없는 이곳에는 아직 활약의 여지가 있을 것이다. 오히려 지금의 나에게는 딱 맞는 환경일지도 모른다.

어깨에 힘을 빼고 다시 장화 생활로 돌아가면 그만이라고 사와코는 생각했다.

오후 한 시 반에 가나자와 역에 도착했다. 고풍스러운 목조 구조물인 쓰즈미몬과 미래 느낌을 물씬 풍기는 유리 돔의 기묘한 조합으로 개축한 역사가 아직은 조금 낯설다. 하지만, 한 걸음만 내디디면 왠지 조용하고 축축한 공기가 느껴져 안도한다. 역시 나는 가나자와 여자인가 보다.

택시를 타고 시의 남쪽에 자리 잡은 본가로 향한다.

가나자와에는 사이가와 강과 아사노가와 강, 두 개의 큰 강이 흐르고 있는데, 두 강 사이에 가나자와성 공원이 있다. 아사노가와 강의 흐름이 완만하여 운치가 있다고 말하는 사람도 있지만, 사와코는 흰 물보라를 일으키며 흐르는 사이가와 강을 좋아했다.

사이가와 강에 걸린 사쿠라바시 다리가 서서히 보였다. 그곳은 조금 지대가 높아 사이가와 강과 그 부근에 있는 본가를 내려다볼 수 있다. 강 쪽을 마주 보는 뜰에 심긴 소나무가 오늘도 이정표처럼 잘 보였다. 지금도 아버지는 가끔 나무에 올라가 손질한다. 집 자체는 상당히 낡았지만, 소나무 잎은 세월이 갈수록 반들반들하게 짙은 녹색의 광택을 더하고 있다.

사쿠라바시 다리 바로 앞에 택시를 세웠다. 본가는 사이가와 강을 따라 다섯 번째 집이다.

강둑을 걷기 전에 옆에 있는 벤치에 걸터앉았다. 무거운 슈트케이스에서 벗어나 사이가와 강을 잠시 바라보고 싶었다.

어릴 때부터 무슨 일이 있으면 사이가와 강을 바라보며 마음을 정리하곤 했다. 가가대학 부속 중학교 수험을 결심했을 때도, 연수받을 병원의 선택을 두고 고민할 때도, 결혼생활에 종지부를 찍었음을 부모님께 보고할 때도, 어머니가 세상을 떠났을 때도.

강변으로 내려가 물가에 가까이 섰다. 콸콸 물소리 이외에는 아무것도 들리지 않는다.

이 세상에서 육친이라고 부를 수 있는 사람은 아버지뿐이다.

우선은 느긋하게 아버지와 여유 있는 시간을 보낼 생각이다. 그러나, 아버지가 언제까지나 건강한 모습 그대로 계시리라는 법은 없다. 그러니 아버지가 바라는 것은 가능한 한 모두 이루어드리고 싶다.

아버지와 둘이서 귀중한 시간을 보내고자 하는 생각이 물소리와 함께 깊어져 감을 느꼈다.

"다녀왔습니다."

사와코는 정겨운 마음으로 현관을 열고 큰 소리로 말했다.

"사와코냐. 늦었구나……."

아버지는 기다리다 지친 목소리로 말했다.

"무슨 일이에요, 아버지?"

집안은 어머니 살아생전과 똑같이 깔끔하게 정리되어 있었다. 매일, 오전 중에 두 시간씩 방문하는 가사 도우미에게 장보기, 청소, 빨래 등을 부탁하고 있다고 했다. 아버지도 가까운 슈퍼에 갈 정도는 움직일 수 있으니 생활은 안정된 모습이다.

"피곤할 텐데 미안하지만, 바로 센카와 진료소에 가 줄 수 있겠냐?"

"그게 무슨 말이에요?"

"네가 돌아오면 도와줬으면 한다고. 내가 말했지?"

제대로 들은 기억이 없다.

물론, 언젠가는 사와코도 어떤 형태로든 일을 재개하고자 생각하고 있었다. 하지만, 그건 이곳 생활이 조금 안정되고 난 후의 계획이었다.

"토오루는 철석같이 믿고 있단다."

사와코보다 두 살 위인 센카와 토오루는 가즈에마치 찻집 거리(가나자와의 3대 찻집 거리 중 하나) 근처에 있는 마호로바 진료소를 2대째 운영 중이다.

가가대학 의대 부속병원에서 당뇨병 전문의로 일하다가 15년 전쯤 센카와의 아버지가 세상을 떠난 이후 진료소를 물려받았다.

"아침부터 시끄러울 정도로 전화가 울려댔다니까."

아버지가 쓴웃음을 지었다.

센카와 집안과 시라이시 집안은 아버지끼리 의대 동창이어서 가족 단위로 친하게 지내왔다. 사와코가 어렸을 때 마호로바 진료소 대기실에 있었던 지구 팽이(자전축이 23.5도 기울어진 채로 회전하는 지구 모양 팽이)와 퍼즐 등을 가지고 자주 놀았다.

초등학생인 사와코에게 골격 표본과 인체 모형을 주었던 것도 센카와의 아버지였다. 그런 '완구'뿐만 아니라 '탐험'이라고 칭하며 진찰실도 틈날 때마다 구경시켜주었다. 사와코의 아버지는 개업하지 않고 줄곧 대학 병원에서 근무했기 때문에 아버지가 진찰하는 모습을 본 적은 없었다. 하지만, 센카와의 아버지가 지역 주민들로부터 신뢰와 존경을 받는 모습은 어린아이 마음에도 깊은 감동이 있었다.

"그 녀석 다리가 부러져서 말이야. 겨우 퇴원은 했지만, 환자 진찰은 전혀 할 수가 없다더라고."

마호로바 진료소는 의학에 대한 흥미를 처음 자극해준 곳이다. 사와코로서도 못 본 체할 수는 없다.

"오자마자 바로 현장에 투입인가?"

사와코는 혼잣말로 중얼거렸다.

"응? 뭐라고?"

"아무것도 아니에요. 그럼, 아버지, 다녀올게요."

사와코는 현관 벽에 걸려 있는 자전거 열쇠를 집어 들었다.

사와코는 어린 시절부터 부모 말을 잘 듣는 고분고분한 아이였다. 가나자와에 사는 친구들 대부분이 그랬다. 부모에게 반항한다는 이야기를 주위에서 들어본 적이 없었다. 중학교, 고등학교 시절 친구들 대부분은 지금도 계속 시내에서 살고 있다.

사와코가 도쿄로 가게 된 것은 가가대학 의대에 떨어졌기 때문이었다. 레지던트로서 가나자와에 돌아올 수도 있었다. 하지만, 함께 살고자 했던 상대도 있었기에 모교에서 연수받기로 한 후 어영부영 도쿄에 주저앉았다. 결혼과 이혼을 거친 후에는 더더욱 가나자와로 돌아올 계기를 잃었다.

5년 전에 돌아가신 어머니는 마지막까지 사와코가 도쿄에서 일하는 것을 응원해 주었다. "인제 그만 돌아오거라. 언제까지고 도쿄에서 뭐 하는 거냐?"라고 친척들이 참견할 때마다 어머니는 남들 모르게 살짝 "사와, 네가 좋은 대로 하렴. 너 자신을 믿어."라고 말해주었다.

어머니는 자기답게 살았던 걸까, 이제야 그런 생각이 든다. 도야마현에서 시집온 어머니는 가가 요리를 동경했었다며 남들의 갑절이나 열성을 가지고 즐기는 것처럼 보였다. 그러나, 가나자와에 시집온 여자로서 인정받기 위해 나고 자란 곳의 음식과는 다른 것을 끊임없이 만들어온 날들 동안 혹시 숨이 막힐 때도 있지 않았을까?

가나자와에는 '시집가면 쳇불을 뚫으라'라는 훈계의 말이 있다. 말총을 촘촘히 엮어 만든 물을 거르는 도구인 수낭을 빠져나오는 것과 같이 시집온 여자는 인내하고 마음을 쓰라는 의미이다. 어머니는 결혼할 때 가족, 친지들로부터 "결혼하면 참아야 하느니라"라는 말을 들으며 배웅받았다고 한다. 가나자와 여성은 예의범절과 관습을 몸에 익히는 것이 특히 중시된다고 배웠다.

사와코가 가나자와로 돌아오지 않았던 것은 '백만 석 도시(쌀 백만 석을 의미하며 가나자와는 에도 막부시대 때 에도를 제외하고 최대 쌀 수확량을 자랑했던 도시였음)'의 갑갑함을 알게 모르게 느꼈기 때문이기도 하다.

현관문을 열자 콸콸 사이가와 강의 물소리가 들려왔다. 정겹다. 사와코는 자전거에 올라타고 힘 있게 페달을 밟았다.

어머니가 교통사고로 인한 외상성 지주막하출혈로 돌아가셨을 때는 아무리 사이가와 강가에 있어도 쓸쓸함으로 가슴이 찢어지는 듯했다. 하지만, 이번에는 흐르는 강물을 보며 왠지 모르게 편안한 기분이 든다. 혹시 어머니가 살아있었다면 지금의 사와코를 보고 어떤 생각을 했을까? 낙향한 딸의 모습에 낙담했을지도 모른다. 그런 모습을 보이지 않아도 된다는 것이 그나마 위안이 된다.

"엄마, 다녀왔어요."

자전거 페달을 구르며 하늘을 향해 중얼거린다.

"사와코는 도쿄에서 잘렸어요."

구름 사이로 어머니가 웃음을 터뜨리며 "끙끙 앓을 필요 없어. 자신을 믿으렴."이라고 말하는 소리가 들린 듯하다.

"예, 나 자신을 믿어야겠죠."

그 순간, 저 멀리 구름이 눈물에 번진다. 몇 살이 되어도 어머니 앞에서는 어린 딸이 되고 만다.

마호로바 진료소는 가나자와를 흐르는 또 하나의 강인 아사노가와 강의 나카노바시 다리 근처에 있다.

사이가와 강의 사쿠라바시 다리에서 아사노가와 강의 나카노바시 다리로 가려면 시내 중심부에 있는 가나자와성 공원과 겐로쿠엔 사이에 난 오호리도리 거리를 빠져나가는 것이 최단 거리이다. 그런 지식을 알려준 것은 젊은 날의 아버지였다. 어린 시절, 아버지의 자전거 짐받이에 앉아 달렸던 바로 그 길을 사와코도 쉬지 않고 달렸다.

약 십 분 만에 아사노가와 강에 도착했다. 사이가와 강과는 달리 아사노가와 강은 유속이 완만하여 물소리가 들리지 않는다. 그 고요하고 우아한 정경 때문인지 온화한 분위기가 느껴진다. 사이가와 강을 남자 강, 아사노가와 강을 여자 강이라고 부르는 것도 그럴 법하다. 강가에 늘어서 있는 수많은 낡은 건물들은 손을 본 흔적이 있지만, 변함없는 모습으로 남아 있는 집도 있다. 예전 그대로 수로가 있는 풍경에는 절로 정겨움이 솟구쳐오른다.

아사노가와 강 왼쪽 강변을 따라 조금 북쪽으로 올라가면 보행자 전용 다리인 나카노바시 다리에 다다른다. 아무 가공도 하지 않은 원목의 결이 그대로 살아있는 다리에 파꽃 모양의 난간 장식이 운치 있다. 그 앞에서 왼쪽으로 돌아서 막다른 곳에 마호로바 진료소가 있다.

오랜만에 와보니 생각보다도 길이 좁다. 구급차가 들어갈 수 있을지 걱정된다. 나무판자에 붓글씨로 쓰인 진료소 간판은 바래서 읽기 힘들었다.

일본 전통양식의 2층 건물인 진료소는 옛 모습 그대로였다. 앞뜰을 장식하는 키 큰 금목서는 아직도 왕성한 기운을 유지하고 있다. 하지만, 어린 시절, 그토록 거대해 보였던 문은 나이 들어 키가 줄어든 것처럼 느껴졌다.

진료소 안쪽에 자택이 있다. 센카와는 대학 졸업 후 곧 결혼했지만, 마흔 살이 되었을 즈음, 아내를 유방암으로 잃었다고 들었다.

진료소 현관문에는 '당분간 휴진합니다'라고 쓰인 종이가 붙어 있다.

그 종이를 보고 혹시 문이 잠긴 건 아닌지 생각하며 문을 밀어봤다. 그런데 너무도 쉽게 열렸다. 접수라고 쓰인 카운터 안쪽에 앉아있던 단발머리 여성과 눈이 딱 마주쳤다. 30대 후반 정도일까? 환자는 한 명도 없다.

"죄송합니다. 휴진 중이에요."

여성은 카운터 너머로 머리를 숙인다.

"저야말로 죄송합니다. 저기, 저는 시라이시 사와코라고 합……."

사와코는 미안해하며 대답했다. 접수 카운터의 여성의 눈이 휘둥그레졌다.

"앗! 시라이시 선생님이신가요?"

여성은 그 자리에서 벌떡 일어나더니 카운터 밖으로 나왔다.

"사무원인 다마오키 료코입니다. 이쪽 방으로 모실게요."

료코의 안내를 따라 낡은 진료소 복도를 걸었다. '진찰실'이라고 붓글씨로 쓴 팻말이 걸린 문 앞에 섰다. 료코가 문을 노크한다.

"선생님! 시라이시 선생님이 오셨어요! 선생니임!"

작은 주먹으로 몇 번이나 문을 두드린다. 머리카락 끝이 찰랑찰랑 흔들린다.

잠시 침묵 후에 안에서 "들어오세요." 하고, 느긋한 목소리가 들려왔다.

부친 대부터 사용해 온 진료실 분위기는 예전 그대로이다. 백의를 입은 남성의 뒷모습이 눈에 들어왔다. 휠체어에 앉은 채 크게 기지개를 켠다. "아, 잘 잤다."라고 중얼거리며 휠체어 핸드림을 잡고 이쪽으로 돌아보려고 안간힘을 썼다.

"토오루, 괜찮아요?"

사와코는 무심결에 이름을 부르며 센카와에게 달려간다.

"오오, 사와 왔구나."

센카와는 깜짝 놀란 얼굴로 사와코를 바라보았다.

"몰라보게 예뻐져서 깜짝 놀랐네. 나도 이렇게 살이 쪄서는 안 되겠군."

센카와는 볼을 양손으로 감싼다. 원래 센카와는 피부가 희고 호리호리한 소년이었다. 중학교, 고등학교를 지나며 키가 쑥 크면서 훤칠해져 더욱더 멋있어졌다. "모두가 동경하는 토오루"이었다. 그랬는데 지금은 옛 모습의 흔적도 없다. 지방으로 둘러싸인 허리는 휠체어에 꽉 끼어 휠체어와 한 몸이 된 것처럼 보였다. 느긋한 목소리만은 예전 그대로이다.

"그보다 대체 어떻게 된 거예요? 자세한 사정은 하나도 못

들은 채 일단 달려온 거라……."

센카와는 "이거 참, 고맙군, 고마워. 잘 왔어."라고 하며 합장하듯이 양손을 모았다.

"비탈길에서 넘어져서 대퇴부 경부 골절을 입었지 뭐야. 수술 후 한 달간 입원해서 재활치료하고 막 돌아온 참인데, 좀처럼 걸을 수가 없어서. 기껏해야 침대에서 휠체어로 옮겨 앉는 정도야. 나 원, 큰일이네, 큰일."

간병인의 도움은 벗어나긴 했지만, 여전히 센카와는 생활 대부분을 휠체어에 의존하고 있다고 한다.

"걸을 수 있게 되려면 아직 두 달 정도는 걸릴 거야. 그동안 진료는 속수무책이라니까."

하늘을 우러르듯 하며 센카와가 탄식한다. 다리 외에는 움직일 수 있으니 호들갑 떠는 게 아닌가 싶다.

"조금씩 외래를 시작하면 되잖아요?"

센카와는 입을 딱 벌리고 멍한 표정을 짓더니 이내 고개를 가로저었다.

"지금, 우리 진료소는 재택 의료를 전문으로 하고 있거든……."

"네?"

이번에는 사와코의 입이 딱 벌어질 차례였다. 조금 전의 센카와 이상이었는지도 모른다.

재택 의료란, 질병이나 상해, 장애, 고령 등의 이유로 병원이나 진료소에 다니는 것이 어려운 환자를 대상으로 의사가 자택 및 시설을 방문하여 지속적인 치료를 시행하는 의료의 형태이다. 정기적인 '방문 진료'를 축으로 임시로 의사가 방문하는 '왕진'을 결합하여 운영한다. 외래 · 통원, 입원에 이어 '제3의 의료'라고 불린다.

어쨌든 재택 의료에서는 의료인이 몸소 환자가 있는 곳으로 갈 필요가 있다. 의사가 자유롭게 움직이지 못하는 몸이라면 진료 자체가 성립하지 않는다.

차를 날라 온 료코가 낮은 목소리로 설명한다.

"센카와 선생님이 입원하셔서 진료를 한 달 가까이 쉬는 사이에 환자분 대부분이 타 진료소로 옮겨버리셔서……."

료코가 태블릿 단말기를 열었다.

"200명 정도 환자분이 계셨는데 현재 스물다섯 분으로 줄었어요. 그분들 모두 방문 진료의 재개를 손꼽아 기다리고 계시지만……."

료코가 단말기로 보여준 '리스트'에 환자명이 기재되어 있다.

"각 환자분을 월 2회 정기 방문하고 있어요. 그러니까 지금 상태라면 월 총 50건의 방문이 되겠네요. 임시 왕진을 추가한다고 해도 월 100건까지는 안 될 거예요. 어쨌든 하루라도 빨리 재개하고 싶습니다."

어떤 상황인지 어렴풋이나마 짐작할 수 있었다.

"지금 있는 간호사는 운전면허가 없어요. 설령 택시로 센카와 선생님을 환자 집 앞까지 모시고 간다고 해도 거기서부터 환자분이 계시는 방까지 가는 것도 힘들지요. 입구에 턱이 있기도 하고 환자분 방이 2층일 때도 있거든요."

센카와는 슬픈 듯이 눈을 내리깔았다. 센카와의 입원과 휴진 중에 환자가 급감하고 스태프도 몇 명인가 진료소를 그만뒀다고 한다. 사무원과 간호사가 한 명씩 남았다. 이제라도 방문 진료를 재개하고 싶지만, 당사자인 센카와의 기동력이 걸림돌이 된 상황이다.

다시 한번 리스트를 본다. 나카무라 미요코, 오가타 야스에, 하야시 세이노스케, 후세……. 각 환자의 이름과 연령, 주소, 간단한 병세가 적혀 있다. 리스트를 보니 환자들이 의료를 기다리고 있다는 실감이 났다. 이것은 긴급사태이다. 환자 한 사람 한 사람에게도, 마호로바 진료소에도.

"그럼 일단, 방문 진료를 맡으면 되는 거예요?"

월 총 100곳 정도라는 것은 20일 근무로 계산했을 때 하루에 고작 다섯 곳이다. 게다가 눈앞에 생명의 위험이 시시각각 다가오는 응급환자와 달리, 집에서 생활할 수 있는 환자뿐이다. 재택 의료는 경험이 없긴 하지만, 그렇게 고난도의 기술이 필요하리라고는 생각되지 않았다.

"예스, 예수, 예수 그리스도! 아니, 여신이시여! 일본 제일의 대도시를 지키는 조호쿠 의과대학 병원 응급의료센터 일에 비하면 성에 안 찰 수도 있겠지만 부디 잘 부탁해."

센카와의 목소리가 갑자기 높아진다.

"그렇지 않아요."

사와코는 일단 부인하긴 했지만, 잘해나갈 자신은 있었다.

응급의료센터에서 셀 수 없을 만큼 많은 아수라장을 지나왔고 때로는 눈물바다에도 직면해왔다. 다만, 나이가 나이이다 보니 슬슬 한계를 느꼈던 것도 사실이다. 이곳에서 새로운 인생으로 갈아타고 재택 의료를 첫걸음부터 배우는 것도 괜찮을지 모른다.

"저야말로 잘 부탁합니다."

사와코가 고개를 숙이며 말했다.

"감사합니다!"

료코가 들뜬 목소리로 말했다.

"덕분에 살았어, 사와."

센카와가 양손을 내밀어 악수를 청해왔다.

"감사, 감격이야, 당장 내일부터 순회할 수 있도록 준비해야겠군. 료코, 완벽한 방문 스케줄 만들어줘."

싱글벙글하며 센카와가 료코에게 지시했다.

"살살 봐주면서 하세요."

사와코가 다시 한번 센카와와 료코를 향해 고개를 숙인다.

"……그렇군. 그러면 사와, 사부작사부작 시작해볼까?"

고향의 정겨운 말투에 사와코는 절로 입가에 미소가 떠올랐다.

마호로바 진료소에서 집에 돌아오니 이미 오후 네 시가 지나 있었다. 거실에서 텔레비전을 보고 있는 아버지 등 뒤로 말을 걸었다.

"아버지, 식사는 어떻게 하셨어요?"

"도우미분이 뭔가 만들어 놓은 거 먹었다."

매일, 교대로 통근하는 가사 도우미를 아버지는 '도우미분'이라고 불렀다.

냉장고를 열어본다. 크고 작은 타파통이 들어있었다. 큰 통에는 닭고기 채소 조림이, 또 다른 통에는 농어 초무침이 들어있다. 그 외에도 팩에 든 감자 샐러드와 우엉채 조림, 식빵 등이 있었다. 전기밥솥에는 지은 밥이 들어있다.

"우와, 다행이다."

사와코는 그렇게 말하며 냉장고 안을 더 꼼꼼히 살펴보았다. 채소도 당근과 양파 등 몇 가지가 들어있다.

"잠깐 나가서 요거트랑 과일 좀 사 올게요."

평소에 크게 의식한 적은 없지만, 아버지와 식습관이 다른 부분이 있음을 다시금 느꼈다.

"그러냐, 조심해라."

아버지는 지갑을 꺼내려고 했다.

"됐어요, 아버지. 그 정도 돈은 갖고 있어요."

사와코는 아버지를 말렸다. 조금 아쉬운 듯한 표정을 짓는 아버지를 보고, 순순히 돈을 받아둘 걸 그랬나, 하며 조금 후회했다.

근처에 있는 슈퍼 마루후쿠는 개인이 하는 가게로 규모는 크지 않지만, 다양한 식재료를 고루 갖추고 있을 뿐만 아니라, 수제 반찬도 팔고 있었다. 집의 냉장고에 있던 것과 같은 것도 있어서 여기서 산 거구나, 하고 생각했다.

딸기가 저렴하기에 두 팩을 장바구니에 넣는다. 바나나와 두유 요거트, 치즈, 레드 와인을 사서 슈퍼를 나왔다. 촉촉이 비가 내리고 있다. 잠시 비를 그으면 멈출 듯했지만, 한시라도 빨리 집으로 돌아가고 싶었다. 가나자와의 비는 안개 같아서 흠뻑 젖는 일은 없다. 사와코는 뛰기 시작했다.

아버지가 좋아하는 청주를 데워서 내고 사와코는 와인을 잔에 따랐다.

"슈퍼 마루후쿠 아직 있더라고요."

"그렇지. 지금은 아들이 운영한다더라."

"옆집은 완전히 깨끗하게 새집이 됐던데요."

"응, 개를 키우기 시작한 것 같더라. 이름이 데쓰라던가."

동네 소식을 띄엄띄엄 전해준다. 아버지의 기분이 좋았다.

"소나무 손질 아직 아버지가 하고 있어요? 아무리 안전 로프를 맨다고 해도 위험해요. 누구한테 맡기면 될 텐데."

"그런 거, 아무 일도 아냐. 문제없어."

조금 있으니 아버지는 꾸벅꾸벅 졸기 시작했다. 사와코는 아버지에게 살짝 카디건을 걸쳐주었다. 30분쯤 지나자 아버지는 눈을 뜨더니 "오랜만에 청주를 마셨더니 취하는구나. 잘 먹었다."라고 중얼거리며 천천히 침실을 향했다.

사와코는 그릇을 닦으며 오랜만에 본가의 내음을 느꼈다. 수돗물 소리도 귀에 익었다. 주방 창밖으로 가로등이 보인다. 그 빛까지도 정겹다.

정리가 끝나자 아직 어머니에게 향을 올리지 않았다는 것이 떠올랐다.

복도 왼편의 불단 모신 방의 장지문을 연다. 예전부터 있던 장작 난로가 중앙에 자리 잡은 방이다. 이맘때까지는 불을 때지 않는다. 하지만, 만추가 되면 장작 난로는 현역으로 복귀한다.

"엄마, 많이 기다렸죠?"

불단 안에 살짝 비뚜름해져 있는 어머니 사진을 정면으로 향하게 한다. 불단 앞에 공양드린 양갱은 3년 전, 설에 사와코가 사 온 것이었다.

담갈색 선향에 불을 붙여 향로에 세웠다. 주황색의 아스라한 빛을 확인하고 나서 조용히 양손을 모았다. 눈을 감자 백단향과 함께 엄마의 기운이 느껴졌다.

다음 날 아침 여덟 시, 사와코는 다시 자전거에 올라타고 마호로바 진료소로 향한다. 바람을 가르며 통근하는 것은 사와코에게 신선했다.

"오, 일찍 왔군, 사와. 오늘부터 팀을 이루어 다닐 간호사를 소개하지. 어이, 마요."

진료소에 도착하자 이미 센카와가 기다리고 있었다. 헛기침하며 젊은 여성이 모습을 드러냈다.

"호시노 마요입니다. 학교 졸업 후 대학 병원에 2년간 근무한 후 이곳에 왔습니다. 여기서 간호사 생활을 한 지는 6년이 됩니다."

계산해보니 스물아홉 살 정도이다. 쇼트커트가 잘 어울리는, 발랄한 분위기의 여성이다.

"시라이시예요. 잘 부탁해요."

마요가 활짝 입꼬리를 올리자 보조개가 생겼다. 그 모습을 보는 것만으로도 사와코는 왠지 흐뭇해졌다.

가지고 간 백의로 갈아입고 방문 진료용 도구가 든 가방을 센카와에게 빌렸다. 료코가 방문 환자 리스트를 내밀었다.

"정말로 고작 다섯 명이면 되는 건가요?"

리스트를 받아든 사와코는 왠지 모를 허전함을 느꼈다. 외래 진료 때는 한 시간에 환자 열 명을 본 적도 있다. 고작 다섯 명이면 이동시간을 포함해도 오전 중에 끝날지도 모른다.

오전 아홉 시가 되었다.

"출발합니다."

마요의 신호에 따라 진료소 밖으로 나왔다. 차고에 세워진 경자동차 앞에서 마요는 사와코에게 자동차 열쇠를 건넸다.

"시라이시 선생님, 운전 부탁드립니다."

"응? 내가 운전해?"

마요는 운전면허가 없어서 평소에는 센카와가 운전했었다고 한다. 게다가 요즘 세상에 카 내비게이션도 없다.

자동차 핸들을 잡아본 것은 자전거 이상으로 오랜만이었다.

가나자와는 전쟁의 참화를 면한 데다가 큰 재해도 입은 적이 없는 성곽도시이다. 도시 곳곳에 에도시대의 잔영이 남아 있다. 수로를 따라 정비된 도로망은 방사형이라기보다는 거미줄 같은 느낌이다.

말인즉슨, 좁고 구불구불한 길이나 일방통행로가 수없이 많다는 것이다. 운전하면서 몇 번이나 등골이 서늘해졌다.

첫 환자 집은 아사노가와 강 북쪽에 있는, 가나자와의 변두리 오토마루마치에 있다. 한 박자씩 늦는 마요의 지시에 맞추지 못하는 바람에 사와코가 운전하는 자동차는 같은 길을 몇 번인가 왔다 갔다 한 끝에 겨우 목적지인 주차장에 도착했다.

"시라이시 선생님, 조금 걸어야 해요."

마요는 무거운 진료 도구 가방을 번쩍 메더니 총총 걷기 시작했다.

료코가 건네준 리스트를 꺼내 들고 다시 한번 환자 성명을 확인한다. 나미키 시즈, 86세 여성이다.

시즈의 주거지 근방은 사와코가 여태까지 와본 적이 없는 곳이었다. 집들이 다닥다닥 붙어 있고 햇볕이 들지 않는 좁은 골목은 축축해서 곰팡내가 난다. 어둑한 골목에서 유심히 살펴 '나미키'라고 쓰인 문패를 겨우 찾아냈다.

시즈의 집은 작은 목조 오두막으로 일부분이 무너져내리고 있었다. 언뜻 봐도 유복하다고 할 수 없는 상태이다. 찢어진 장지문 틈으로 방안이 들여다보이고 주방의 간유리 쪽에는 세제와 조미료, 빈 병 등이 죽 늘어서 있다.

"나미키 씨, 마호로바 진료소에서 선생님이 오셨어요."

마요가 익숙한 태도로 집주인을 불렀다.

"예예, 열려 있수."

안에서 남성이 대답했다.

현관문을 열자 의료현장이라기보다는 미로로 빨려 들어가는 듯한 기분에 휩싸였다. 낡은 창고에 들어갔을 때의 퀴퀴한 먼지 냄새, 특유의 시큼한 냄새 때문에 숨이 막힐 것 같다. 응급 외래에 실려 온 노인들에게서 났던 체취가 바로 이거였다는 것을 떠올린다.

마요와 사와코는 봉당에서 마루로 올라섰다. 방은 두 개였다. 하나는 밥상이 있는 거실이고 다른 하나가 침실이다. 이부자리에 여성이 누워 있고 곁에는 셔츠를 입은 고령 남성이 앉아있다. 남편인 도쿠사부로이다. 부부는 이전에 '가나자와 시민의 부엌'으로 불리는 오미초 시장에서 생선가게를 했었다. 두 사람의 생선가게는 약 300년의 역사와 전통을 가진 시장에서도 번창했던 곳으로 평판이 높았다고 한다.

"시즈 씨, 처음 뵙겠습니다. 의사인 시라이시 사와코라고 합니다."

여성은 가볍게 코를 골며 자고 있었다. 야윈 몸에 정돈되지 않은 흰 머리카락이 베개 위에 흩어져있다. 시즈의 손을 만져 보았다. 손목과 팔꿈치 관절이 뻣뻣하다. 손목을 조금 움직여 보았지만, 눈을 뜰 기미는 보이지 않았다.

남편인 도쿠사부로가 "꼬박꼬박 삼시 세끼에, 낮잠까지, 팔자 한번 좋다."라고 중얼거린다.

때가 탄 이불 속에 파묻힌 흰머리의 환자와 희끗희끗한 머리의 남편. 단 두 사람이 사는 실내는 무척 어두침침하다. 비좁은 흑백의 공간에 숨이 막힌다.

"여봐, 할멈. 새로 오신 선생이시랴."

도쿠사부로가 시즈의 어깨를 거칠게 흔들었다. 눈을 반짝 뜬 시즈는 잠시 실눈을 뜨고 사와코를 노려보듯 바라보더니, 속삭이듯 말했다.

"고운 사람이네. 미안해요."

시즈는 십여 년 전부터 파킨슨병을 앓아왔다. 파킨슨병은 뇌에 있는 신경전달물질의 감소로 인해 손 떨림과 보행 이상 등 운동 기능 장애를 일으키는 질병이다. 초기에는 약을 먹으며 일상생활에 큰 지장 없이 지냈으나 그 효과가 서서히 사라져 지금은 음식을 삼킬 힘도 저하되었다. 툭하면 사레들려 흡인성 폐렴을 반복하는 바람에 반년 전부터는 직접 위에 유동식을 넣는 위루관을 달고 있다.

시즈가 눈을 떴으므로 상반신을 일으켜 세운다. 오늘은 아직 식전이라고 하기에 도쿠사부로가 위루관을 다루는 모습을 보기로 했다.

도쿠사부로가 위루용 작은 물통 모양의 용기에 영양제를 주입한다. 영양제를 개봉하는 손놀림도, 용기에 부어 넣을 때의 동작도 위태로워 보인다. 남편 자신이 언제 간병받는 처지가 되더라도 이상하지 않은 나이라는 것을 새삼 깨닫는다.

도쿠사부로는 불안정한 발놀림으로 일어서더니 흰 액체로 가득 찬 용기를 아무렇게나 수액 걸이에 걸었다. 영양제 유량을 조절하는 유량 조절기를 움직여 재빨리 스피드를 조정한다. 과연 손에 익은 모습이었다.

영양제는 물통형 용기 바닥에서 뻗어 나온 튜브를 통해 위로 흘러 들어가기 시작했다. 그 모습을 눈으로 좇고 있다가 튜브가 거무스름해진 것을 알아챘다.

"튜브는 교환하는 게 좋겠네요. 깜짝 놀라지 마세요. 여기 이거 검은곰팡이거든요……."

사와코는 튜브에서 특히 검은색을 띤 부분을 가리켰다.

하지만, 도쿠사부로는 놀라기는커녕 성가시다는 듯한 표정을 지었다.

"쓸데없는 돈은 쓰지 않아도 돼. 이대로 괜찮수. 이 사람은 설사 같은 것도 하지 않고."

환자 가족으로부터 그런 말을 들은 것은 처음이었다. '최선의 방법'과 '리스크 제거'를 추구하는 급성기 의료현장에서는 있을 수 없는 이야기였다.

마요가 "도쿠 씨, 아무리 그래도 이건 너무 심하잖아요."라며 달래듯이 말했으나 도쿠사부로는 필요 없다고 우겼다. 시즈는 멍한 표정으로 허공을 바라볼 뿐이다.

사와코는 도쿠사부로를 설득하는 것은 포기하고 시즈의 팔에 혈압계 커프를 감기 시작했다. 그러자 또다시 도쿠사부로가 제지했다. 게다가 이번에는 힘까지 동원한다.

"이제 됐수, 됐다니까. 혈압 같은 거 잰다 한들, 약 쓸 돈도 없고. 어차피 혈압 따위, 아무렇지도 않으니까."

도쿠사부로는 시즈의 팔에서 커프를 잡아 뜯으려 했다. 마요가 그 손을 살며시 눌렀다.

"이러시면 안 돼요, 도쿠 씨."

혈압 측정은 환자의 상태 파악에 빠져서는 안 되는 진찰의 기본이다. 특히 파킨슨병에서는 자율신경 장애에 의해 혈압이 떨어지는 경우도 적지 않기 때문에 점검해두고 싶었다.

"새로 혈압약을 먹자거나 하는 말은 하지 않을게요."

사와코가 계속 측정하려고 하자 도쿠사부로는 더욱더 흥분했다.

"됐다고 하잖수."

좁은 방에 찍지익, 찍지익 혈압계 커프의 벨크로 떨어지는 소리가 메아리친다. 사와코는 혈압 측정은 단념했다.

"부인의 약을 좀 보여주실 수 있을까요?"

"음, 그러니까……."

도쿠사부로가 서랍을 열고 바스락바스락 휘젓고 있다. 마요가 "여기 있네요. 아니, 전혀 드신 흔적이 없잖아요."라며 작게 외쳤다. 서랍 속이 아니라 시즈가 누워 있는 침대 바로 아래 약봉지가 손도 대지 않은 채 남아 있었다.

"이러시면 부인이 몸을 점점 더 못 움직이게 돼요. 매 식후, 반드시 위루를 통해 주입해 주세요."

도쿠사부로는 "하고 있수."라고 말했다.

"그럼, 왜 여기에 약이 남아 있는 건가요?"

사와코가 캐물었다. 도쿠사부로는 고개를 돌려버렸다.

환자 가족이 의료의 필요성을 근본적으로 이해하지 못한 모습이다. 깊은 한숨을 쉬며 사와코는 진료 도구를 정리하기 시작했다.

"도쿠사부로 씨, 곤란하네요."

사와코는 미간을 찌푸릴 수밖에 없었다. 대체 어떻게 해야 할지……. 무거운 침묵이 흐른다.

"정말 도쿠사부로 씨에게는 졌다, 졌어. 져버린 너구리는 딱 보면 알지(장기나 바둑에서 자기 형세가 불리해졌을 때 말하는 정해진 문구로 언어 유희), 라나 뭐라나."

마요의 밝은 목소리가 울려 순식간에 분위기가 바뀌었다.

"뭐여, 그게. 우리는 상한 물고기는 눈을 보면 알지(앞의 경우와 마찬가지로 자기 형세가 불리할 때 뱉는 언어 유희), 라고 하거든."

히죽히죽 웃으며 도쿠사부로는 바둑돌을 놓는 손짓을 하고 있다. 바둑에 아주 능숙한 손놀림이다.

아하, 알겠다. 마요와 도쿠사부로가 주고받은 말은 바둑이나 장기, 마작 석상에서 오가는 언어 유희, 즉 농담이나 곁말 같은 것이다. 그럼 질 수 없지, 사와코도 참전할 수밖에 없다.

"그렇구나(소카), 고시가야, 센주의 다음일세(동음이의어인 '소카'와 '그렇구나'를 이용하여 옛날에 에도에서 시작된 오슈가도의 역참이 센주-소카-고시가야로 연결되는 것을 빗댄 언어 유희. '아아, 그렇구나.'라는 의미)."

사와코가 불쑥 읊은 구절에 도쿠사부로도 마요도 눈이 휘둥그레졌다.

"그렇구나. 그런 거군요. 사정은 대강 알았습니다. 그럼 도쿠사부로 씨, 또 뭔가 곤란한 일이 있으면 언제든지 연락해 주세요."

"곤란한 일이야 천지에 널렸지. 그중 제일 힘든 건 한밤중에 화장실 간다고 몇 번이고 나를 깨우는 거여. 환장할 지경이라니까. 기저귀에 누라고 말해도 그게 도저히 안 되는 모양이여. 다른 건 하나도 필요 없으니까 아주 센 수면제를 좀 지어 주면 안 되겄수?"

이미 수면제는 처방하고 있다. 양을 더 늘리면 화장실에 가려고 일어설 때 다리가 후들거려서 넘어질 위험이 커진다. 마요가 다시 잠든 시즈를 바라보며 "부인은 낮잠을 너무 많이 주무셔서 밤낮이 바뀐 거예요. 되도록 낮에 깨어계시지 않으면 밤에 잠이 올 리가 없죠."라고 도쿠사부로에게 설명한다. 낮 시간대에 이용할 수 있는 주간 보호센터를 추천했지만, 도쿠사부로는 "그건 돈이 드니까 안 혀."라고 했다. 우선 낮에 잠을 깨우는 것부터 시작해보자는 선에서 이야기는 마무리되었다.

각 방문처에서의 체류 시간은 약 30분을 기준으로 하라고 센카와에게 들었다. 이미 한 시간이 지났다.

사와코와 마요가 돌아가려고 하자 도쿠사부로는 또 한 번, "선생님요, 낮잠을 자도 밤에 푹 자는 약은 없는 거요?"라고 말했다.

"일단 할멈이 아침까지 안 깨는 약을 좀 주구려."

도쿠사부로는 두 사람을 놔주지 않겠다는 듯한 눈빛이었다.

이미 끝났다고 생각한 이야기가 말짱 도루묵이다. 사와코가 말문이 막힌 채 머뭇거리자 도쿠사부로는 어처구니없는 얘길 꺼냈다.

"사실은 두 번 다시 깨지 않는 약이 있으면 최고겠지만."

하마터면 사와코는 도쿠사부로에게 호통을 칠 뻔했다. 간발의 차로 다시 한번 마요가 생글생글 웃으며 도쿠사부로의 말을 맞받아쳤다.

"그게 바로 풋내기의 얄팍한 수라는 거죠. 그런 약 드릴 리가 없잖아요. 저기, 도쿠 씨, 낮에 꼭 부인과 놀아주세요. 약은 그러고 나서 생각해요. 다음에 또 올게요."

마요의 농 섞인 말에 도쿠사부로는 쓴웃음을 지으며 "뭐, 한번 해볼까나?"라며 수긍한다.

나미키 씨 집을 나온 순간, 사와코에게 피로감이 몰려왔다.

대학 병원 응급의료센터 외래와는 천양지차이다. 본시 의사는 환자와 환자 가족의 요청에 따라 할 수 있는 만큼 진찰하고 환자는 다소 괴롭더라도 잠자코 진찰과 치료를 받아들이기 마련이다. 당연히 매우 위생적인 환경에서.

그러나 지금, 사와코는 방안의 악취와 도쿠사부로의 비상식적인 언동에서 해방되어 안도하고 있는 자신을 발견한다. 시즈의 혈압 측정조차 하지 못했다. 아니, 환자 가족과 제대로 된 대화조차 나누지 못했다.

대체 이것은 의료라고 할 수 있을까? 애초에 의사가 필요하기나 한 걸까? 양손으로 관자놀이를 꾹 눌렀다.

마요가 걱정스러운 눈빛으로 바라보고 있었다.

"시라이시 선생님, 괜찮으세요?"

아닌 척 둘러대 봐야 소용없다.

"이 일, 보통 힘든 게 아니네."

사와코는 숨길 겨를도 없이 생각한 대로 입 밖에 냈다.

"시라이시 선생님, 신경 쓰지 않으셔도 돼요. 나미키 시즈 씨는 도쿠 씨 때문에 어느 선생님과도 오래 가지 않았어요. 다른 클리닉과 싸우고 헤어진 게 한두 번이 아니에요."

마요 말에 따르면 도쿠사부로는 '악명 높은' 환자 가족이라고 한다. 의료 및 간병에 있어서 투철한 절약 정신으로 시즈가 열이 나도 옷을 다 벗기고 마른 수건으로 온몸을 문지르는 등 독단적인 생각으로 일관하여 병세를 악화시키고 만다. 여러 곳의 재택 진료 클리닉과 말썽을 일으켜 이곳저곳 전전한 끝에 마호로바 진료소에 이르게 된 것이다.

"센카와 선생님은 적당히 상대하시니까 그냥저냥 지금까지……."

마요는 거기까지 말하고는 미소를 지었다.

"시라이시 선생님도 도쿠 씨한테 말해주셨잖아요! '그렇구나, 머시기, 머시기 다음일세.'라고요."

사와코는 자기도 모르게 웃음을 터뜨렸다.

"나 말이야, 장기를 조금 두거든. 거기서 배운 거야. 마요야 말로 젊은 사람치고는 드물게 그런 말을 알고."

"본가가 우타쓰야마 산에서 작은 전통 료칸을 하거든요. 장소가 장소다 보니, 상점가 마작대회니 바둑 클럽 뒤풀이니 뭐니 하는 손님들이 많았어요. 시중들다 보니 자연스럽게 익힌 거죠."

사와코는 마요와 함께 웃은 후 후유, 하고 숨을 내쉬었다.

“재택 간병은 가족분들도 힘들겠지만, 보는 우리도 괴롭네.”

“시라이시 선생님, 재택 의료는 대학 병원과 달리 아무것도 없어서 놀라셨죠? 정말로 고생 많으셨습니다.”

마요의 고생 많으셨다는 말이 마음 깊이 스며들었다. 변변한 의료기구도 없는 곳에서 진료해야 한다는 것은 각오한 바였다. 하지만, 그뿐만이 아니다. 예를 들어 병원에서는 간병하는 사람에 관해서 걱정할 필요는 없었다.

“마요가 있어서 다행이야.”

진료소 차량으로 막 돌아왔을 때 사와코는 다시금 고개를 숙였다.

첫 환자 집에서 사와코가 한 것이라고는 차를 운전하고 가족과 처음 대면하여 영양제를 전달한 것뿐이다. 검은곰팡이가 낀 튜브를 내버려 두고 온 자기 자신을 스스로 책망하고 있다. 혈압 등 기본적인 의학적 관찰도 충분히 하지 못한 채 방치할 수밖에 없었다. 수면 문제에 관해서도 약의 힘만으로는 부족한데, 그렇다고 해서 가족의 협조를 바라기도 어려워 보인다. 시즈의 남편에게는 의료에 대한 지식이 턱없이 부족하다. 애초에 고령 가족에게 간병이란 물심양면으로 부담이 너무 크다.

그런 수많은 문제점에 눈 딱 감고 ‘적당히 상대하는’ 것만으로 충분한 걸까 하는 생각도 든다. 아니, 그 이전에 나에게는 '상대하는' 것조차 불가능했지만 말이다.

오늘은 아직 환자가 네 명 남았다. 앞길이 막막하다. 오늘 아침, 방문 환자 리스트를 받았을 때 "고작 다섯 명이면 되는 건가요?"라고 물었던 것을 후회했다. 아니, 혹시 시즈의 경우가 특별했던 것일까?

"재택 환자도 제각각이에요. 같은 사람은 하나도 없지만, 꽤 까다로운 환자분들이 많아요."

마요는 두 번째 이후 환자에 관해 사와코가 품었던 안일한 기대를 미리 깨뜨리듯이 말했다.

그리고, 과연 그 말대로였다.

뒤이어 사와코가 진료한 환자는 몸 관리를 전혀 하지 않은 것이 원인이 되어 당뇨병이 극도로 악화한 59세 남성이었다. 이어서 약 먹는 것을 수시로 빼먹어 약이 잔뜩 남아 있는 72세 여성 환자. '복용했다'라고 주장하는 약도 친구나 지인에게 넘겨준 게 아닐까 하는 의심이 들었다. 게다가 그다음은 함께 사는 딸 부부와 한마디도 하지 않은 채 가정 내 독거 상태에 있는 83세 여성, 마지막 환자는 망막색소변성증으로 인해 시력을 거의 잃은, 혼자 사는 75세 남성 환자였다. 다섯 명의 환자는 제각각 '꽤 까다로운' 문제를 떠안고 있었다.

저녁 무렵, 마호로바 진료소로 돌아왔다. 센카와가 기다리고 있었다.

"사와, 수고했어. 꽤 늦었네."

고작 다섯 명이라고 말했던 것을 새삼스럽게 떠올리고는 얼굴을 붉혔다.

"첫날 다섯 명은 힘들었지?"

속마음을 들킨 듯해서 사와코는 고개를 떨굴 수밖에 없었다.

료코가 호지차(찻잎, 일반적으로 엽차를 센 불에 볶아서 만든 차)를 내준다.

"시라이시 선생님, 찬물에 우린 가가보차(찻잎과 함께 줄기까지 덖은 호지차로 가가 지방 특산품)예요. 좀 드셔요."

밝은색을 띤 차였다. 꿀에 절인 살구가 든 하부타에모치(찹쌀가루를 쪄서 설탕이나 물엿을 추가한, 겉면이 매끄러운 떡)도 곁들여 내왔다.

"고마워요."

살구를 넣은 찹쌀떡은 무척 좋아한다. 그러나 도저히 손을 대고 싶은 기분이 안 든다.

센카와가 "어서, 사양 말고 들어."라고 하며 백자 앞접시를 사와코에게 들이민다.

"재택 의료도, 의외로 만만치 않지?"

사와코는 순순히 고개를 끄덕였다. 재택 의료에는 재택 의료만의 문제가 있고 그에 대응할 수 있는 기술과 간호사의 역량이 필요하다는 사실을 이미 첫날, 뼈저리게 깨달았다.

"아무 도움도 되지 못했는데. 녹초가 되어 버렸어요."

응급의료 현장에서 몸에 익힌 기술이 있으면 별 어려움은 없으리라 만만히 생각했던 자신이 말할 수 없이 부끄러워졌다.

센카와는 파안대소했다.

"사와의 솜씨는 이제부터 아주 큰 도움이 될 거야. 하지만 이제 나이는 무시할 수 없으니 쉬이 지치는 건 어쩔 수 없지."

"네, 그렇다고는 해도……."

"불가항력이야. 어쨌든 글로벌 기후 변화 때문에 넙치와 가자미 등 가자미목에 속하는 어종은 2100년까지 어획량이 20%나 감소한다고 하니까."

"네?"

"전문가는 그것을 '가자미 감소'라고 부르지."

"……너무해요! '가령(加齡) 현상('가자미 감소'와 동음이의어임)'이라니."

사와코는 웃음을 터뜨렸다.

"일단 사흘. 사흘간 힘내보라고. 그러면 감이 좀 잡힐 테니까."

"알겠습니다."

"천천히 익숙해지면 되니까."

센카와는 활짝 미소를 띠며 말했다.

벽에 걸린 낡은 시계가 여섯 시를 알렸다.

"시라이시 선생님, 이게 내일 일정이에요."

찻잔을 치우러 온 료코가 내일 방문할 환자 리스트를 내밀었다. 세어보니 일곱 명이나 된다. 이제는 '고작' 일곱 명이라는 생각이 들지 않는다.

센카와가 짝, 하고 손뼉을 쳤다.

"아, 맞다. 가즈에마치 찻집 거리에 단골 가게가 있는데 같이 가 볼까?"

심신의 피로가 극에 달했다.

"체력이 회복되고 나면 부탁해요. 게다가 아버지 저녁 식사 준비를 해놓고 오지 않았어요."

"다쓰로 선생님은 하룻밤 정도 내버려 둔다고 무슨 일 날 남자는 아니지만 말이야. 뭐, 강요는 하지 않아. 좀 적응하고 나서 가도록 하지."

센카와의 호탕한 웃음소리를 뒤로하고 사와코는 마호로바 진료소를 나섰다.

아침과 마찬가지로 자전거에 올라탔다. 주위는 이미 어둑어둑해졌다. 아사노가와 강의 수면에 가로등 불빛이 비쳐 하늘하늘 흔들리고 있다. 의대를 갓 졸업한, 아무것도 할 줄 모르는 신출내기 의사로 돌아간 기분이었다. 그와 함께 자신의 체력에 대한 불안도 고개를 쳐들었다. 페달을 밟을 때마다 자전거가 끼익 끼익, 기분 나쁜 소리를 냈다.

이튿날도 마요와 함께 방문 진료를 돌았다. 일곱 번째 방문이 끝났을 때는 이미 해가 졌다.

마호로바 진료소에 돌아오니 현관 앞에 요란한 차가 한 대 서 있었다.

실내로 들어가자마자, 료코가 의아한 표정으로 "선생님, 엄청난 꽃미남 손님이 기다리고 계세요."라고 말해주었다. 원래는 대기실로 사용하던 홀의 의자에 가죽점퍼를 입은 남성이 이쪽을 등지고 앉아있었다.

사람 기척을 느꼈는지 남자는 벌떡 일어나더니 천천히 뒤를 돌아보았다.

"시라이시 선생님! 오랜만입니다."

남성이 허리를 직각으로 굽혀 이마가 땅에 닿도록 꾸벅 인사했다. 콧날이 오뚝한 얼굴은 사와코가 지난달까지 근무했던 조호쿠 의과대학 병원 응급의료센터의 아르바이트 사무원 노로 세이지였다.

"노로! 일부러 도쿄에서 온 거야? 용케 여기를 알아냈네……. 무슨 일로 온 거야?"

"사방팔방으로 손을 써서 겨우 알아냈지요. 선생님을 도우러 왔습니다. 저 때문에 이런 시골에……. 면목이 없습니다."

노로는 또다시 고개를 꾸벅 숙였다.

"아니 그보다 내년 2월에 국가시험이 있는데 지금 공부는 안 하고 이러고 있으면 어떡해? 아버님도 걱정하고 계시지?"

노로의 아버지는 도쿄 소방청에서 이케부쿠로, 아카바네, 고이시카와 등을 담당하는 제5 소방방면본부 부본부장을 맡고 있을 터였다. 도내에 있는 각 대학 병원 응급의료센터 담당 의사와 소방간부 간의 간담회에서 노로의 아버지가 "못난 아들 녀석이 신세 지고 있습니다. 부디 잘 부탁드립니다."라며 눈물을 머금고 고개를 숙이던 모습이 떠오른다.

"장남이 일찍 죽기도 했고……. 세이지는 오냐오냐 키운 연약한 녀석입니다만, 부디 선생님, 지도 편달 부탁드립니다."

노로는 아버지의 그런 말과 함께 기억에 깊이 박혀 있었다.

"제가 시라이시 선생님을 이렇게 몰락시켜 버려서. 그때부터 괴로워서 공부가 손에 잡히지 않습니다. 속죄하게 해 주세요."

노로의 옆으로 긴 눈에 눈물이 그렁그렁 맺힌다. 응급의료센터에서 의사 면허가 없는 노로에게 의료적 처치를 허락한 책임을 지고 물러난 것이 가나자와로 돌아오게 된 계기가 된 것은 사실이다. 그렇지만, 그것만은 아니었다.

"있지, 노로. 내가 여기 온 것은 딱히 노로 때문은 아니야. 본가에 혼자 사시는 아버지 일도 있고 나 자신도 새로운 도전을 해보고 싶어졌어. 그뿐이야……."

사와코가 아무리 설명해도 노로는 쉽사리 물러나려 하지 않았다.

"제발 선생님을 돕게 해 주세요. 아니면 의사 면허가 없어서 도움이 안 되는 겁니까?"

느닷없이 센카와가 웃기 시작했다.

"자네, 의사 면허는 없어도 운전면허는 있겠지?"

순간, 노로는 등을 꼿꼿이 펴더니 "네, 네, 네." 하며 밝은 목소리로 답했다.

"뭐 괜찮지 않겠어? 운전사 역할을 하면 되잖아. 안 그래?"

사와코는 쉽사리 대답할 수가 없었다. 그러자 마요가 큰 목소리로 끼어들었다.

"찬성입니다! 시라이시 선생님 운전은 무서워서……."

"오케이, 결정이다. 급여는 많이 주지 못 하지만. 자네, 내일부터 부탁 좀 하네."

노로의 눈이 빨개졌다.

"감사, 감사합니다. 감사합니다!"

노로는 고장 난 장난감처럼 연신 고개를 꾸벅거렸다.

가나자와에 와서 처음 맞는 일요일이었다. 본가 차고에서 자고 있던 차를 세차했다. 아버지가 어머니를 위해 사주었던 빨간색 차로 어머니가 돌아가신 후에는 방치되어 있었다. 하지만 먼지만 쌓여 있었을 뿐, 엔진 등 여타 문제는 없다. 정기적으로 정비공장에 보내 점검을 게을리하지 않았다고 했다. 아버지답다.

"저기 아버지, 어디 가고 싶은 곳 있어요?"

모처럼 차도 있는데 기회 있을 때마다 아버지를 밖으로 모시고 나가고 싶다. 게다가 사와코는 상황에 떠밀려서 한 것이긴 했지만, 오랜만에 핸들을 잡은 덕에 운전의 즐거움을 되찾은 참이었다. 이번에는 업무와 상관없이 내키는 대로 가나자와 시내를 달려보고 싶다.

"자, 그러면 대학 병원에 데려가 주련?"

"아버지 옛 직장 말이죠?"

아버지는 가가대학 의대 부속병원 신경과 의사로서 장기간 근무했었다. 어린 시절, 사와코는 엄마 심부름으로 아버지에게 물건을 전해주러 자주 대학 병원에 가곤 했었다. 당직 근무가 계속되어 귀가하지 못하는 아버지를 위해 속옷류를 가지고 오거나 센베이 등 요깃거리용 과자를 갖고 가기도 했다.

볼일이 끝나도 금세 해방되지 못했다. 아버지는 사와코를 현관으로 데리고 가서 병원을 배경으로 사진을 몇 장씩이나 찍었다. 기쁘기도 했지만, 지나가는 사람들이 쳐다봐서 조금 창피했던 기억도 떠오른다.

자동차 내비게이션 안내에 따라 무사히 대학 병원 주차장에 차를 댔다. 안도하며 운전석에서 내리자 신축 진료동이 시야에 들어왔다. 리조트 호텔이나 공항 건물이라고 해도 믿을 만큼 현대적인 건물로 이전의 낡은 병원의 모습은 온데간데없었다.

"엄청나게 깨끗해졌네요, 병원."

"사와코, 자, 거기 서 봐."

아버지는 어깨에 걸고 온 가방에서 디지털카메라를 꺼냈다. 디지털카메라가 처음 등장했을 무렵 산 것이었다.

"아버지도 참. 그럼, 누구한테 같이 찍어달라고 할까요?"

사와코는 스마트폰을 손에 들고 주위를 두리번거렸다. 하지만, 촬영을 부탁할 만한 사람이 좀처럼 눈에 띄지 않았다.

"일단, 서 보렴."

예전부터 아버지가 일단 맘을 먹은 걸 뒤집기는 쉽지 않았다. 사와코는 "네, 네." 하며 병원을 등지고 포즈를 잡으려 했다. 아무도 사와코에게 주목하는 이가 없었기에 어릴 때처럼 창피하지는 않았다.

"아니, 아니. 거기가 아니야."

아버지가 지정한 곳은 큰 영산홍 나무 앞이었다. 당당한 존재감을 뽐내는 고목으로 나무 전체를 뒤덮은 진홍색 꽃이 장관이었다.

"영산홍이다. 수령 삼백 년 된 나무를 최근 여기에 심었다더라."

사와코는 몸에 전율을 느꼈다.

"영산홍. 노토반도 영산홍이네. 아아, 반가워라."

어렸을 때의 광경이 꿈처럼 떠올랐다. 2년에 한 번, 아니 3년에 한 번 있는 5월이었다. 아버지와 어머니, 사와코 세 식구가 어머니의 친정이 있는 도야마를 차로 방문한 후 집으로 오는 길에 아버지는 반드시 노토반도에 들렀다. 민가와 절, 신사 등 온 사방에 붉은색 일색으로 흐드러지게 피어난 꽃들을 보기 위해서다. 노토반도는 일본 제일의 영산홍 군락지로 불리는 곳이다. 사와코에게는 온 가족이 엄마의 고향을 함께 방문했을 때만 보는, 그야말로 별세계였다.

"그럼, 이번에는 아버지 차례예요."

"아니, 나는 됐다."

"안 돼요, 어서요."

아버지를 억지로 영산홍 앞에 세웠다. 스마트폰을 들이대자 아버지는 갑자기 늠름한 표정을 지었다. 셔터를 누르고 "아버지, 꽤 멋있는데요."라며 손을 흔들었다.

"자아, 이제 끝. 붐비기 전에 국수 가게로 가자꾸나."

아버지는 멋쩍은 듯이 주차장을 향해 걸어간다.

"아버지, 병원 내부는 안 보고 가도 돼요?"

아버지는 앞을 향한 채 고개를 좌우로 저었다.

미련 없이 걸어가는 아버지의 모습에 사와코는 조금 쓸쓸함을 느꼈다. 완전히 탈바꿈한 병원은 아버지에게 더는 그리운 장소가 아님이 틀림없다.

노로의 운전으로 환자 자택을 방문한 지 2주가 지났다.

경로나 시간을 신경 쓰지 않고 환자 자택에 순조롭게 도착할 수 있는 것이 이렇게 편한 건지 생각지도 못했다. 덕분에 이동시간 중에는 진료기록 카드를 재확인하는 등의 일을 할 수 있었다. 오늘 아침도 마요와 함께 차에 올라탔다.

"노로, 잘 부탁해. 꽤 좁은 길이 많거든."

오늘 방문처 중에는 나미키 씨 집도 포함되어 있다. 지난번, 사와코가 운전했을 때 꽤 진땀을 뺐었다.

"알겠습니다."

노로가 졸린 듯한 목소리로 답했다.

안 그래도 노로는 진료소를 출발할 때 왠지 피곤해 보이는 표정이었다. 사와코는 그것이 딱 한 가지 마음에 걸렸다.

"시라이시 선생님, 걱정하지 않으셔도 될 것 같아요."

마요의 말처럼 이날도 노로는 일방통행로나 배수구가 있는 좁고 까다로운 길을 눈 하나 까딱 않고 주행하여 그들은 예정 시각대로 도착했다.

"노로, 내비게이션도 없이 대단하네. 정말 큰 도움이 돼."

"노로 씨요, 매일 아침 방문 루트를 답사하고 있거든요."

차에서 내렸을 때, 마요가 비결을 귀띔해 주었다.

아침에 피곤해 보였던 표정은 그 때문이었나? 사와코가 노로의 숨은 노력에 감탄하며 자동차 쪽으로 시선을 돌리자 예습왕은 양손을 뻗으며 늘어지게 하품을 하고 있었다.

나미키 씨 집 현관 앞에 섰다. 사와코는 크게 심호흡하고 마음의 준비를 했다. 방에 고여 있는 강렬한 악취에도 놀라지 않도록.

도쿠사부로의 모습은 2주 전과 다름없었다. 마치 불청객의 등을 떠미는 듯한 분위기였다. 짐 운반 및 허드렛일 담당으로서 실내에 발을 내디딘 노로도 눈이 휘둥그레졌다.

우선은 시즈와 도쿠사부로에게 최고의 미소를 보이자. 사와코는 두 번째 라운드를 개시하는 기분으로 두 사람에게 웃음을 지었다.

그러자 도쿠사부로도 이번에는 시즈의 혈압을 재는 사와코를 제지하려 하지 않았다. 사와코는 그대로 진찰을 진행했다. 청진기를 가슴에 대고 심음과 호흡음을 듣고 복부를 눌러 유연성을 확인한 후 다리 부종 여부를 살폈다. 그리고 손발 관절의 움직임을 확인했다.

손발의 움직임은 지난번 진료 때보다 확실히 좋아졌다. 마요가 파킨슨병 약봉지 개수를 세어, 거의 매일 빠짐없이 복용했음을 확인했다.

"도쿠사부로 씨, 수고하셨네요. 고맙습니다."

사와코는 조금은 진보했다는 것을 실감했다.

하지만, 곧바로 도쿠사부로가 푸념을 늘어놓기 시작했다.

"할멈이 빨리 죽어주지 않으면 이쪽이 먼저 죽게 생겼수. 빨리 어떻게 좀 해 주소, 선생요. 할멈도 죽고 싶어 한다우."

도쿠사부로의 말에 다시금 불쾌감이 솟구쳤다. 그러나 한편으로 마음에 절실한 울림으로 다가오기도 했다. 노인이 노인을 간병하는 상황에서 남편이 아내의 목을 조르거나 농약을 먹이는 등 비참한 뉴스를 한두 번 접해온 게 아니다.

재택 의료에서는 환자 요양을 생각함과 동시에 가족을 사건의 가해자로 만들지 않도록 주의해야 하는 걸까? 이제까지 생각조차 안 해 본 일이었다.

도쿠사부로의 간병 피로가 누적되지 않도록 요양보호사 서비스 이용을 권한다. 그러나 도쿠사부로는 "할멈이 타인을 집에 들이는 걸 싫어한다우. 뭐냐, 시샘이 많거든. 여자가 집에 들어오는 게 싫은 거 같수다."라며 거절한다. 노로가 웃음을 터뜨리며 말했다.

"그럴 리가 있겠습니까?"

"뭐야, 네 이놈. 우습게 보는 거냐?"

도쿠사부로가 호통쳤다. 마요는 "배려심이라고는 없다니까."라며 노로를 흘겨보았다.

마요는 도쿠사부로의 손을 잡으며 "도쿠 씨, 그렇지 않아요."라고 말했다.

"저는 도쿠 씨가 부인과 함께 생선가게 하셨을 때 모습을 생생히 기억해요. 도쿠 씨 솜씨가 좋다고 소문이 자자했었어요. 큰 접시를 갖고 갔더니 넘칠 정도로 듬뿍 담아주셨어요. 생선이 신선하고 맛있는 데다가 정직하고 인심도 후하셔서, 가나자와 제일의 생선가게라고 부모님이 항상 말씀하셨어요. 도쿠 씨네 생선회가 있었기 때문에 우리 료칸도 평판이 높은 거라고 늘 고마워하셨어요. 그래서 도쿠 씨가 가게 접으

셨을 때 부모님이 얼마나 실망하셨다고요. 저도 때때로 시즈 씨에게 몰래 미꾸리 양념 꼬치구이를 얻어먹곤 했기 때문에 얼마나 서운했는지 몰라요."

어느샌가 도쿠사부로는 고개를 푹 숙이고 있었다. 마요의 말에 작게 고개를 끄덕이고 있었다.

"저기, 도쿠 씨, 잘 들어주세요. 시즈 씨는 이제 거의 움직이지 못하고 깨어 있는 시간도 짧아요. 거의 신에 가까운 상태로 변하고 있는 거예요. 가끔은 눈도 뜨고 귀는 들리니까 집 안에 여자가 있다는 것을 알아챌지도 몰라요. 하지만 질투하기보다는 고마워하지 않을까요? 왜냐하면, 시즈 씨가 제일 좋아하는 도쿠 씨를 도와주는 사람이니까요. 그러니까 이번 참에 요양보호사를……."

도쿠사부로의 눈빛이 흔들렸다.

"그럴지도 모르지만, 보호사도 완전히 무료는 아니잖수."

그게 속내인 듯했다.

간병 보험은 공적인 간병 서비스를 이용할 때 요금을 광범위하게 커버해준다. 그러나 10%에서 최대 30%까지 자기 부담금이 발생한다. 도쿠사부로는 10% 부담이지만, 그 지출조차도 아까워하고 있다.

"……뭐, 생각해 보겠수. 할멈이 언제까지고 목숨이 붙어 있는 게 아닐 테니 말이우."

섬뜩한 말투였다. 다만, 도쿠사부로가 아내의 죽음을 각오하고 있다는 것이 사와코에게는 전해졌다.

그런데 그게 아니었는가 보다. 그다음 주, 출근하자마자 가가대학 의대 부속병원에서 마호로바 진료소로 전화가 걸려왔다.

아침 일찍 나미키 시즈가 구급차로 이송되어 입원했다고 했다. 사와코는 황급히 노로와 함께 병원으로 향했다.

응급 외래 대합실에 들어섰다. 긴 의자에 도쿠사부로가 앉아있었다. 사와코가 다가가 곁에 앉자 도쿠사부로는 힘없는 표정으로 눈길을 피했다.

"무슨 일이 있었는지 알려 주실 수 있겠어요?"

무슨 일이 있으면 진료소로 연락하라고 일러두었음에도 도쿠사부로는 먼저 119로 연락했다. 어느 정도의 일이 있었는지 알고 싶었다.

"아니, 큰일이 났었수. 선생께는 나중에 말하려고 생각했지. 새벽에 속에 있는 걸 다 토하고 기침이 도통 멈추지 않더라구."

토사물이 기관으로 넘어간 것이리라. 너무 격렬하게 기침을 하니 당황하여 구급차를 부른 모양이다.

"바로 마호로바 진료소로 연락해 주셨으면 대응할 수 있었을 텐데요."

도쿠사부로가 부들부들 떨며 고개를 저었다.

"아니, 그럴 상태가 아니었수. 어쨌든 금방이라도 숨이 넘어갈 듯하니 당장 뭐라도 해야 할 것 같아서. 나밖에 없는데 죽으면 곤란하잖수. 혼자서는 무섭기도 하고……."

도쿠사부로는 긁적긁적 머리를 긁적였다. 이전에 두 번, 나미키 씨 집의 꺼져가는 전등 아래에서 보았던 도쿠사부로의 얼굴은 병원의 밝은 LED 조명 아래에서 한층 더 침울해 보였다. 마구 자라난 수염은 거뭇거뭇하고 피부는 놀랄 정도로 창백했다. 무릎에 올려놓은 손은 파르르 떨렸다.

마음에 엉겨 붙은 것은 강한 불안과 공포이리라.

아내의 죽음에 대한 각오를 굳힌 것처럼 보였던 도쿠사부로였지만 실제는 전혀 그렇지 않았다.

모니터가 장착된 응급환자용 병실에서 시즈는 눈을 감고 몸을 축 늘어뜨리고 있었다. 링거 바늘이 빠지지 않도록 왼팔은 보호대에 고정되어 있고 오른손으로 관을 빼는 것을 방지하기 위해 손 싸개가 씌워져 있었다.

"이렇게 엄청난 곳에서 과잉진료해도 별도리 없는 것 아닌가요, 선생님?"

노로가 사와코에게 속삭였다. 사와코가 입술에 검지를 대었으나 이미 늦었다.

"노인이라고 내버릴 셈이냐? 네 놈은 썩 나가."

도쿠사부로가 낮은 목소리로 말하며 노로를 노려보았다.

사와코는 담당 의사의 호출을 받았다. 응급 외래에서 시즈의 처치를 맡은 젊은 의사였다. 시즈의 병세를 얼추 설명한 후, 담당 의사는 "그런데"라고 하며 다음 말을 이어갔다.

"원래 환자분은 재택사(자택에서 맞는 죽음)를 희망하셨던 것으로 알고 있습니다. 저희 병원은 현재 병상이 부족한 상태여서……."

사와코는 얼굴이 달아올랐다. 담당 의사가 하고자 하는 말이 무엇인지 뼈저리게 알고 있다. 고도 응급의료 현장에서는 우선시해야 할 중증 환자에게 병상을 배정할 필요가 있다. '재택 의료에서 대응 가능한 환자를 왜 재택 의사가 돌보지 않는 거지?'라는 의구심을 사와코도 품은 적이 있다.

응급의학 의사 시절을 떠올린다. 분명 7년 전, 다카다노바바의 회원제 온천시설에서 대규모 가스 폭발 사고가 일어났을 때의 일이었을 것이다. 병상이 부족하여 두개골 골절을 입은 젊은 남성 환자를 타 병원으로 돌릴 수밖에 없었다. 식욕을 잃은 의식장애의 고령 여성이 들어와 있었기 때문이다. 여성은 반년여 전부터 점차 먹지 못하는 상태가 되었다. 사와코는 고령 여성의 방문 진료담당 재택 의사에게 쓴소리를 했었다. "무엇을 위한 재택 의료인가요? 무턱대고 구급차를 부르지 않도록 환자에게 전해주세요."라고. 그 자리에 동석했던 입이 험한 동료도 "노인 시설 대응으로 병상을 점거하고 있으면 곤란합니다만."이라고 빈정거리는 말을 퍼부었다.

그때 송구해 하던 재택 의사의 모습이 현재 제 모습과 오버랩된다.

사와코는 사죄하는 심정으로 고개를 조아렸다. 그러자 상대도 벌떡 일어섰다.

"……풋내기의 무례를 용서하십시오, 시라이시 선생님."

젊은 담당 의사는 직립 부동자세로 꾸벅 고개를 숙였다.

"저는 4년 전 응급구조 학회를 잊을 수가 없습니다. 시라이시 선생님께서 발표하신 〈대학 병원의 응급의료체제의 현황 분석과 구명률 향상 프로그램〉은 대단히 자극적인 연구였습니다. 촌각을 다투는 현장에서 어떻게 하면 환자의 호흡 순환을 안정시켜서 전문의에게 연결해줄지, 즉 구명의 성패는 최초의 응급의사가 쥐고 있다고 하신 지적에 저는 마음을 빼앗겼습니다. 제가 본격적으로 이 길로 들어선 것은 그 강연을 듣고 나서부터였습니다. 설마 가나자와에서 시라이시 선생님을 뵐 줄이야……. 영광인 동시에 정신이 번쩍 납니다."

사와코도 다시금 오래 고개 숙여 인사했다. "고마워요."라고 말하고 싶지만, 차마 말이 나오지 않았다.

마호로바 진료소로 돌아오니 거의 정오가 되었다. 료코가 기다리다 지친 표정으로 환자 리스트를 건네준다. 오후의 방문 일정이다.

환자 성명과 진료기록부를 조회하며 페이지를 넘겼다. 조금 읽고 나서 눈을 감는다. 조금 전에 있었던 일이 뇌리를 스쳐 집중이 안 된다. 무심결에 긴 한숨이 새어 나온다.

"사와코 선생님, 괜찮으세요?"

노로가 "이거 드시고 혈당 수치 높이세요."라며 사탕을 하나 던져 준다.

"고마워."

다음 환자를 위해서라도 마음을 다잡아야지. 사와코는 포장지를 까서 사탕을 입에 넣고 굴린다. 하지만, 그래도 집중할 수가 없었다.

"왜들 그래, 여기는 꼭 지역 예선 패배 팀의 대기실 같군."

센카와가 간병 보조인이 밀어주는 휠체어를 타고 모습을 나타냈다. 정형외과 통원 재활 훈련을 마치고 돌아온 참이었다.

"선생님……."

본래의 주인을 맞이하자 진료소는 갑자기 밝아졌다. '역시나'라고 생각하며 사와코는 시즈의 입원 경위를 센카와에게 보고했다.

"병원 측 의사에게 '왜 재택에서 응급의료센터로 환자를 돌리느냐'라고 싫은 소리를 들었어요."

센카와가 피식 웃는다. 노로가 천장을 쳐다보았다.

"그 할배, 구급차 부르는 건 공짜라서 전화한 거죠. 돈, 돈 하면서 평소에는 간병 서비스며 간병 물품이며 벌벌 떨면서."

"어드밴스 케어 플래닝(Advance Care Planning; 사전 돌봄 계획)은 이번에도 별 효과가 없었나 보군……."

센카와가 중얼거리자 노로가 의아한 표정을 짓는다.

"어드, 밴……. 그게 뭡니까?"

스마트폰을 두드리던 노로는 "인생의 마지막 단계 의료 · 요양에 관해 환자의 의사에 따라 의료 · 요양을 받을 수 있도록 가족과 의료 · 간병 관계자가 미리 협의하는 것으로, 후생노동성이 장려하는 계획이군요." 하며 스스로 소리 내어 읽는다.

"재택 임종을 전제로 자택에서 의료를 시행한다면 가족과 의료인이 말기 의료의 세부적인 방침을 세워두는 거지. 당사자 부부와는 몇 번에 걸쳐 같은 이야기를 했지만……."

"그럼 왜 그랬죠?"

노로가 궁금하다는 눈빛으로 센카와를 바라본다.

"아무것도 하지 않고는 견딜 수 없는지도 모르지."

이제는 사와코도 이해한다. 아무리 심폐소생이나 인공호흡기 사용 여부 등 세부 항목에 관해 협의하여 재택사 방침을 세워두더라도 막상 가족이 죽음을 향해 변해가는 모습을 마주하면 사전 계획의 내용 같은 건 주위 사람들의 머릿속에서 싹 사라져버린다. 많은 경우, 허둥지둥하다가 구급차를 부르고 응급의료 프로세스에 편승하게 된다.

"사랑하는 사람의 죽음을 아직 인정하고 싶지 않다……. 그런 심정이겠지."

사와코의 말에 센카와가 크게 고개를 끄덕였다.

"그 결과, 소생 치료와 연명 치료를 받다가 원치 않은 곳에서 죽음을 맞이하기도 하지. 그런 일이 재택 의료에서는 왕왕 일어난다는 말이야. 그래서, 사와, 병원에서의 상태는 어땠어?"

센카와의 질문에 사와코는 시즈의 용태를 설명하기 시작했다. 그런데 센카와가 "스톱, 스톱" 하며 손을 들어 올렸다.

"내가 알고 싶은 건 도쿠 씨 쪽이야."

흠칫했다. 눈앞에서 이제라도 아내의 숨이 끊어질 듯한 모습을 보고 어찌할 바를 모른 채 구급차를 부르고 만 남편의 심신 상태는 어땠을까? 그렇구나. 그걸 파악했어야 했다.

사와코는 불안이 역력했던 도쿠사부로의 안색과 전신이 뻣뻣하게 경직되어 있던 모습에 관해 본 대로 말했다.

"그분의 심정, 저도 정말 이해돼요."

그때까지 잠자코 있던 료코가 대화에 끼어들었다.

"가족의 죽음은 정말 뼛속 깊이 무서워요. 사람이 죽는 순간을 본 적도 없는걸요. 재택 의료는 그 각오를 해야 하니까 사실은 정말 무서울 것 같아요."

"그렇지……."

사람의 죽음을 셀 수 없이 지켜봐 온 사와코는 깨닫지 못했다. 재택 의료에서는 임종을 지켜본 경험이 없는 가족에게 죽음을 지켜보게 하는 것이라는 것을. 그 단순하지만 무거운 사실에 사와코는 경악한다.

사와코 자신도 집에서 가족이 죽는 것을 본 경험이 거의 없다. 메이지 시대 태생이었던 할아버지가 할머니 곁에서 숨을 거두셨던 것을 어렴풋이 기억하고 있는 정도이다. 그로부터 수년 후, 할머니는 당연하다는 듯이 병원에서 돌아가셨다. 예순 살 이하의 젊은 세대라면 집에서 가족의 죽음을 본 경험이 없는 사람 수가 압도적으로 많을 것이다. 고령임에도 불구하고, "혼자서는 무섭기도 하고……."라고 했던 도쿠사부로 역시, 임종 맞이에는 초보자인 것이다.

사이가와 강변에서 사와코는 바람을 맞고 있었다.

초여름의 풀냄새가 올라왔다.

도쿠사부로가 두려움을 느끼는 것은 당연하다. '그럼 앞으로 어떻게 하면 좋을까?' 하는 생각에 골몰했다. 여울이 하얗게 거품을 일으키며 내는, 역전의 웅성거리는 듯한 소리 외엔 아무 소리도 나지 않았다.

"사와코"

갑자기 아버지 목소리가 들렸다. 뒤돌아보니 아버지도 물가로 내려와 이쪽으로 향해 천천히 걸어오고 있었다.

"아버지, 여기 있는 줄 어떻게 알았어요?"

"그야 알지."

집이 사이가와 강변에 서 있어서 강변을 앞뜰처럼 여기며 자랐다. 연날리기도 하고 배드민턴을 치며 놀았다. 조릿대 배를 만들어 띄워 흘려보낸 적도 있다. 클럽활동에서 정규 선수에 뽑히지 않아 분하여 울 때도 사이가와 강은 물소리로 덮어 주었다. 축구부 주장에게 고백했다가 맥없이 차인 후 쓸쓸히 앉아있던 곳도 이곳이었다.

"사와코는 어렸을 때부터 강변 자갈을 좋아했었지."

아버지는 강을 바라보며 미소 지었다.

"줄곧 자갈을 찾곤 했지."

"그랬었나?"

왠지 겸연쩍어 기억이 안 나는 척했다. 사실은 똑똑히 기억하고 있었다. 실은 지금 이 순간에도 예쁜 돌이 없는지 눈으로 살피고 있었다.

좋은 돌이 눈에 띄면 이득을 본 기분이었다. 초등학생 때, 둥글고 납작한 돌을 세 개 발견하여 가족 얼굴을 그렸다. 그 오브제는 오랫동안 신발장 위에 장식되어 있었다.

강가에서 집 쪽을 돌아보았다.

"아아, 예쁘라."

집의 널판장 밖으로 붉은색, 분홍색, 흰색 꽃들이 잔뜩 피어 있었다.

"응, 네 엄마의 꽃밭이지."

여기에서 보이는 것은 개양귀비다. 사와코가 어렸을 때 어머니와 함께 씨를 뿌렸던 것을 기억한다. 그랬더니 다음 해부터는 아무것도 하지 않는데 매년 어김없이 꽃을 피우는 것이다.

"그 돌 어쨌니?"

아버지도 같은 생각을 하고 있었나 보다.

"그 얼굴 그린 돌이요?"

"응."

깜짝 놀랐다. 그런 잡동사니 같은 작품을 아버지는 똑똑히 기억하고 있었다.

"신발장 서랍에 그대로 들어있을 거예요."

아버지와 어머니의 얼굴은 그때, 어떤 모습이었을까? 마치 타임캡슐 같다. 사와코는 집으로 돌아가 서랍을 열어보는 제 모습을 상상하자 두근두근했다.

아버지와 함께 강변을 뒤로했다. 제방으로 반쯤 올라가자 어머니의 꽃밭에 핀 낯선 꽃이 눈에 들어왔다.

"아버지, 저 보라색 꽃은 뭐였죠?"

노란색 대롱꽃을 축으로 푸른 빛 도는 보라색 꽃잎들이 의연한 모습을 뽐내고 있다.

"아, 저건 과꽃이야. 네 엄마랑 꽃집에서 같이 샀었지."

꽃말은, 다시 만나는 날까지. 사와코를 향한 말이었을까, 아니면 아버지보다 먼저 세상을 떠날 것을 예감했던 것일까?

시즈는 2박 3일의 입원 후, 가가대학 의대 부속병원에서 오토마루마치의 집으로 돌아왔다. 퇴원 당일, 사와코는 시즈의 집을 방문했다. 이불 속에 누워 있는 시즈는 눈에 띄게 생기를 잃었다. 구토의 위험이 커 링거 주입을 시작하고 위루 사용은 최소한으로 줄일 방침이다. 도쿠사부로는 평소와 달리 말수가 적었다.

상태가 좋지 않으므로 나미키 씨 집 방문횟수는 격주에서 매주로 변경한다.

시즈는 눈을 뜨고 있는 시간이 거의 없어졌다. 유동식을 주입할 때마다 내용물이 위에서 식도, 또 목구멍 부근까지 역류했다. 일부는 기관으로 흘러 들어가서 다량의 가래가 나오게 되었다. 임종이 가까워지고 있다.

시즈의 임종을 자택에서 지키기 위해서, 사와코는 도쿠사부로를 차근차근 교육해야겠다고 생각했다. 교육이란 죽음의 프로세스 설명, 소위 '죽음 강의'이다.

퇴원한 다음 주, 시즈의 진찰을 끝내자 도쿠사부로에게 이야기를 꺼냈다. 시즈의 침실을 조용히 빠져나와 도쿠사부로를 권하여 옆 거실로 자리를 옮겼다.

"왜, 왜 그러슈? 선생……."

뭔가 눈치챈 듯한 모습의 도쿠사부로에게 사와코는 진지한 모습으로 말을 시작했다.

"대단히 안타깝습니다만, 부인과 이별할 시간이 다가오고 있습니다."

도쿠사부로는 여느 때보다 더 진지한 말투로 말하는 사와코를 쳐다보았다.

"생물은 생명 활동을 끝내려 할 때, 우선 먹지 않게 됩니다. 위장의 움직임이 멈춰가기 때문이에요. 부인의 경우도 연동운동, 즉 위와 장에서 음식을 차례로 이동시키는 활동이 저하되고 있습니다. 그래서 유동식이 입으로 역류하여 구토하는 거예요."

도쿠사부로는 "그렇군."이라고 중얼거린다.

"죽음은 결코 무서운 것이 아닙니다. 오늘은 남편분께 이별이 다가옴에 따라 나타나는 부인의 몸의 변화와 앞으로의 상태에 관해 자세히 말씀드리려고 해요. 앞으로 할 이야기를 죽음을 배우는 수업이라고 생각해 주세요."

"죽음을, 배운다고……."

도쿠사부로가 의아한 눈빛으로 사와코를 바라본다.

사와코는 설명을 위해 준비해 온 큰 사이즈의 스케치북을 펼쳤다.

"죽음을 향한 변화는 사람마다 다릅니다. 지금부터 말씀드리는 것은 일반적인 경우라고 생각해 주세요. 우선은 죽기 일주일에서 2주일 전입니다. ① 점점 잠들어 있는 시간이 길어집니다. ② 꿈과 현실을 오가게 됩니다. 섬망이라고 부르는 헛소리 같은 말을 하기도 하고 보이지 않는 것이 보이는 듯한 동작을 할 때도 있습니다. 이것들은 전부 죽음의 징후입니다."

사와코는 키워드를 써 내려 가며 때때로 몸짓으로 보여주었다.

많은 의사가 그럴 테지만 이제까지 사와코는 환자의 죽음에 관해 사전에 가족에게 자세히 설명해 본 적은 없었다. 의대생 시절을 비롯하여 연수받았던 병원, 대학 병원, 관련 병원에서도 한 번도 없었다. 끊임없이 응급환자가 쇄도하는 응급의료센터는 말할 것도 없다. 의료현장에서는 눈앞에 있는 환자의 병을 고치는 것만이 의사의 역할이라고 생각했기 때문이다.

"……마지막 날이 되면 호흡의 리듬이 불안정해질 겁니다. 흔히 위독 상태라고 부르죠. 그리고 평소에는 사용하지 않던 턱 근육을 움직여서 입을 뻐끔뻐끔하면서 헐떡이는 듯한 호흡을 하게 됩니다. 이것을 하악 호흡이라고 부릅니다."

"하아, 악……. 뭐라고요?"

도쿠사부로가 귀에 손을 갖다 댄다.

"하, 악, 호흡, 하악 호흡이에요. 운명하시기 여덟 시간 전부터 나타나는 현상으로 죽음의 징조에 해당하는 호흡이에요. 뇌의 산소 부족으로 일어나는 현상으로 보기에는 하아, 하아 하며 고통스러운 듯이 보이지만 환자 본인은 고통을 느끼지 않습니다."

"그럼 나는 어떻게 하면 되는 거요?"

도쿠사부로가 침통한 표정으로 물었다.

"부인은 죽음의 여행을 떠날 준비를 하는 중이에요. 가만히 손을 잡아주세요."

도쿠사부로는 진지한 눈빛으로 고개를 끄덕였다.

"호흡 리듬이 더 흐트러지고 간격이 길어져서 숨이 끊어진 것처럼 보일 때가 있을지도 모릅니다."

"그런 일이……."

도쿠사부로의 시선이 요동한다.

"네, 일어납니다. 부디 마지막 호흡까지 지켜봐 주세요."

도쿠사부로는 이를 악물고 몇 번이나 고개를 주억거렸다.

"다음으로 부인의 의식과 감각 변화에 관해 자세히 설명하겠습니다. 조금 전에 운명하기 약 2주 전부터 섬망이라는 현상이 일어날 가능성이 있다고 말씀드렸지요. 어려운 글자인데 이렇게 씁니다."

사와코는 스케치북에 큰 글자로 '섬망(譫妄)'이라고 썼다.

"망(妄)은 마음이 흐트러지는 것. 섬(譫)은 헛소리를 의미합니다. 사람에 따라서, ① 신경이 날카로워지거나 ② 착란 상태에 빠지거나 ③ 환각을 수반하는 사례도 있습니다. 반대로, ④ 과묵해지고 내면으로 빠져드는 환자분도 있습니다."

사와코는 여기에서도 키워드를 스케치북에 적어갔다.

"우리 할멈이 어떻게 될지는 모르는 거요?"

사와코는 천천히 고개를 끄덕였다.

"섬망은 일종의 의식장애로 흥분하는 방향으로 나타나는 경우와 반응성이 저하하여 활동이 감소하는 경우, 양방향으로 나타날 수 있습니다. 예측은 불가능합니다."

도쿠사부로는 심각한 표정을 짓고 있다. 어느샌가 무릎을 가지런히 모으고 정좌하고 있다.

"그리고 ③ 환각에 관해 말씀드리면 이미 죽은 사람의 모습을 보는 체험을 하는 일도 흔합니다. 부모님이나 형제, 혹은 예전 친구나 지인, 죽은 반려동물에 관해 언급하는 사례도 있습니다. '마중 현상'이라고 부르는 죽음 직전의 정신 증상입니다."

"아, 마중이로군. 저승에서 온 사람이 병인의 머리맡에 서 있다거나……."

도쿠사부로는 탁상에 놓여 있던 전단과 볼펜을 끌어당기더니 자기 나름대로 메모하기 시작했다.

"섬망에 의해 이런 현상이 일어났을 때는 부인이 하는 말을 부정하지 마시고 안심을 줄 수 있도록 대해 주세요. 단 부인이 괴로워하시는 경우에는 진정제를 처방하는 것도 검토하겠습니다. 그것에 관해서는 나중에 다시 상의하지요. 계속해서 부인의 체온과 피부의 변화에 관한 것입니다……."

사와코는 스케치북의 새로운 페이지를 펴고 설명을 계속해 나갔다. 도쿠사부로만을 위한 강의는 그로부터 두 시간 이상 이어졌다.

'죽음 강의'로부터 닷새째 되는 날 이른 아침, 사와코의 스마트폰이 울렸다. 머리맡에 손을 뻗는다. 도쿠사부로였다.

"서, 선생, 시즈가, 하악 뭔지를 하고 있수."

시각은 오전 5시 20분. 통화를 끝내자마자 노로의 스마트폰으로 전화를 걸었으나 곧바로 부재중 전화로 전환되었다. 사와코는 혼자서 나미키 씨 집으로 향할 각오를 굳혔다. 백의를 걸치고 자전거의 페달을 힘주어 밟았다.

아직 자동차나 사람들이 움직이기 전이라서 그런지 길은 생각보다 달리기 쉬웠다. 사와코는 오토마루마치의 나미키 씨 집을 향해 전속력으로 달렸다. 출발했을 때만 해도 아직 쌀쌀했는데 금세 땀이 솟아났다. 한시라도 빨리 가야겠다는 심정이었다.

시즈의 집이 보였다. 숨이 가쁘고 다리가 휘청거린다.

"안녕하세요. 마호로바 진료소입니다. 나미키 씨."

구두를 가지런히 놓을 여유도 없이 사와코는 뛰어들 듯이 집 안으로 들어갔다. 안쪽 침실이다. 장지문을 열었다.

역시 시즈는 헐떡이는 듯이 하악 호흡을 하고 있었다. 곁에 앉은 도쿠사부로는 아내의 손을 꼭 쥐고 있다.

"선생……. 고맙수. 잘됐구려, 시즈. 선생께서 와주셨어."

도쿠사부로는 떨리는 목소리로 아내의 얼굴을 바라보고 있다. 하지만, 평정을 잃은 모습은 아니다. 시즈의 목덜미 아래에 수건을 말아 괴어놓아 기도 확보 조치를 해놓았다. 사와코가 가르쳐준 대로였다.

"왜, 임자는 이렇게 사람을 놀래는지. 아침 댓바람부터…….

시즈."

작게 혀를 차더니 도쿠사부로는 혼잣말을 중얼거렸다. 평소의 욕지거리만큼은 힘이 없다.

"어제 시즈에게 괜찮냐고 물었더니 시끄러, 라고 호통을 칩디다. 이제껏 그런 말은 한 번도 한 적 없었는데. 그런데, 그건 선생이 말했던 섬망인지 뭔지 하는 거라는 게 떠올랐수. 그래서 알았어, 알았어, 라고 달랬더니 고맙다고 합디다. 그러더니 당신이랑 생선가게 해서 좋았다고……."

사와코는 환자의 맥을 촉진했다. 경동맥밖에 잡히지 않았다. 혈압은 이미 70 이하로 떨어진 상태로 바야흐로 죽음 직전이었다.

"나도 곧 따라갈 거구먼, 시즈……. 천국에서도 같이 생선가게 하세."

시즈의 입술이 보라색이 되었다.

"……그동안 신세 많이 졌어, 시즈."

환자의 맥이 더욱 약해졌다. 도쿠사부로의 목소리가 들리지 않을 정도로 작아졌다.

"고, 마워, 시즈……."

뼈가 앙상한 도쿠사부로의 양어깨가 격렬하게 흔들리기 시작했다.

"시즈, 시즈……. 시즈."

도쿠사부로가 목멘 소리로 울부짖으며 수차례 아내의 이름을 불렀다.

약 한 시간 후, 시즈는 도쿠사부로에게 손을 맡긴 채 조용히 여행을 떠났다. 부재중 메시지를 듣고 달려온 노로와 마요도 임종에 입회했다.

사후 처리, 이른바 '엔젤 케어(시신을 반듯이 갈무리하고 메이크업을 함으로써 단장하는 일련의 과정)'가 끝난 후 도쿠사부로는 사와코를 향해 불쑥 말했다.

"이번엔 안 무서웠수, 선생."

사와코는 고개를 끄덕이며 도쿠사부로에게 미소지었다.

"마지막까지 정말 수고 많으셨습니다."

사와코의 말에 도쿠사부로는 꾸벅 고개를 조아렸다.

"그렇긴 해도 슬프구먼. 이 사람하고 헤어진다는 생각은 해본 적도……."

흰 천을 벗기자 나타난 시즈의 얼굴을 바라보며 도쿠사부로는 오열했다. 그 모습이 너무나도 애처로워서 사와코는 저도 모르게 도쿠사부로의 등을 쓰다듬었다.

병원에서는 보이지 않던 진실이 실제로 환자의 생활 현장에 들어감으로써 비로소 눈에 들어오는 경우가 있다. 처음에는 매정한 남편으로밖에 보이지 않았던 도쿠사부로는 아내의 죽음을 앞에 두고 망연자실한 상태였다는 것을 깨달았다. 마지막까지 가족과 의미 있는 시간을 보낼 수 있도록 무엇이 빠져있는지 발견하고 메우지 않으면 재택 의료는 순조롭게 진행되지 않는다. 그 사실을 절실히 느꼈다.

긴 하루가 끝났다. 사와코, 마요, 노로가 점심때부터 여섯 건의 방문 진료를 마치고 마호로바 진료소로 돌아왔을 때는 이미 오후 여섯 시가 넘었다. 오늘은 처음으로 재택 임종을 경험했다. 왠지 평소와는 다른 엄숙한 기분이었다.

"사와, 정리 끝내고 나서 시즈 씨 정화 의식을 하러 가자고. 가즈에마치 찻집 거리에 있는 가게 분명 맘에 들 거야."

센카와가 손으로 술잔 기울이는 흉내를 낸다.

사와코는 아버지 저녁 준비를 해놓고 오지 않은 게 맘에 걸렸다.

"일단 집에 가서 아버지랑 식사하고 나서 올게요."

"오케이. 그럼 다쓰로 선생님께 맛있는 거 잔뜩 차려드리고 와. 나는 일찌감치 가 있을 테니까. 아홉 시 집합으로 하지."

"저도 합류하게 해 주세요."

노로가 기다렸다는 듯이 따라붙었다.

"료코랑 마요는 어때?"

두 사람에게서 "네에." 하는 대답이 돌아왔다.

마호로바 진료소에서 자전거를 타고 날아가니 십 분 만에 사이가와 강 근처의 집에 도착했다.

사와코는 가끔 요리하고 싶다는 마음에 스위치가 켜진다. 오늘은 '가사 도우미분'께 저녁 준비는 필요 없다고 미리 일러두었다.

슈퍼 마루후쿠에서 식재료를 산 후, 말린 날치 육수로 전골을 만든다. 잎새버섯에 우엉, 닭고기, 스다레후(글루텐에 쌀가루를 첨가해 치대어 발로 감싸 데친 것으로 이시카와현 가나자와 특산품)……. 어머니가 만들곤 했던 멧타지루(돼지고기, 채소, 고구마를 넣은 된장국)를 떠올리면서.

집안에 좋은 냄새가 퍼지니 아버지는 평소보다 기분이 좋아 보인다. 아버지 그릇에 담았다.

아버지는 천천히 음미하듯이 맛보더니 중얼거렸다.

"도쿄 요리도 맛있구나."

혀로 기억하고 있던 향토 요리를 만들 셈이었지만 어느샌가 어머니의 손맛은 멀리 가버린 모양이었다.

어렸을 때, 미꾸리 양념 꼬치구이와 암컷 대게 초무침을 자주 먹곤 했다. 일반적인 음식이라고 생각했었는데 도쿄에서는 한 번도 본 적이 없어서 향토 요리였다는 것을 깨달았다. 암컷 대게도 당시에는 그리 좋아하지 않았지만, 지금이라면 맛있게 느껴질 것 같다.

"네 엄마는, 요리를 잘했었지."

술이 점점 들어가자 아버지는 말이 많아졌다. 어머니에 대한 추억 이야기가 나온다는 것은 아버지의 기분이 좋다는 증거이다.

"어머니는 패션 감각도 좋았어요. 컬러풀한 실크 스카프도 많이 갖고 있었고요."

어른이 되면 누구나 스카프를 멋지게 맬 수 있게 될 것이다. 어머니의 옷차림을 보고 사와코는 그렇게 생각했었다. 그러나 그렇지 않다는 것을 깨닫게 된 것은 제가 마흔 살이 지나서였다. 여태까지 이야기해본 적 없는 화제로 아버지와 신이 나서 이야기했다. 그 자체가 사와코는 매우 즐거웠다.

"네 엄마는 피부가 희었으니까. 사와코에게도 그 스카프 잘 어울리지 않을까나?"

오늘 밤도 아버지는 언제나처럼 저녁도 잘 들고 약주를 즐기며 기분 좋게 잠자리에 들었다.

저녁 여덟 시 반이 되어 사와코는 센카와 일행이 기다리는 가즈에마치의 가게로 향한다. 'STATION'이라는 이름의 바(BAR)로 진료소 인근의 시모신초에 있는 신사 경내에서 구라가리자카(찻집 거리에 드나드는 사람들이 타인의 이목을 피해 지나다녔다는 좁은 언덕길)를 내려가는 도중에 있다고 한다. 그 옛날, 세력깨나 있는 나리들이 유곽에 드나드는 길로 삼았던 언덕길이다.

센카와가 알려준 길을 따라 걷다 보니 그 작은 가게는 금세 눈에 띄었다.

육중한 나무문을 밀어 열었다. 손님은 센카와 한 명뿐이었다. 늘 그렇듯이 휠체어에 탄 채로 카운터 중앙에 느긋이 자리 잡고 앉아 술을 마시고 있다. 배리어프리(거동에 방해가 되는 장애물, 즉 실내의 층계나 문지방 같은 턱을 없앰) 구조에 깜짝 놀랐다.

"어서 오세요."

소박한 느낌의 바텐더가 이쪽으로 오세요, 라고 하듯이 센카와의 옆자리를 가리킨다. 처음 와본 가게인데도 왠지 마음이 편해지는 분위기였다.

"오, 빨리 왔네. 세 명은 아직이야. 그래서, 다쓰로 선생님은 잘 드셨어?"

"덕분에요. 그런데 내가 만든 멧타지루를 드시고 도쿄 요리라고 그러시지 뭐예요."

센카와가 "다쓰로 선생님답네."라며 웃었다.

가게 내부는 세로로 좁고 긴 구조에 중앙에는 계단이 있다. 물수건으로 손을 닦으며 힐끔힐끔 둘러보았더니 바텐더가 사와코에게 말을 걸었다.

"옛 찻집을 유니버설 디자인(성별, 나이, 장애 등으로 인해 이용에 제약이 없도록 한 디자인) 철학으로 리모델링한 가게입니다. 재미있죠? 괜찮으시면 나중에 2층에도 올라가서 한번 보세요."

"고맙습니다."

왠지 예전부터 알고 지낸 사이 같은 느낌이 드는, 기묘한 포용력을 소유한 바텐더였다. 곱슬머리에 콧수염이 있다. 얼굴 전체가 가무잡잡하고 표정은 알기 어렵지만, 목소리가 친근하여 안심을 준다.

"야나세, 이쪽은 클리닉에 새로 온 여의사야. 조호쿠 의과대학 응급의료센터 전(前) 부센터장 시라이시 선생님이라고 하네."

"야나세라고 합니다."

양손을 공손히 모아 내민 명함에는 말을 타고 초원을 가르는 젊은 무사의 사진이 인쇄되어 있었다. 광활하고 푸르른 초원을 배경으로 'STATION 야나세 나오야'라는 글자가 눈에 띄는 흰색으로 새겨져 있다.

"말도 타고 보흐도 하지. 이래 봬도 야나세는 힘이 장사야."

"보흐, 요?"

"이른바 몽골 씨름입니다. 저는 젊을 때 몽골을 방랑하고 다녔거든요. 서른 살 넘어 귀국했을 때 이 가게 주인을 만나 바텐더 생활을 시작했습니다."

센카와가 카운터 끝에 있는 장기판을 끌어당겼다.

"다른 사람들 오기 전에 속기전으로 한 판 어때?"

사와코는 어렸을 때 센카와와의 대국은 무참한 패배의 연속이었던 것을 떠올렸다. 센카와는 어리다고 봐주는 일이 없었다.

"바라던 바예요."

말을 늘어세우자 센카와의 예전 모습이 떠올랐다. 생각할 때 턱에 손을 대는 버릇은 변함없다. 하지만 손가락과 턱에는 깊은 주름이 새겨져 있다. 나이 먹은 건 저도 마찬가지일진대, 나이 든 타인의 모습에 마음이 아프다.

승부는 역시 센카와의 승리였다. 사와코는 분함보다도 친오빠처럼 지냈던 센카와의 건재함이 기뻤다.

"자, 드세요. 가게에서 드리는 서비스입니다. 다음 승리를 향하여."

눈앞에 놓인 것은 흰 음료였다.

"고마워요. 탁주인가요?"

사와코가 묻자 센카와가 히죽히죽 웃는다.

"마유주입니다."

야나세가 드시라는 말 대신에 손바닥을 위로 올린다.

"우와 너무 셔!"

방심한 채 입속에 머금은 탓인지 엄청난 산미에 깜짝 놀랐다.

야나세의 말에 따르면 몽골에서는 건강해지는 음료라는 믿음이 있어 어린아이도 마신다고 한다. 듣고 보니 연한 우유나 요거트처럼 보이기도 한다.

몽골산 '순정품'은 일본에서는 일단 구할 수가 없다. 이 제품은 홋카이도의 낙농가 집단에서 야나세가 몽골 동료를 통해 입수한 국내 특제품이라고 한다.

혀의 자극에 지지 않고 꾹 참고 계속 마셨다. 그러자 점점 적응되었다. 본고장 마유주의 알콜 도수는 2% 전후라고 하지만, 이 특제품은 10% 정도 된다고 하니 맥주나 와인과 동급이다.

그때, 노로가 "안녕하세요. 짜자잔." 하며 나타났다. 마요와 료코도 함께였다. 료코가 등 뒤에 숨기고 있던 큰 꽃다발을 사와코 앞에 내밀었다. 게다가 마요가 "가가 향토 요리책도 함께 받아주세요."라며 건네준다. 사와코가 맛있는 가가 향토 요리를 아버지께 만들어 드리고 싶다고 했던 것을 기억했던 것이다.

"늦었지만, 오늘은 사와코 선생님 플러스 저의 환영회라고 합니다."

노로가 제 입으로 운을 떼자 센카와, 마요와 료코가 손뼉을 쳤다. 바텐더인 야나세도 함께였다.

"정말……?"

사와코는 가슴이 메었다. 여태까지와 180도 다른 새로운 일을 하며 당황하는 날들의 연속이었다. 재택 의료 정도는 대학 병원 응급의학 의사였던 제게는 별것 아닐 것이라고 내심 만만하게 보았었다. 그러나 날마다 새로운 것을 배우느라 허덕이며 지냈다. 축하받을 만한 일 같은 건 아직 아무것도 해내지 못했다.

"고맙습니다. 여러분의 지도와 협조가 없었다면……."

왈칵 눈물이 쏟아져 몸을 뒤로 돌렸다. 야나세가 손수건을 내밀었다.

"자 그럼, 정식으로 시작해볼까? 야나세, 시작해도 좋아."

센카와의 지시로 차가운 맥주를 하나씩 받자 이어서 근사한 배 모양 그릇에 담긴 생선회가 나왔다. 노로가 자리에서 일어섰다.

"그럼, 여러분, 잔은 다 준비되셨죠?"

"잠깐 기다려, 노로."

사와코가 노로를 제지했다.

"먼저 나미키 시즈 씨의 명복을 빌고 싶습니다만."

센카와와 마요도 고개를 끄덕이고 료코도 미소지으며 동의를 표했다.

"그럼, 일 분간 묵도합시다."

노로의 신호에 따라 눈을 감는다. 분투했던 날들이 기억 속에 되살아났다. 다시 신호에 따라 눈을 떴다. 노로가 작은 소리로 사와코에게 말했다.

"사와코 선생님, 선창 부탁합니다."

사와코는 잔을 들었다.

"이곳에 와서 처음 맡은 환자분 중 한 분인 나미키 시즈 씨께 많은 것을 배웠습니다. 감사의 마음을 가득 담아 잔을 올립니다. 헌배!"

모두 술을 마시며 한두 마디씩 시즈에 관해 이야기를 나눴다.

"사람 일은 알 수가 없는 거야. 시즈 씨, 2년 전까지만 해도 그렇게 활기 넘치는 아줌마였는데……."

센카와가 안타깝다는 듯이 말한다.

"영양공급이 안 되다 보니, 순식간에 쇠약해져버리셨죠."

마요가 숙연한 목소리로 말한다. 사와코도 그것이 안타까웠다.

생각지도 못하게 조용한 환영회였다. 하지만 재택 임종을 곱씹어볼 귀중한 기회이다.

야나세가 담담한 목소리로 말한다.

"음식을 먹는 생물만 살아간다. 먹는 행위는 목숨을 이어가는 행위인 거죠. 그것이 자연 그대로의 모습입니다."

"초원의 동물 이야기인가요?"

사와코가 묻는다.

"네, 말도 양도 소도 개도 인간도 마찬가지 아닙니까? 생명에는 한계가 있습니다. 생물은 먹을 수 없어지면 끝입니다. 몽골의 대초원에서는 그것을 실감할 수 있습니다."

야나세의 말에는 움직일 수 없는 사실이 나타나 있다.

'생명에는 한계가 있다.' 사와코는 왠지 위로받는 심정이었다. 환자의 생명을 구할 수 없더라도 어쩔 수 없는 상황도 있는 거라고, 사람의 지혜를 뛰어넘는 어떤 존재에게 용서받은 듯한 기묘한 감각이다.

시즈도 그렇다. 한계를 맞이한 것이다.

STATION에서 돌아오는 길에, 야나세는 센카와를 번쩍 등에 업고 언덕의 돌계단을 가뿐하게 올라갔다. 그 뒤를 노로가 휠체어를 들고 따른다. 노로는 센카와의 집에서 셋방살이하고 있었다. 노로도, 센카와도 서로에게 도움이 되고 있는 듯하다

가나자와에 돌아온 지 한 달이 지났다. 바로 얼마 전까지 근무했던 거대한 현장이 아득히 멀게 느껴졌다. 마음속을 들여다보면 불안보다도 기대가 크다. 나는 역시 가나자와를 택한 것이라는 확신에 가까운 기분이 충만해진다.

달빛이 드리워진 구라가리자카를 비틀거리는 걸음으로 한 발짝씩 걸으며 사와코는 킥킥 소리 내어 웃었다.

"사와코 선생님, 특제 마유주, 과음하셨군요."

"노로야말로 혀가 꼬였잖아. 센카와 선생님하고 바로 집으로 돌아가."

농담을 주고받으며 웃음이 멈추지 않는다. 왜일까? 즐거운 일 따위 아무것도 없었는데.

제2장 | 포워드의 도전

비 오는 날의 가나자와는 고요하다. 도쿄보다 빗방울이 작고 바람도 잠잠하다.

안개 같은 비가 하늘에서 수직으로 내려온다. 음전하여 자기를 내세우는 법이 없다. 비가 내리나 하면 어느새 이미 그치곤 한다.

막 7월에 들어선 그 날도 아침부터 그런 날씨였다.

노로는 굳이 와이퍼를 작동하지 않고 차를 몰고 있었다. 가느다란 빗줄기가 먼지와 섞이면 오히려 차 앞유리창이 잘 보이지 않게 되기 때문이다. 도쿄에서 돌아온 지 얼마 되지 않았을 때 사와코는 무심코 작동시킨 와이퍼가 시야를 가려 식은땀을 흘린 적이 있었다.

가나자와역 앞 도로를 따라 달리다 역사 정면 중앙사거리에서 좌회전한다. 잠시 그대로 직진한 후 호쿠리쿠 본선 고가도로 아래를 지나 역 동쪽 출구에서 서쪽 출구 쪽으로 나온다. 신칸센 개통을 기점으로 도시개발이 추진되어 호텔과 사무용 빌딩, 고층 아파트가 늘어서게 된 고도(古都) 가나자와의 신시가지이다.

오늘 방문 진료의 대상은 그런 빌딩 최고층에 사는 환자였다.

조수석의 마요가 도로 옆에 우뚝 선 장엄한 외관의 건물을 신기하다는 듯이 쳐다보고 있다.

"우와 대단해. 저 호텔은……."

평소답지 않게 목소리가 작아서 알아듣지 못했다.

"마요, 뭐라고 했어?"

노로가 운전석에서 물었다.

"아니, 좁고 낡아빠진 우리 료칸에 비하니 뭐랄까, 대단한 호텔이구나 싶어서."

"가나자와에 살면서 처음 보는 거야?"

"평소에는 이쪽으로 올 일이 없으니까."

소개장과 함께 료코가 귀띔해 준 정보에 의하면 환자는 이 앞쪽에 있는 사무용 빌딩의 최고층을 통째로 사용하고 있다. 아래층 플로어에는 그가 경영하는 회사가 세입자로 들어와 있고 직원 약 200명이 일하고 있다고 한다.

입구를 천연석으로 웅장하게 장식한 호텔 앞을 지나간다. 조금 지나자 이번에는 전면 유리 건물이 모습을 드러냈다. 20층짜리 사무용 빌딩은 위용을 뽐내며 가나자와를 덮은 하늘을 자랑스러운 듯이 투영하고 있다. 다만 오늘은 비를 잔뜩 머금은 무거운 먹구름으로 덮인 하늘이다.

"대단하긴 하네. 저 건물 최고층 전체가 한 집이라니."

미리 지시받은 대로 지하에 있는 손님용 주차장에 차를 세웠다. 엘리베이터 홀 앞의 자동문 패널에 집 호수를 입력하자 "안내인이 내려가겠사오니, 잠시 앉아서 기다려주십시오."라는 목소리와 함께 유리문이 열렸다.

"우리끼리 갈 수 있는데 귀찮게시리."

노로가 다리를 탈탈 떨고 있다.

유리문 안쪽은 호텔 로비 같은 공간으로 되어 있었다. 흰색을 기조로 한 디자인으로 중앙에 둥근 수조가 놓여 있다. 사와코 일행이 소파에 앉은 지 얼마 지나지 않아 연배가 지긋한 남성이 내려왔다. 사와코 일행은 남성의 뒤를 따라 환자 집으로 향했다. 안쪽 문과 엘리베이터에 탈 때마다 카드키가 필요했다. 그래서 안내인이 필요한 것이었다.

최고층에 도착하자 그곳에는 주거용 현관으로 되어 있었다.

"오오, 펜트하우스 같은 느낌이로군."

노로가 눈을 반짝였다. 사와코가 어디에서 구두를 벗어야 할지 망설이고 있자 "신은 신으신 채로 들어오셔도 됩니다."라고 안내인이 말한다.

광택이 나는 마루를 더럽힐까 봐 조심스럽다. 그 앞쪽도 푹

신푹신한 흰 카펫이 깔려 있어 신발을 신은 채로 디디기가 한층 망설여진다. 노로는 신경 쓰는 내색도 없이 걸어갔지만 마요는 카펫이 깔리지 않은 벽 쪽의 좁은 널마루 부분을 까치발로 걸어가고 있다.

여러 개의 문 앞을 스쳐 지나간 다음 안내인 남성이 갑자기 멈춰섰다.

“이쪽입니다.”

흑단 재질의 키가 큰 문이 자동으로 열린다.

빛이 쏟아지는 천장과 삼 면이 큰 창으로 둘러싸인 넓은 공간이 눈앞에 나타났다. 마치 선룸 같다는 생각이 들 만큼 밝은 방이었다. 중앙에는 침대가 있고 꽤 젊은 남성이 누워 있었다. 상체 부분이 조금 추켜올려져 있어 긴 소파에 앉아있는 듯한 느낌을 주기도 했다.

“시라이시 선생님 되십니까? 에노하라입니다.”

사와코는 인사할 타이밍을 놓쳐 순간 당황했다. 에노하라는 싱긋 웃더니 윙크했다.

에노하라 잇세이는 40세, 가나자와를 대표하는 IT 기업 대표이다. 가가대학 대학원에서 정보통신공학 석사 학위를 취득한 후, 뉴질랜드 유학을 거쳐 상품의 초고속 배송에 특화된 패션 인터넷쇼핑 사이트를 설립한 이 지역의 유명인이다. 다양한 상품군을 갖춘 댄스용 패션과 사이트 내의 코디 어드바이스 애플리케이션이 눈 깜짝할 새에 인기를 끌어 전국적인 지명도를 자랑하게 되었다.

그런데 한 달 반 전, 럭비 경기 중에 척수 손상을 입어 손발을 움직일 수 없는 사지 마비 상태가 되었다. 에노하라가 경영하는 회사 내의 아마추어 럭비팀에서 양 팀을 나누어 경기하던 중에 일어난 불행한 사고였다.

카리스마 넘치는 사장을 핵심 멤버로 화기애애하게 럭비공을 좇는 게임 중에 발생한 비극이었다. 어마어마한 충격이 팀과 회사를 휩쓸었으리라.

에노하라는 그런 것은 조금도 내색하지 않고 이야기를 시작했다.

"30대 마지막을 기념하는 경기가 뜻하지 않은 결과가 되어 망연자실했습니다. 저기, 선생님, 먼저 여러 가지 질문이 있는데 괜찮겠어요?"

마지막 부분에서 에노하라는 갑자기 격식 없는 말투로 말했다.

"물론 괜찮습니다."

안내인 남성의 권유로 사와코는 침대 옆의 일인용 소파에 걸터앉았다. 노로와 마요도 자리를 안내받았다.

"제 몸의 움직임에 관해 알고 있죠?"

"네, 소개장을 통해 어느 정도는요. 다만 혹시 괜찮으시면 먼저 간단히 몸을 진찰해봐도 될까요? 그쪽이 질문에도 대답하기 쉬울 것 같아서요."

향후 진찰의 향방을 정하기 전에 서로의 의중을 떠보는 듯한 느낌이다. 여태까지의 의사 인생을 통해 사와코는 구급차로 이송된 허다한 환자를 일분일초를 다투며 불문곡직하고 진찰하고 치료해왔다. 지금 환자와 나누고 있는, 어떤 의미에서 한가로운 대화는 아직 익숙하지 않아 더듬더듬 안개 속을 걷는 기분이었다.

"아, 좋아요. 얼마든지 하세요."

에노하라는 눈을 감았다.

사와코는 에노하라의 가슴에 청진기를 댄다. 호흡음도 좋고 심음도 문제없다. 침대 위에 축 늘어져 있는 다리를 만져본다. 부종도 없고 피부 상태도 양호하다.

"조금이라도 좋으니 다리를 들어 올려 보세요."

전혀 움직일 낌새가 없다. 다리뿐만 아니라 손도 마찬가지였다. 에노하라가 손가락을 펴려 해도 힘이 들어가지 않았다.

즉 에노하라가 움직일 수 있는 것은 목 윗부분뿐으로 양손과 양다리는 거의 움직이지 못했다. '경추손상 레벨은 5번'이라고 소개장에 기재된 대로였다.

경추는 머리에서 가까운 부위부터 순서대로 제1경추~제8경추라는 이름이 붙어 있고 손상 부위가 상위일수록 장애 범위가 넓어진다. 손상을 입은 부위에서 아래쪽으로 뇌의 지시가 전달되지 않게 되기 때문이다.

에노하라는 제5경추에 장애를 입어 사지 마비 상태에 빠졌다. 다만 호흡에 관계되는 횡격막을 담당하는 제4경추의 기능은 남아 있어 인공호흡기에 의존하는 생활은 간신히 면했다. 에노하라와 같이 경추 손상으로 어떤 형태로든 장애를 입은 사람은 전국에 연간 오천 명에 이르는 것으로 알려져 있다.

한차례 촉진을 끝낸 사와코는 마요에게 혈압과 맥박 측정을 지시했다. 마요는 고개를 끄덕이고는 입을 한일자로 꾹 다물고 에노하라의 셔츠 소매를 걷어 올렸다. 그때 마요의 손이 미끄러져 에노하라의 목에 스쳤다.

"으앗! 뭐야, 너."

날카로운 에노하라의 목소리가 날아왔다.

"꼭 얼음장 같잖아. 어떻게 할 수 없어?"

"죄송합니다!"

에노하라의 질책에 놀라 손을 움츠린 마요의 몸이 뻣뻣하게 굳어버렸다. 사와코는 한순간 망설였지만, 지금은 교체하는 편이 낫겠다고 판단했다. 오늘은 노로도 마요도 왠지 침착성을 잃은 듯하다.

"그럼, 제가 하겠습니다. 마요는 진료기록부를 준비해줘."

사와코는 재빠르게 측정을 마치고 진료소견을 기록했다. 전신 상태 평가와 함께 향후 재택 의료에서 취해야 할 주요 방침을 간결하게 기재했다. 내과적 평가 지속, 요도 카테터 관리, 피부 욕창 예방, 그리고 물리치료사에 의한 재택 재활 훈련 도입 등이다.

"그럼 에노하라 씨, 질문해 주십시오."

에노하라는 다시 침착한 말투로 돌아왔다.

"먼저 드리고 싶은 말씀은, 오늘은 채용 면접이라고 생각하십시오."

생각지도 못한 말이었다. 그러나 에노하라는 사와코의 반응 따위에는 관심이 없다는 듯이 헛기침을 하더니 고개를 살짝 들고 "시즈카"라고 중얼거렸다.

노크 소리와 함께 자그마한 체구에 피부색이 가무잡잡한 여성이 들어왔다. 에노하라의 작은 목소리는 옷깃의 마이크를 통해 옆 방으로 전달되는 모양이었다.

여성은 무미건조한 목소리로 "실례합니다."라는 말만 하고 벽 쪽의 의자에 앉았다.

"이 사람은 신경 쓰지 않으셔도 돼요. 아내예요."

에노하라는 다시 사와코를 바라보았다.

"병원에 한 달 반 입원하며 재활 훈련을 받았지만, 최근에는 재활의 효과를 전혀 느낄 수가 없습니다. 저는 회사를 경영하고 있으므로 이곳을 오래 비울 수 없는 사정이 있어요. 그래서 결국 입원의 의미를 발견하지 못하고 재택 의료로 전환하는 방침을 취한 것입니다."

사와코는 고개를 끄덕였다. 톱다운 방식의 경영으로 사업을 확장해온 기업가다운 합리적이고 신속한 판단이라고 생각했다. 옳고 그름을 떠나서.
"시라이시 선생님은 어느 대학 출신입니까?"
"조호쿠 의과대학입니다."
"아, 사립대학입니까? 성적은요?"
에노하라는 의아하다는 눈빛이었다.
"……글쎄요, 상위권이었습니다."
사와코는 주저하며 대답했다.
"재택 의사 경력은?"
"2개월입니다."
에노하라가 "아, 신입이시군."이라고 중얼거렸다.
"그럼 여기 오기 전에는 어디에?"
"조호쿠 의대 병원 응급의료센터에서 근무했었습니다."
"실례지만, 그곳에서의 직함은?"
"부교수, 부센터장이었습니다."
에노하라는 '부교수'라는 말에 살짝 한쪽 눈썹을 올렸을 뿐, 이어서 쉴 틈을 주지 않고 질문을 던졌다. 그 뒤쪽에서 아내인 시즈카가 사와코를 채점하듯이 메모하고 있었다.
"그리고, 결혼은 하셨습니까?"
에노하라는 결혼반지가 없는 사와코의 왼손에 눈길을 주었다.
"과거에 한 번……."
연애에 늦된 탓에 동기 남성 의사와 결혼했지만, 생활의 엇

갈림으로 인해 금세 헤어지고 말았던 기억이 통증 같은 느낌과 함께 되살아났다.

"자녀분이나 그 외 가족분은?"

아이가 없는 것에 관해서는 손주를 기다렸을 부모님께는 죄송하다는 생각으로 살아왔다.

"아이는 없습니다만, 이 도시에 아버지가 있습니다……. 저기, 에노하라 씨의 치료와 무슨 관계라도 있습니까?"

목소리에 불쾌감이 배어 나오는 것을 억누를 수가 없었다.

"실례했습니다. 어느 정도 일에 집중할 수 있을지 알고 싶어서요. 그럼 병에 관한 질문으로 돌아가겠습니다. 응급의료 전문이었다는 것은 척수 손상 치료에 관해서는 그리 해박하지는 않다고 이해해도 되겠습니까?"

이런 식으로 환자 측에서 치료 능력에 의구심을 드러내는 것은 처음이다. 사와코는 순간 말문이 막혔다.

"지적하신 대로 척수나 말초신경 질환에 관해 전문의의 지식에는 미치지 못합니다."

어찌 됐든 솔직히 대답할 수밖에 없었다. 사와코의 전문 분야는 목숨이 위태로운 환자다. 이미 척수 손상을 입고, 생존이라는 점에서는 안정된 환자에게 무엇을 해 주면 좋을지 100% 자신은 없었다.

"적어도 정형외과 출신 재택 의사라면 좀 더 도움을 드릴 수 있을지 모릅니다. 시 의사회 등에 알아보시면 어떨까요?"

그렇게 된다면 에노하라가 원하는 치료에도 정통할 것이다. 하지만 그는 고개를 저었다.

"물론 찾아봤습니다. 한 명 있었지만, 안 되겠더라고요. 자기 전문분야에 자부심이 너무 셌던 걸까요? 재활이 끝나지도 않았는데 중단하고 퇴원한 것은 어리석다고 하더군요. 효과가 나타나지 않는 걸 계속하라는 쪽이 어떻게 된 거 아닌가요? 사고가 경직됐어요."

에노하라의 입술이 분노로 떨리고 있음을 알 수 있었다.

"그쪽에서 무언가 하고 싶은 말이 있으면 하세요."

채용담당자가 면접 종료를 고하는 듯한 말투였다.

"진료하기 전에 환자분으로부터 이런 정도까지 질문을 받은 것은 처음입니다."

출신 대학이나 전문분야를 묻는 경우는 가끔 있었다. 하지만 전문분야가 아니라는 것을 지적하거나 사적인 화제를 파고든 환자는 없었다.

"그 점은 실례했습니다. 저에게는 상식이 없어요. 상식 같은 것에 얽매이면 창업 같은 건 할 수 없어요. 오히려 상식을 부수는 게 저의 일입니다."

에노하라는 차가운 눈 그대로 하하하 하고 웃었다. 노로가 불쾌한 듯이 입이 뾰로통해졌다.

"솔직히 말씀드리면 재택 의사라는 자들을 신뢰할 수 없어요. 이전에도 몇 명인가 면접을 봤습니다만, 변변한 지식도 없는 작자들이 너무 많아요. 그런 주제에 전문분야는 아니지만 괜찮다는 둥 지껄이더군요. 저는 선무당 같은 의사 손에 죽고 싶지는 않아요."

최근 몇 년간 재택 의료현장에서 재택 의사의 수요가 급격히 높아지다 보니 재택 의사의 전문성이 확립되지 않은 채 저변이 확대되고 있는 것도 틀림없는 사실이다.

대학 병원이나 대규모 병원에서는 진료과를 초월한 '통합적 팀 의료'가 도입되기 시작했다. 환자의 질환과 병세에 대응하기 위해 복수의 의사가 전문 영역을 넘어서 환자 한 명의 진료에 참여하는 체제이다.

조호쿠 의과대학 병원에서는 사와코가 소속되어 있던 응급의료센터가 그런 팀 의료의 중추적인 역할을 맡고 있었다.

"이제라도 숨이 끊어질 듯한데 자네가 감당할 수 없는 환자가 실려 왔을 때는 어떻게 하겠나?"

신입 의사였을 때 의국에서 선배에게 그런 질문을 받았던 때가 떠올랐다. 우물거리고 있으니 선배는 명쾌한 답을 일러주었다.

"그 환자를 구할 수 있는 다른 전문가를 찾아와."

재택 의료에서도 뇌졸중, 심장병, 암 등 장기 요양에 대응할 수 있는 의사 외에도 욕창 처치를 전문으로 하는 피부과 의사나 노인성 우울증이나 알코올 중독에 정통한 정신과 의사 등도 팀에 합류하면 이상적일 것이다. 하지만 현실적인 문제로서 규모가 작은 재택 진료소에서 각 질환의 전문 의사를 한데 모으는 것은 불가능하다.

애초에 혼자서 모든 질환에 대처할 수 있는 만능 의사는 대학 병원에 근무하는 의사든 재택 의사든 많지 않다. 그러나 환자의 눈에는 팀을 꾸리지 않고 혼자서 분투할 수밖에 없는 재택 의사는 개개인의 역량에 큰 차가 있는 것처럼 비칠 것이다.

"시라이시 선생님, 당신처럼 대학 병원의 요직에 있던 사람이 재택 의사가 된 이유는 무엇입니까? 제가 보기에는 유명 호텔 지배인급 인재가 작은 료칸의 객실 담당으로 전락한 것 같은 느낌이네요."

마요가 입술을 깨무는 것이 보인다.

"시라이시 선생님은 최고참 안방마님이 되니 근무하는 병원의 인간관계에 싫증이 나셨습니까? 아니면 뭔가 엄청난 사고를 쳤다든가……."

사와코는 아무 대꾸도 할 수가 없었다. 명백히 어떤 의도를 담은 도발이다. 가시 돋친 치졸한 비유에 굴할 마음은 없다. 하지만 정곡을 찌르는 부분도 없지는 않다. 나이가 들었음을 느낀 것은 부인할 수 없다. 그리고 책임을 지고 사임한 것도 사실이다.

"사와코 선생님은 그런 사람이 아닙니다! 도쿄에서 활약하셨던 대단한 선생님이라고요!"

노로가 언성을 높였다. 에노하라가 비웃듯이 눈썹을 추켜세웠다.

"저런 저런, 그렇게 훌륭하신 '선생님'이셨군. 그건 그렇다 치고 자네는 꽤나 시라이시 선생님 역성을 드는군."

노로가 입을 반쯤 열고 무언가 말하려고 했다. 그 직후 시즈카가 일어서더니 그때까지 메모한 것을 에노하라의 눈앞에 놓고는 방을 나갔다. 노로와 마요가 숨죽이는 것이 느껴진다.

잠자코 있는 사와코에게 에노하라는 예상외의 사실을 알렸다.

"시라이시 선생님, 당신은 합격입니다. 저의 재택 의사로 채용하겠습니다."

마요가 "앗? 설마." 하고 목소리를 높였다.

사와코도 '채용' 판정에 놀라움을 감출 수 없었다.

"저기……. 저는 척수 손상 전문이 아닙니다만, 무엇을 하면 되는 겁니까?"

에노하라는 만족스럽다는 듯이 고개를 끄덕였다.

"훌륭하네요. 비꼬는 말이 아닙니다. 중요한 것은 그런 시라이시 선생님의 태도입니다."

입가를 일그러뜨리고 송곳니를 드러낸 에노하라는 말을 이어갔다.

"제 비즈니스 분야인 빅데이터와 AI, 또 IoT라는 정보기술의 산물로 이제까지 의사와 병원이 독점했던 의료 정보와 데이터는 이제는 환자의 것이 되고 환자에 의한 주체적인 의료가 점점 현실화되고 있습니다. 미국 경제지 포브스도 의료의 주도권을 환자가 쥐는 시대가 도래했다는 기사를 게재했습니다. 그래서 저는 말이죠, 선생님의 그런 저자세의 질문을 기다리고 있었던 겁니다."

"그게 무슨 말씀이죠?"

에노하라의 이야기는 비약이 심하다. 사와코는 환자가 무슨 말을 하려는지 도통 이해가 가지 않았다.

"선생님, 저에게 최첨단 의료를 시행해주길 바랍니다."

에노하라가 사와코를 응시했다. 진지한 얼굴이다.

"최첨단……이요?"

에노하라는 꿰뚫는 듯한 시선을 떼려 하지 않았다.

"요청이 하나 더 있습니다. 갑갑하고 숨 막히는 입원 생활을 하지 않고 아내와 생활하는 재택 의료의 형태를 유지하면서 진료받는 겁니다."

깜짝 놀랐다. 최첨단 의료라니, 에노하라는 도대체 무슨 기대를 하는 것일까?

에노하라의 절박한 심정은 이해할 수 있지만, 재택으로 시행할 수 있는 의료에는 한계가 있다. 자택에서 최신의 첨단 의료를 시행한다는 것은 배달 도시락 가게에 프랑스 요리 풀코스를 주문하는 것과 같다. 프랑스 요리를 먹고 싶으면 전문

레스토랑에 가는 수밖에 없다. 설비고 뭐고 아무것도 없는 자택에서의 의료에는 한계가 있다는 것을 어떻게든 이해시켜야 한다…….

"그러시면 그런 치료를 시행할 수 있는 병원에서 진료받으시는 것은 어떨까요? 안타깝게도 재택 의료로는 원하시는 치료에 무리가……."

사와코가 말하는 도중에 에노하라의 날카로운 목소리가 울려 퍼졌다.

"단정 짓지 마! 재택으로는 무리, 무리라고만 말하니까 진보가 없는 거다! '가능'하게 하려고 하지 않는 건 재택 의사가 지식과 용기가 없을뿐더러 태만하다는 증거다."

사와코가 아연실색하자 에노하라는 급히 자상하게 웃는 표정을 지었다.

"물론 선생님에게 첨단 의료를 시행해달라는 것은 아닙니다. 모르는 것은 모른다고 솔직히 인정할 수 있는 시라이시 선생님이기에 담당해 주시리라 생각하여 채용한 겁니다. 제가 원하는 것은 '다른 전문가를 팀으로 수용할 수 있는 의사인지 아닌지'를 파악하는 것이었습니다. 하나부터 열까지 해낼 수 있는 인간은 어느 분야에도 없습니다. 우리 회사에도 저보다 일을 잘하는 사원이 수없이 많습니다. 하지만, 저에게는 저의 존재 가치가 있습니다. 선생님은 특히 타 진료과와의 연계가 요구되는 응급의료의 전문가입니다. 당당히 타 의사에게 부탁하십시오. 선생님에게는 코디네이터 역을 부탁하고자 합니다. 돈이라면 얼마가 들어도 상관없습니다. 요청하고 싶은 것은 줄기세포 치료입니다."

무슨 말인지 이제 알았다. 줄기세포 치료. 2019년에 척수 손상에 한해서 보험 적용이 된 최신 치료법이다.

줄기세포는 자기와 똑같은 세포를 복제하는 능력과 다양한 세포로 변화하는 능력을 동시에 갖추고 있다. 이런 작용을 이용하여 환자 본인의 골수 등에서 추출한 줄기세포를 배양하여 몸으로 다시 이식함으로써 상해 및 질병으로 망가진 조직의 복원 및 재생을 추진하고자 하는 것이 줄기세포 치료다. 장차 뇌경색, 치매, 간 부전, 신부전 치료를 비롯하여 항노화 효과도 기대된다.

사와코는 쿵쾅거리는 심장 박동을 느꼈다. 재택 의료의 새로운 가능성을 제시받은 듯한 심정이었다. 그것도 환자에게서.

'재택 의료로 할 수 있는 의료에는 한계가 있다.' 어느샌가 그렇게 체념했다. 그것을 에노하라가 정면에서 부정해준 것이다.

응급의학 의사의 일은 목숨을 잃을 위기에 처한 환자의 전신 상태를 안정시키는 데 있다. 지혈하고, 혈압을 유지하며, 호흡을 안정시켜 전문가인 외과의가 수술할 수 있는 상태로 만든다. 그런 식으로 환자의 용태를 안정시킨 다음 전문의에게 위탁한다. 이른바 '생명의 릴레이'의 첫 주자라고 늘 생각했다. 자신이 바통을 건네는 다음 주자가 첨단 의료를 담당하는 의사라고 해도 거부감은 전혀 없다.

"줄기세포 치료에 관해 조사해보겠습니다. 조금 시간을 주십시오."

줄기세포 치료는 완전히 사와코의 전문 외 분야였다.

"신의료의 가능성을 찾아 저는 시라이시 선생님의 들것에 올라탔어요. 부디 잘 부탁합니다."

농담조였지만 에노하라의 눈은 더없이 진지했다.

에노하라의 집을 뒤로하고 다음 환자 집으로 향했다. 완전히 그쳤다고 생각했던 안개비는 다시금 가는 빗줄기가 되어 내리고 있다.

차 안은 날씨를 그대로 반영한 듯한 분위기였다. 마요는 손을 마주 비비며 에노하라가 소스라치게 싫다고 했던 '얼음장' 같은 손을 덥히고 있다. 노로는 노로대로 "그 자식, 왠지 맘에 안 들어."라고 몇 번이나 투덜거렸다. 그런 분위기에서 사와코는 이례적인 임무의 무게를 통감하고 있었다.

오전, 오후 총 일곱 명의 환자 자택 방문 진료를 마치자 오후 일곱 시 반이 넘었다.

"선생님, 잘 다녀오셨어요?"

마호로바 진료소에 돌아온 세 사람을 료코가 맞아주었다. 진료소를 둘러보자 센카와의 모습은 없었다.

"조금 아까 나가셨어요. 가게에 연락해볼까요?"

료코가 한잔하는 흉내를 냈다. 센카와는 STATION에 간 모양이다.

"괜찮아, 괜찮아. 내일 보고하면 충분하니까. 모두들 이제 퇴근해."

진료 가방을 책상에 놓고 료코, 노로, 마요가 "먼저 실례할게요." 인사하며 나가는 모습을 배웅했다.

조용해진 진료소에서 사와코는 서가 앞에 섰다. 에노하라에게 의뢰받은 임무에 임하기 위해서이다.

유리문을 열고 「해리슨 내과학」을 비롯하여 「아사쿠라 내과학」이며 「사비스톤 외과학」, 「정형외과 진단서」, 「뇌신경외과학」 등의 '집성서'의 제목을 눈으로 훑었다. 의학 분야에서는 내용이 총망라된 표준적 교과서이자 권위를 인정받은 대작을 일컬어 집성서라고 부른다. 이 두툼한 책들은 해당 분야에 관한 포괄적인 지식을 얻고 일반적인 증례 및 치료법을 파악하는 데에는 빼놓을 수 없다. 다만 줄기세포 치료 같은 최첨단 치료법을 확인하는 데는 적합하지 않다.

잡지꽂이에 꽂혀 있는 의학 잡지도 쓱 훑어보았다. 그러나, 거기에 게재된 것은 비교적 과학적 근거가 높은 치료 및 새로운 질환 개념, 또는 검사 방법의 진보에 관한 것 등으로 사와코가 찾고 있는 것은 눈에 띄지 않았다.

사와코는 자리로 돌아가 진료소에 갖다두었던 노트북 컴퓨터를 켰다. 인터넷으로 국내외 의료문헌에 접속해보았다.

Google과 Bing과 같은 일반 검색 엔진에 키워드를 넣어볼 뿐만 아니라 일본어 논문은 의학 중앙잡지 간행회가 운영하는 논문 데이터베이스 〈의학 중앙잡지 Web〉에 접속하면 약 7,500개의 의학 잡지에 수록된 천삼백만 건 이상의 논문을 검색할 수 있다. 영어로 된 문헌은 〈PubMed〉(펍메드)를 활용한다. 미국 국립 의학 도서관의 데이터베이스로 이천만 건 이상의 문헌 정보를 망라하고 있다.

사와코는 우선 의학 중앙잡지 Web에서 줄기세포 치료 정보를 수집하는 것부터 시작했다. 일본어 논문, 특히 개괄적인 것부터 우선으로 읽어나가면서 지식을 축적한다. 논문 안에 인용된 해외 문헌은 PubMed에서 찾아내어 핵심 내용을 파악한다. 이거다 싶은 논문은, 일본어 자료, 영어 자료 모두 인쇄했다. 책상 위의 프린터가 끊임없이 윙 하는 소리를 내며 작동하고 있다.

문헌을 읽어나가는 도중에 '줄기세포 치료는 동맥 경화와 당뇨병, 심부전, 신부전뿐만 아니라, 뇌경색과 신경 변성 질환 등의 질환에도 유용하다.'라고 명백히 밝힌 논문에 도달했다.

질병과 부상으로 조직이 손상되면 원래 몸에 지니고 있던 줄기세포가 필요한 세포로 분화하여 상처 입은 부위를 재생하는 형태로 조직을 복구한다. 부위에 따라 재생의 난이도가 다르다. 가령, 피부와 간세포는 재생되기 쉽지만, 뇌경색과 척수 손상으로 손상된 신경세포의 재생에는 한계가 있어 완전한 복구는 불가능하다는 것이 일반적인 생각이었다.

그런데 이것을 뒤엎는 획기적인 증례 보고가 있었던 것이다.

뇌경색과 척수 손상 등으로 인해 사지 마비가 일어난 경우, 손상된 신경세포에 링거로 줄기세포를 주입함으로써 손발이 움직이게 되었다는 증례였다. 소위 복구의 원료가 되는 줄기세포를 재생의료 기술로 증가시켜 환부에 대량 주입한다. 그런 치료법을 통해 난제로 여겨졌던 신경세포의 회복 속도를 몇 배나 증가시킬 가능성이 있는 듯하다.

꿈의 치료법이라는 느낌이 들기도 했다.

다만, 문제도 적지 않다.

문헌에서는 줄기세포 이식의 성과가 강조되어 있지만, 그것들은 어디까지나 실험적인 단계에 지나지 않았다. 증례 수도 적다. '어떤 질환에서 줄기세포를 이용하는 것이 가능한가, 어떤 환자에게 어떤 매뉴얼로 치료를 추진하면 되는가? 유효성은 어느 정도 기대할 수 있는가, 어떤 부작용이 있는가, 부작용의 발생 빈도는 어느 정도인가?' 등 새로운 치료법을 둘러싼 정보가 아직 확립된 상태로 보기 어렵다. 또, 체내에 주입하는 줄기세포는 환자의 세포를 배양하여 늘리는 것이다. 지방조직이라면 비교적 안전하지만, 골수조직을 사용하게 되면 채취 자체만으로도 신체에 주는 부담이 크다.

에노하라 같은 척수 손상 사례에 적용할 수 있을까?

의학 중앙잡지 Web과 PubMed 양쪽을 번갈아 열어 '척수 손상', '줄기세포', '마비' 등의 검색어를 입력하고 엔터키를 눌렀다.

일단은 화면에 표시된 논문들의 초록을 먼저 훑어보며 이미 습득한 지식을 견고히 하고 검색의 방향성을 확인하며 논문의 산맥에 한 발짝 더 발을 내디뎠다. 새로 입수한 키워드인 '중간엽 줄기세포', '정맥주사', '첨단바이오의약품'을 검색 리스트에 추가한다.

사와코는 목표로 하는 치료법에 관한 지식이 축적 단계에서 정리 단계로 진척되고 있음을 느꼈다.

목이 말라 고개를 들었다. 오후 11시 40분. 눈 깜짝할 새에 네 시간 이상 지났다는 것을 깨달았다.

시계를 보고 잠시 망설였으나 사와코는 스마트폰 주소록을 불러낸 후 발신 버튼을 눌렀다.

"네, 첨단의학연구실 사카가미입니다."

예상이 적중했다.

조호쿠 의과대학 첨단의학연구실. 사 년 전, 경사스럽게 교수로 승진한 예전 동창은 지금도 연구실에서 먹고 자는 생활을 하고 있다는 것 같다.

"오랜만이야. 시라이시 사와코인데. 대학 때 동기였던……."

“오오.”

억양 없는 목소리에 희미하게 놀라움이 배어났다. 왜 야심한 시간에 전화를 걸었는지보다 사와코가 자기 연구영역에 관심이 있다는 점을 의아하게 생각할 것이다.

인사도 하는 둥 마는 둥 하고 사와코는 줄기세포에 의한 척수 손상 치료 효과에 관해 질문을 시작했다.

“줄기세포에 의한 척수 손상 치료를 받게 하고 싶은 환자가 있거든.”

“도토 의과대학의 임상시험이 성공적이어서 보험 적용이 되었어.”

역시 전문가는 이야기가 빠르다.

“응, 그건 알고 있어. 하지만 삿포로는 멀어서. 내 환자는 여기, 가나자와를 벗어날 수가 없거든.”

“사와코는 여전히 착하군. 나라면 환자가 찍소리 못하게 하고 냉큼 삿포로로 보내버릴 텐데 말이야. 아, 그건 그렇고 보험 적용 조건은 부상으로부터 1개월 이내야. 줄기세포를 만드는 준비 기간까지 생각하면 부상 후 2주 이내에 보내지 않으면 안 되지.”

“부상 이후로 이미 한 달 반이 지났는데…….”

“그렇군. 그럼, 도토 의대는 안 되겠다. 그럼 한 달 이상 지났어도 줄기세포 치료를 해 주는 곳을 찾으면 되지 않겠어? 아주 가망이 없는 건 아냐. 보험 적용은 안 되지만 말이야.”

"그렇구나."

"도쿄에는 재생의료 클리닉이 무수히 많아. 자비로 오는 거지만. 해외에서 오는 손님도 많아서 성업 중이야."

"대단하네. 참고로 자비로 한다면 비용은 어느 정도가 될까?"

"병원에 따라 제각각이지만 벤츠 C 클래스 한 대분 정도는 든다던데."

막 통화를 끝낸 참에 프린터의 빨간 램프가 깜박이고 있는 것을 알아챘다. 용지가 떨어졌다. 용지를 채우자 인쇄되다 만 문서들이 다발을 이루며 배출되었다. 책상 위에는 논문들이 또 다른 산을 이루었다.

오랜만의 야간작업인가? 사와코는 마음속으로 혼잣말하며 산더미 같은 문헌에 착수했다.

"좋은 아침이에요."

다음 날 아침 사와코가 마호로바 진료소의 문을 열고 들어간 것은 오전 아홉 시 반을 막 넘긴 참이었다. 노로의 표정이 확 밝아졌다.

"사와코 선생님, 다행이에요. 무슨 일 있나 하고……."

센카와가 웃으며 한 장의 메모용지를 팔랑팔랑 흔들었다.

"사와가 이런 쪽지를 남겨두니까 아침부터 노로가 안절부절못하는 통에 곤란했다니까."

메모는 사와코가 센카와의 책상에 남겨둔 지각에 관한 사전 통지였다. '누구를 만나고 올 예정이 있어 출근은 한 시간 정도 늦습니다. 시라이시.'라고 쓰여 있다.

"이 메모의 어디에 걱정할 만한 요소가 있는 거지?"

그렇게 중얼거리며 사와코는 몇 권이나 되는 책으로 빵빵해진 배낭을 안고 자리에 앉았다. 조금 떨어진 곳에서 료코와 마요가 킥킥거리며 웃는 소리가 들려왔다.

"우선 어제 일에 관해 보고드리겠습니다. 척수 손상으로 인한 사지 마비 초진 환자, 에노하라 잇세이 씨 건입니다."

사와코는 그렇게 말하며 에노하라가 제시한 요청을 중심으로 이야기했다.

"……그렇군. 환자는 첨단 의료로 기적을 일으키고 싶다는 건가?"

"네, 게다가 에노하라 씨는 그걸 재택 의료로 할 수 없겠냐고 합니다."

"과연 IT 업계의 풍운아답네요. 발상의 스케일이 달라요."

즉각 감탄을 표한 것은 료코였다. 다만, 센카와는 팔짱을 낀 채 천장을 응시했다.

"하지만 재택 의료 현장에서 어떻게 하라는 거지? 줄기세포 치료를."

사와코는 척수 손상의 재생의료에 관해 상세히 기술한 두 편의 논문과 구체적인 처치 절차를 소개한 파워포인트를 출력한 문서를 센카와에게 건넸다. 그리고 자기 자리로 돌아와 백팩 안에서 「재생의료 세포배양 전(全) 기술 상권」과 「줄기세포 이식 임상 실천 아틀라스」를 꺼내, 점착 메모지를 붙여놓은 페이지를 펼쳐 센카와에게 보여주었다. 오늘 아침 일찍 가가대학 의과대학 도서관에 가서 빌려온 재생 의학 분야를 망라한 최신 전문서였다.

"이걸 빌리러 일부러 가가대학까지 다녀온 거야?"

센카와는 두툼한 책의 뒤표지에 붙어 있는 소장 스티커를 보면서 어이없다는 듯이 웃었다.

"사와는 이걸 처음부터 공부할 셈이야?"

"그러고 싶긴 하지만……."이라고 하며 사와코는 센카와의 말을 가로막았다.

"안타깝게도 느긋하게 공부하고 있는 시간은 없을 것 같아요. 재생의료에 의한 척수 손상 치료는 빠르면 빠를수록 효과를 기대할 수 있거든요. 후생노동성에서 약사 승인을 획득한 방법은 부상 후 31일 이내를 기준으로 환자 자신의 골수액을 채취하여 그것을 기반으로 중간엽 줄기세포를 만드는 것이라고 들었습니다. 즉 보험 적용이 되는 건 부상 후 얼마 안 된 환자뿐이에요. 에노하라 씨는 장애를 입고 나서 이미 한 달 반이 지났어요. 효과를 생각하면 이미 한시도 지체할 수 없는 상황이라고 생각돼요."

사와코의 말에 센카와는 미간을 찌푸렸다.

"맞는 말이야. 그럼, 어떻게 할까?"
"환자를 재생의료 전문의에게 연결하겠습니다."
사와코는 재킷 윗주머니에서 명함 한 장을 꺼냈다.

가가대학 의과대학 교수
재생의료센터장
일본재생의학회 이사
가키자와 요시키

"에노하라 씨의 치료에 적합한 임상경험과 실적이 있는 클리닉을 소개해 줄 것을 약속받고 왔습니다."
센카와는 "오오!" 작게 탄성을 올렸다.
"그렇군, 일 처리가 빠르군. 틀림없이 현대 의료는 의사 한 사람이 모든 걸 떠안는 시대가 아니니까. 환자의 요구를 수용하여 전문의에게 진료받게 하는 형태도 충분히 가능하지. 환자의 자택을 치료의 거점으로 삼아 주치의로서 재택 의사가 당뇨병과 고혈압 등 일상적인 신체 관리와 재활치료 평가를 시행하고 필요에 응해 전문의에 의한 치료를 병행하는 방식이군."
"역시 사와코 선생님!"
노로가 눈을 반짝반짝 빛내며 사와코를 바라본다.
"가키자와 교수님으로부터 전문의 소개를 받는 대로 움직이려고 생각합니다. 이른바 '2인 주치의' 스타일이에요."

2인 주치의 제도, 즉 전문적인 치료를 담당하는 의사와 생활 전반에 관한 관리 및 가족과의 관계를 두루 돌봄으로써 요양 생활을 지원하는 지역 의사, 이 양자가 연계하여 빈틈없는 치료와 지원으로 환자를 돌보려는 시도로써 최근 암 치료 현장 등에서 적극적으로 활용되고 있다.

"그렇게 가 보지! 잘 부탁해, 사와."

센카와는 만족스럽다는 듯이 고개를 끄덕였다.

그날 오후, 방문 진료의 막간을 이용하여 사와코는 에노하라의 자택을 다시 찾았다.

환자의 병세에 변화가 없는데도 이틀 연속으로 방문하는 것은 이례적이다. 사와코의 마음속에는 에노하라의 요청에 따라 새로운 치료법에 임하려면 가능한 한 빨리 시작하는 편이 좋다는 생각이 있었다.

에노하라가 사는 전면 유리 빌딩은 오후의 햇살을 받아 한층 더 환한 빛을 발하는 것처럼 보였다. 전날과는 180도 다르게 하늘에는 구름 한 점 없다.

"오늘은 정면 현관 앞에서 내릴게. 그러니까 노로는 차내에서 대기 부탁해. 시간은 많이 걸리지 않을 테니까."

노로가 핸들을 틀려는 타이밍에 사와코가 지시를 내렸다. 전날, 에노하라와 노로의 신경전을 생각하면 괜한 말썽을 피하기 위해서는 그 수밖에 없었다.

"예에. 천천히 다녀오세요."

사와코의 배려 따위 아랑곳하지 않는 듯, 노로가 운전석에서 늘어지게 기지개를 켰다.

마요와 함께 차에서 내렸다. 널찍한 입구로 들어가자 엘리베이터 앞에 점심 식사를 마치고 돌아온 크리에이터 풍의 젊은 남자들과 다수의 여성 직원들로 북적북적했다. 새삼스럽게 이곳이 사무용 빌딩이라는 것을 실감한다. 사와코와 마요는 가장 안쪽의 전용 엘리베이터에 타고 최고층으로 향했다.

"……척수 손상에 대한 줄기세포 치료에 관해서입니다만, 희망하신 대로 재택 의료를 계속하면서 시행할 수 있도록 마호로바 진료소가 코디네이터를 맡겠습니다."

펜트하우스 중앙의 침대에 누운 에노하라 본인과 침대 곁에 있는 아내 시즈카를 앞에 두고 사와코는 그렇게 말을 시작했다.

"수락해주실 줄 알았습니다, 시라이시 선생님."

에노하라는 작게 윙크하여 사와코에게 감사를 표했다.

"어제, 불쾌하셨던 점이 있었다면 용서해 주십시오. 부디, 남편을 잘 부탁드립니다."

시즈카도 친밀감이 담긴 미소와 함께 허리를 굽혀 인사했다.

"관련해서 말입니다, 에노하라 씨, 오늘은 사전에 체크해둘 점을 말씀드리고 싶어서 찾아뵈었습니다."

사와코는 가방에서 문서를 두 부 꺼내어 한 부는 시즈카에게 또 한 부는 마요에게 건넸다. 마요는 건네받은 문서를 대형 클립 보드에 끼워 에노하라가 읽기 편한 위치로 갔다.

"첫 번째로 기본적인 확인 사항입니다. 에노하라 씨가 희망하신 줄기세포 치료는 재생의료 방법의 하나로 아직 안전성과 효과성이 확립된 것은 아닙니다. 표준적인 치료로서 승인될 때까지 계속하여 경과 데이터를 축적하고 있는 단계에 있는, 이른바 발전 도상의 의료입니다. 이 점, 괜찮으신 거죠?"

사와코의 설명에 맞춰서 마요가 볼펜 끝으로 문서의 글자를 짚어간다.

"물론입니다. 저도 제 나름대로 공부했습니다."

에노하라의 대답은 명쾌했다.

"두 번째로 치료의 리스크를 확인해 주십시오. 현 단계에서 재생의료에는 ① 감염증에 걸릴 가능성, ② 알레르기 등을 일으킬 가능성, ③ 종양이 형성될 가능성이 있다는 것이 지적되고 있습니다. 치료 개시 시에는 동의서를 제출받은 후에 본인의 의사와 책임으로 참가하시는 것입니다."

"그것도 이미 알고 있습니다. 그리고 거기에는 쓰여 있지 않지만, 과거에 사망 사례가 있다는 것도 알고 있어요. 2010년, 교토에서 줄기세포 치료를 받은 한국인 남성이 사망했지요."

말을 마친 에노하라의 입가가 일그러졌다. 시즈카의 표정이 흐려졌다. 사와코를 불안한 눈빛으로 바라보며 "정말인가요?"라고 물었다.

"에노하라 씨 말씀대로입니다. 사인은 혈전이 폐동맥을 막는 폐동맥 색전증. 인과관계가 확실히 밝혀지지는 않았지만, 환자는 지병으로 당뇨병을 앓았고 73세로 비교적 고령이었을 뿐만 아니라 지방에서 채취한 줄기세포를 한 번에 대량으로 주사한 사실이 지적되고 있습니다. 그 외에 독일에서도 사망 사례가 두 건 보고되었습니다. 사인은 뇌출혈로, 한 건은 10세 아동, 다른 한 건은 18개월 유아였습니다. 양쪽 다 줄기세포를 뇌에 주사한 사례입니다."

사와코가 손에 들고 있던 메모에서 눈을 들자, 에노하라는 "오오" 하며 감탄하는 표정을 지었다.

"시라이시 선생님, 어젯밤에 문헌을 검색하느라 밤샘작업하신 겁니까?"

에노하라가 뚫어지게 쳐다보자 아차 싶었다. 퇴근하지 않고 진료소에서 엄청난 양의 자료를 닥치는 대로 읽었던 사와코는 어제와 같은 옷을 입고 있었다. 백의에 가려 보이지는 않을 테지만 머리도 흐트러져있을지도 모른다.

사와코는 헛기침을 하고 에노하라의 질문을 못 들은 체했다.

"세 번째로 드리고 싶은 말씀은 에노하라 씨 본인의 치료에 관해서입니다."

마요가 서류를 한 장 넘겨 '치료의 방향성'이라고 적힌 페이지를 폈다.

"에노하라 씨의 치료는 2018년 말에 국가 승인을 받은 도토 의과대학의 줄기세포 치료를 모델로 추진하게 됩니다. 치료에 사용하는 것은 에노하라 씨 본인의 골수액에서 채취한 줄기세포입니다. 이것을 특수한 기계에서 배양한 후, 링거로 체내에 주입하게 될 것입니다. 치료를 맡을 담당 의사는 관련 학회 이사이기도 한 가가대학 의과대학 교수에게 소개를 의뢰해놓았습니다. 치료에 관한 더 상세한 설명은 향후 선임될 전문의에게 듣고자 합니다."

"대략 예상했던 대로입니다. 잘 부탁합니다."

"마지막으로 전달할 사항은 비용과 효과입니다."

에노하라는 아무 말 없이 고개를 끄덕임으로써 다음 말을 재촉했다.

"에노하라 씨의 케이스는 치료의 효과성이 공적으로 확인되지 않은 단계에서 참가하게 되는 형태이므로 건강 보험이 적용되지 않는 비급여 진료로 취급하게 됩니다. 자기 부담은 고액이 될 것입니다만, 괜찮으시지요?"

"일 회분 링거가 천오백만 엔, 이었죠. 최근 개발된 척수 손상으로 인한 줄기세포 치료 제제 비용이요."

금액을 말한 에노하라는 태연한 얼굴이다. 사와코가 곤혹스러운 표정을 지을 차례였다.

"……실은, 구체적인 가격까지는 파악하지 못했습니다. 다만, 그런 약제에 준하는 가격이 될 것으로 예상합니다."

사와코와 에노하라의 대화를 들으며 문서를 끼운 보드를 들고 있던 마요의 눈이 휘둥그레졌다. 시즈카는 딱히 표정이 변한 기색은 없었다. 사와코는 "지금부터 말씀드리는 것은 문서에 기록하지는 않았습니다만."이라고 운을 떼며 말을 이어갔다.

"제가 생각하는 문제점 중 한 가지는 비용에 상응하는 효과, 즉 치료 효과를 얻을 수 있는가 하는 점입니다. 척수 손상에 대한 줄기세포 치료에 한해서 말하자면 '열세 명 중 열두 명에게서 마비의 개선이 있었다.'라고 보도된 적도 있고 '줄기세포를 정맥에 주사한 다음 날부터 팔꿈치와 무릎이 움직이기 시작했다.'라는 연구자의 증언이 소개되기도 했습니다. 다만, 아직 논문으로 정리되어 있지는 않습니다."

에노하라는 눈을 감은 채 듣고 있었다.

"줄기세포 치료는 나날이 폭넓은 범위로 확대되고 있습니다. 천식, 혈관 장애, 신장병, 뇌경색 등의 치료를 비롯하여 유방 확대술, 피부 미용, 탈모 방지, 항노화에 이르기까지 다양하지요. 하지만, 실제로 그런 치료를 시행하는 클리닉과 병원 현장에서 신뢰할 수 있는 형태로 치료 효과가 공표된 적이 없습니다. 일본 국내에서 사례가 만 건을 넘어 2만 건에 달할 것으로 추정되는 재생의료의 치료 결과에 관한 데이터는 절대적으로 부족합니다. 신의료 분야에서는 누구에게 무엇이 가능한지, 무엇을 해야 하는지 모두가 함께 생각할 필요가 있는데 말이죠. 그것이 현실입니다."

사와코는 단숨에 말을 마쳤다.

"저도 명색이 경영자입니다. 얻을 수 있는 이득에 관해 다른 사람 말을 곧이곧대로 믿을 마음은 없습니다. 다만, 조금이라도 가능성이 있다면 몸소 시험해보고 싶은 겁니다."

에노하라는 단호히 말했다.

"게다가 데이터 부족에 관해서는 우리 환자들 책임이 아닙니다."

역시, 예리한 부분에 일침을 가했다.

최첨단으로 알려진 의료 기술의 일부는 안전하고 확실한 환경을 정비하지 않은 채 달리기 시작했다. 그런 상황에 휩쓸려 폭넓게 공유되어야 할 데이터의 수집 및 축적을 소홀히 해온 것은 의료인의 책임이다. 반면, 구원의 손길을 원하는 환자의 절실함을 알면서도 안전성을 방패로 기존의 기술만으로 수수방관하는 의료인의 태도는 매정하게 느껴진다. 뿌리 깊은 문제임을 사와코는 통감했다.

조호쿠 의과대학 응급의료센터에서 보냈던 투쟁의 날들도 마찬가지였다.

응급의료 기술도 혁신의 속도가 빠르다. 이송된 환자를 한 사람이라도 더 구하기 위해서는 낡은 기술에 얽매여서는 안

된다. 신의료를 도입하기 위해 사와코는 적극적으로 타 진료과와의 연계를 강화했다. 예를 들어 조건을 만족하는 환자에 대한 심폐소생 요법으로 경피적 심폐체외순환 보조장치를 사용하거나 소생 후에 저체온 요법을 시도한 것이 그에 해당한다. 뇌졸중이든 중증 다발성 외상이든 구명률을 조금이라도 올릴 수 있다면 무엇이든 하겠다는 심정으로 새로운 시도에 노력을 아끼지 않았다.

"의향은 잘 알겠습니다. 함께 노력합시다."

사와코는 에노하라와 시즈카의 눈을 바라보며 선언하듯이 말했다.

"재생의료는 규제와 추진, 비판과 찬사, 연구와 비즈니스 등등 다양한 요소가 동시다발적으로 진행되고 있어요. 이제부터가 중요합니다. 그래서 재미있어요. 저는 기꺼이 받아들이겠어요."

사와코도 같은 심정이었다.

에노하라는 먼 곳을 응시하는 듯하더니 이번에는 마요에게 말을 건넸다.

"간호사분도 같이 와주셨으니 잠깐 마사지를 부탁할 수 있을까나?"

예상외의 요청이었다. 사와코가 마요에게 "해드려."라고 눈짓으로 재촉했다. 마요는 꾸벅하고 고개를 끄덕임과 동시에 재빨리 백의의 주머니에 손을 넣었다.

"그럼, 실례하겠습니다."

그렇게 말하고 나서 마요는 우선 에노하라의 볼에 양손을 대었다. 사와코는 조금 놀랐지만, 에노하라의 표정이 평온했기 때문에 그대로 지켜보았다. 마요는 에노하라의 귀 주위를 마사지하고 이어서 귓바퀴를 여러 방향으로 잡아당겼다. 계속해서 눈썹 위와 머리를 지압하듯 눌렀다.

"아, 기분 좋다."

에노하라는 만족스러운 듯이 중얼거렸다.

마요는 다음으로 에노하라의 손을 잡았다. 주먹이 쥐어진 채로 수축한 손가락을 천천히 편다. 손바닥에 원을 그리며 어루만지고 나서 중심부를 조심스럽게 누른다. 이어서 손등의 뼈와 뼈 사이를 엄지로 마사지한다. 에노하라의 손가락을 하나하나 정성스럽게 문지르는 듯한 동작이다. 창백했던 에노하라의 손이 어렴풋이 분홍빛으로 물들었다.

"손의 감각은 거의 없는데도 재활 때보다 좋은 느낌이라는 건 알겠군. 신기한 일이네."

에노하라는 기쁜 듯한 표정을 지었다.

사와코는 감탄했다. 경추에 손상을 입은 환자의 경우, 장애부위 이하의 감각은 저하된 경우가 많다. 마요는 에노하라의 감각이 손상되지 않은 부위인 얼굴에서부터 마사지를 시작했다. 그 편안함을 인지한 에노하라는 안심하고 마요에게 팔도 맡길 수 있었을 것이다.

다음으로 마요는 에노하라의 아래팔에서 위팔로 손으로 문지르며 림프액을 심장 쪽으로 밀어 올리듯이 마사지를 계속했다.

"간호사분 손의 움직임이 정말 좋군. 어제는 꽤 서툴렀는데."

에노하라의 옆에서 시즈카가 작게 박수를 보내고 있다. 마요는 흰 이를 드러내며 고개를 숙였다.

"마호로바 진료소의 의료와 간호는 그야말로 하루하루가 다르군요. 이제부터 틀림없이 나의 미래도 환하겠군."

에노하라가 농담을 던졌다. 다만 그 말은 재생의료를 벼락치기로 공부해 온 자신을 향한 놀림도 담겨 있다는 것을 느끼고 사와코는 흠칫했다.

"시라이시 선생님, 어쨌든 감사합니다. 부디 잘 부탁해요."

에노하라가 이제까지 없던 친밀감으로 가득한 눈으로 사와코를 바라보았다. 시즈카는 눈가를 손수건으로 눌렀다.

에노하라 씨 집을 뒤로하고 빌딩 1층으로 내려왔다. 노로가 탄 진료소 차량을 찾았지만, 대로변 쪽의 차 대는 곳에도 뒤쪽 주차장에도 모습이 없었다.

"선생님, 혹시 저 차 아니에요?"

주차장에서 빌딩 정면으로 돌아오는 길에 난 샛길. 약 20m 앞 지점에 정장 차림의 남성 여럿이 차를 둘러싸고 있는 모습이 보였다. 하나같이 어깨가 딱 벌어진 거구들이었다. 큰 목소리가 울렸으나, 무슨 말을 하는지는 알 수 없었다. 설마 반사회적 세력의 사람들은 아니겠지. 다리가 얼어붙는 듯했다.

곧바로 하늘에서 굵은 빗방울이 떨어지기 시작했다. 남자들은 일제히 차에서 떨어져 빌딩 안으로 뛰어들어갔다. 남자들의 포위에서 벗어난 곳에는 마호로바 진료소 차량이 서 있었다.

"노로, 괜찮아? 뭐였어, 저 남자들?"

빗발의 기세가 약해진 틈을 타 사와코와 마요는 노로가 기다리는 차에 올라탔다.

"잠깐 졸고 있었더니 주위를 둘러싸고는……. '누가 타고 있어?'라느니, 어디 차냐느니, 다음엔 언제 오냐느니, 자기들끼리 왁자지껄하게 떠들어대더라고요. 뭐였을까요, 저자들."

노로의 설명은 횡설수설 종잡을 수 없었지만, 우선은 별일 아닌 듯하다. 그건 그렇고 머리카락이 흠뻑 젖었다. 사와코는 마요가 건네준 수건으로 머리와 옷을 훔쳤다.

"'도시락은 잊어도 우산은 잊지 말라.'라는 말이 딱 맞네. 오랜만에 뼈저리게 느꼈어."

노로는 "그게 무슨 말입니까?"라고 말하며 차에 시동을 걸었다.

연중 비 오는 날이 많고 하루 중에도 '맑음, 비, 흐림, 때로 천둥'과 같이 날씨가 수시로 바뀌는 가나자와에 예로부터 전해 내려오는 생활의 격언이다. 이 도시에서 나고 자란 마요는

"그러게요."라며 수긍했다.

"그건 그렇고 마요, 아까 마사지 좋았어."

"어렸을 때 료칸에 왔던 마사지사에게 배웠거든요. 그리고……."

조수석의 마요는 일회용 손난로를 꺼내 사와코에게 보여주었다. 7월이라는 시기에 어울리지 않는 물건이었다. 게다가 백의의 좌우 주머니에 한 개씩.

"제 손, 항상 엄청 차거든요. 그래서 어제 에노하라 씨에게 혼나고 나서 어떻게든 해야겠다 싶어서 준비한 건데 준비하길 잘했네요."

"역시 마요!"

"그리고 에노하라 씨 부인이요. 진심으로 손뼉을 쳐주시니까 기뻐서 마사지를 좀 길게 해버렸어요. 그건 그렇고 선생님, 그 부인 좀 의외였어요."

마요가 킥킥 웃기 시작했다.

"럭비부 예전 매니저였다지. 부인이 왜?"

"에노하라 씨 정도 되는 사람이면 트로피 와이프랄까요, 부인은 좀 더 연예인 스타일의 미인일 거라고 생각했거든요. 저는 시즈카 씨를 보고 있으니 왠지 에노하라 씨가 더 좋아졌어요."

"뭐어!"

노로가 과장된 목소리로 대꾸하자 차내가 웃음소리로 가득

챘다.

차의 진동에 흔들리며 규칙적인 와이퍼 소리를 듣고 있자니, 졸음이 강하게 몰려왔다. 어젯밤부터 한숨도 자지 않은 탓이다. 지금부터 저녁녘까지 방문 진료 예약은 세 건이나 남았다. 사와코의 긴 하루는 이제 시작이다.

다음 날은 아침부터 맑았다.

여느 때 이상으로 눈부신 날이었다. 자전거에서 내리자 허리가 몹시 아팠다. 오늘 아침은 온몸이 비명을 지르고 있다. 사와코는 수면 시간을 희생하며 무리한 것을 후회했다. 누적된 피로를 하룻밤 만에 회복하는 것이 나이 들어갈수록 점점 힘들어졌다.

이럴 때야말로 마음을 어떻게 먹느냐가 중요하다고 자신을 질타하며 마호로바 진료소 문을 기운차게 열었다.

"좋은 아침입니다."

진료소에 들어가자마자 가방 속에서 스마트폰이 울렸다.

가가대학 가키자와 교수였다.

혹시 여기 오는 도중에 몇 번이나 벨이 울렸는데 못 알아챘던 건지도 모른다.

"네, 시라이시입니다."

"가가대학 의과대학 재생의료센터입니다. 바로 가키자와 교수를 바꾸겠습니다."

진절머리난다는 듯한 여성의 목소리. 역시 의국 비서를 통해 몇 번이나 전화를 걸었던 모양이다.

"드디어 연결되었군, 시라시이 선생."

"늦게 받아 죄송합니다."

상황을 짐작하고 사와코는 사과의 말을 했다.

"이미 늦었소!"

말과는 반대로 가키자와의 목소리는 예상외로 밝았다.

"그때 말한 척수 손상 환자의 줄기세포 치료 건 말이요, 맡아줄 수 있을 것 같은 의사의 유력 후보를 발견했소! 이전에 내 수업 조교로 일했던 남성인데, 재생의료 분야 치료 실적을 쌓는 길을 선택하고 2년 전에 독립해서……."

괜찮다, 괜찮을 것 같다. 그런 기대로 심장 박동이 높아졌다.

"그런데 문제는 말이오, 장소요. 클리닉이 도야마 시에 있거든. 현 외부라서……."

"괜찮습니다, 괜찮습니다. 환자 송영은 저희 쪽에서 책임지고 맡겠습니다."

조금 전에 가슴 속에 떠오른 단어를 다른 의미로 되풀이했다.

그렇다면, 이라며 가키자와는 클리닉의 명칭, 주소, 전화번호, 의사의 성명 등을 전해주었다. 사와코는 책상 앞에 앉아 가방에서 수첩을 꺼내고 메모했다.

"이렇게 빨리 소개해주시다니 정말, 정말로 감사드립니다. 가키자와 선생님."

사와코가 절하듯이 전화의 상대에게 고개를 숙였다.

"고맙다는 말은 사카가미에게 하시오. 그렇소, 선생의 대학 동기 말이오. '시라이시에게 전문의를 소개하기로 한 건, 어떻게 되었냐?'라면서 새벽 한 시 넘어 전화를 걸어왔더군."

가키자와는 그렇게 말하며 껄껄 웃고는 전화를 끊었다. 에노하라 건으로 잠 못 이루는 밤을 보낸 의사는 사와코 한 명이 아니었던 모양이다.

가나자와의 구시가지에서는 양력 7월 15일에 오봉(조상의 영혼을 맞아들여 대접하고 모두의 건강과 행복을 기원하는 전통 명절로 지역별로 다르나 보통은 양력 8월 15일에 지냄)을 맞이한다. 7월 중순 일요일 아침, 사와코는 아버지와 함께 어머니의 묘에 성묘하러 갔다. 사이가와 강 왼편의 니시 찻집 거리 남쪽에 있는 사찰 지구인 데라마치에는 사원이 곳곳에 자리 잡고 있다. 그 중간쯤에 있는 조안지가 대대로 시라이시 가문의 위패를 모시는 사찰이다.

"안녕하세요. 수고하십니다."

시라이시 가의 묘는 조금 후미진 안쪽 모퉁이에 있다. 걸어가며 스치는 사람과 인사를 나눈다. 모처럼 날씨도 좋아서인지 예상외로 참배객이 많다.

"성묘하기에는 최고의 날씨네요."

그렇게 말하며 웃고 지나갈 뿐인데 같은 사찰에서 합장하는 사람들이라는 신기한 인연을 느낀다.

"사와코, 먼저 가 있으련?"

주지 스님께 인사를 드리고 오겠다며 아버지는 사찰 사무실로 향했다.

'시라이시 가'라고 새겨진 오래된 작은 묘석 앞에 선다. 그 순간, 이전에는 느끼지 못했던 생각이 엄습했다. '나는 이제까지 혼자서 이 묘 앞에 서 본 적이 있었던가?' 강렬한 고독감이 밀려왔다.

묘소에는 자갈이 깔려 있어 잡초는 거의 나 있지 않다. 그래도 돌 틈새에 고개를 빼꼼히 내민 잡초가 있어서 하나하나 잡초제거기를 사용해 정성스럽게 뿌리째 뽑았다. 이렇게 해두면, 당장은 나지 않는다. 묘석은 스펀지와 칫솔로 문지르고 꽃병과 향로도 물로 씻었다.

어머니가 좋아했던 주황색 장미를 가져왔다. 중심부는 짙은 주황색이고 꽃잎 가장자리는 흰색을 띠고 있다. 어머니는 식물 키우기를 좋아했는데 특히 향기 나는 식물을 좋아했다. 집 앞뜰에는 서향, 치자나무, 금목서, 라벤더, 타임, 로즈메리 등이 손질해주던 주인을 잃은 지금도 꽃을 피운다.

장미에 곁들이려고 앞뜰에서 로즈메리 가지와 라벤더, 치자나무 가지를 꺾어서 가지고 왔다. 꽃을 바치자마자 어머니의 모습이 떠올랐다. "아아, 향기 좋아."라고 말하며 정원용 가위를 손에 들고 아침부터 밤까지 기쁜 듯이 앞뜰 손질을 하던 어머니였다.

"아, 네 엄마다워졌구나."

아버지가 다가왔다.

"네, 자르기만 했는데도 손에 좋은 냄새가 배었어요. 맡아 봐요."

아버지에게 손을 가져간다.

"알았다, 알았어."

아버지는 조금 귀찮다는 듯이 웃었다.

나무 그늘이 드리워진 묘지를 스쳐 지나가는 바람이 기분 좋다. 여러 마리 매미 울음소리가 들려온다.

"네 엄마한테는 못 할 짓을 했어."

아버지가 묘석에 새겨진 어머니의 이름, '야스요'라는 글자를 어루만지며 말했다.

"네?"

어머니는 5년 전에 79세를 일기로 세상을 떠났다. 교통사고로 인한 외상성 지주막하출혈이었다.

"의식도 거의 없는데, 긴 기간 동안 숨만 붙여놓았잖니. 그런 연명 치료는 딱하기만 했어. 회복하지 못할 줄 알면서도 왜 계속 살려두었었는지……."

치료로서는 일반적인 흐름이었다. 두부 외상에 동반되는

혈종을 수술로 제거하고 합병증인 수두증(뇌실 안이나 두개강 안에 뇌척수액이 고이는 질병)에 대해서는 뇌실에 배액용 튜브를 넣는 VP 션트술(뇌실-복강간 션트; 괴어있는 뇌척수액을 복강으로 빼내는 시술)을 시행했다. 위루를 설치한 후 어머니의 생명은 경관 영양(위장관에 튜브를 삽입하여 영양을 공급함)에 의존하여 약 반년간 이어졌다. 의식은 거의 없는 상태였지만, 일단 치료를 개시한 이상, 그것을 중지한다는 선택지는 심정적으로 택하기 어렵다.

"엄마는 아직 70대였고 저였어도 마찬가지로 그렇게 치료했을 거예요. 어제까지 건강했는데, 그렇게 금세 받아들일 수는 없죠."

사와코도 당시를 회상했다. 링거를 놓지 않으면 죽음을 맞이하리라는 것을 알고도 그 길을 선택할 수는 없었다.

"사와코, 약속해 주렴."

느닷없이 아버지는 심각한 목소리로 말했다.

"뭘요?"

"나를 그런 식으로 죽게 하지 말아다오. 내 본연의 모습을 잃으면서까지 살고 싶은 생각은 없다."

"무슨 말씀이에요. 어떻게 죽음을 맞이할지는 아무도 모르잖아요."

어머니처럼 사고일 수도, 혹은 지병이 악화할 수도, 그것도 아니면 새로이 질병이 발병할 수도 있다. 어떤 상황인가에 따라서 대처법은 전혀 다르다. 천편일률적인 방침을 세울 수 있을 리 없다는 것은 의사인 아버지도 알고 있을 터이다.

하지만, 아버지는 강한 어조로 같은 말을 반복했다.

"어쨌든, 약속해다오."

그 준엄한 얼굴에는 깊은 주름이 잡혀 있고, 손발은 가늘고 가냘팠다. 아버지에게는 무언가가 보이기 시작한 것일까? 사와코는 휴 하고 숨을 내뱉었다.

"알았어요. 약속해요."

사와코는 새끼손가락을 세웠다. 아버지는 만족스러운 듯이 고개를 끄덕였다.

청소도구를 정돈하고 선향에 불을 피웠다. 합장하고 눈을 감자 매미 울음소리가 귀를 막고 싶을 만큼 기세등등하게 들려온다. 사와코는 자신이 우주의 소음 한가운데 내던져진 불확실한 존재로 느껴진다.

'재생의료 클리닉 TOYAMA'와 연락을 주고받은 후 가나자와와 도야마를 잇는 에노하라의 진료체제는 마호로바 진료소의 주도하에 준비가 진행되었다.

줄기세포 치료를 시작하기 위해서는 전신을 안정적인 상태로 유지할 필요가 있다. 지병인 당뇨병 조절과 욕창 예방, 배변 활동 조정 외에도 척수 손상에 해박한 물리치료사의 방문을 주 5회 포함시키고 재택에서의 재활을 강화하며 예약한 진료일을 기다렸다.

"드디어 내일이네요. 우선 첫 번째 진료에서는 에노하라 씨의 골수를 채취하여 치료를 위한 줄기세포를 만드는 것에서부터 시작한다, 그거죠?"

마요도 이 치료에 관해 상당히 상세한 지식을 쌓은 듯하다.

"배양한 줄기세포를 체내에 주입하는 것은 골수 채취 2주 후였나요?"

벽에 붙여놓은 치료 일정표를 바라보며 료코가 보드 마커를 손에 쥐고 확인을 요청했다.

"빨라야 2주 후야. 사례에 따라서는 한 달 정도 걸릴 가능성도 있어. 그건 배양 상황과 함께, 에노하라 씨의 세포 상태에 달려 있지."

사와코의 말에 료코는 감회가 깊은 듯이 말했다.

"이건 꼭 프라이빗 뱅킹의 세계 같네요."

'프라이빗 뱅킹'은 스위스에서 탄생하여 미국에서 발전한, 자산액이 일정액 이상인 고객을 대상으로 하는 종합적인 금융서비스라고 한다. 개인의 자산을 일괄 위탁받아 고객별 맞춤형 운용 · 관리 및 폭넓은 컨설팅을 제공한다. 료코에 의하면 자산 운용에서는 일정 수준의 리스크를 각오하고 고수익의 성과를 추구하는 경우도 많다고 한다.

마호로바 진료소는 에노하라에게서 생명이라는 '자산'을 일괄하여 맡아 비급여 진료를 통해 재생의료라는 '고수익'의

성과를 얻고자 힘을 모으는 것 같다는 것이 은행에서 근무한 경험이 있는 료코 나름의 독특한 감상이었다.

"재택 의료 현장에서 이 정도까지 고객을 중시하는 줄 꿈에도 몰랐어요."

"실은, 나도 동감이야. 아직 암중모색 단계인 부분도 있으니 이제는 소원을 비는 심정이지."

의외라는 듯한 표정의 료코와 눈이 마주치자 사와코는 입을 굳게 다물었다.

재생의료 클리닉 TOYAMA에서 진료를 받기로 한 당일 이른 아침, 미리 연락해둔 환자용 택시가 도착했다. 에노하라를 태우고 휠체어를 고정했다. 사와코와 마요는 에노하라를 돕기 위해 택시에 함께 올라탔다.

차내에서 에노하라가 사와코에게 생각에 잠긴 듯한 모습으로 말을 시작했다.

"시라이시 선생님, 여러 가지 무리한 요청을 들어주셔서 감사합니다. 우리 회사는 제 두뇌의 명석함 하나로 살아남을지 도태될지 결정됩니다. 한가하게 병원 침대에 누워 있을 수는 없었습니다."

"알고 있습니다."

응급의료 현장에서 팀을 이끌어본 경험이 있는 사와코에게도 실감이 가는 이야기였다.

"새로운 치료는 효과도 검증되지 않고 밝혀지지 않은 부작용이 있을지도 모릅니다. 그럼에도 불구하고 도전해보고 싶다고 생각하시는 건 절실한 이유가 있어서겠죠. 의사로서도 환자분이 꼭 낫길 바라는 심정은 절실합니다. 앞으로도 힘껏 최선을 다하겠습니다."

에노하라는 고개를 끄덕였다.

"단지 무의미한 연명 치료는 바라지 않습니다."

에노하라는 의외의 말을 꺼냈다.

"무엇을 위해 사는가. 저는, 사회를 위해 제가 할 수 있는 것이 어디까지인가, 그것을 추구할 뿐입니다. 창업가로서 사회공헌을 계속하기 위하여 줄기세포 치료도 받아보고자 하는 겁니다. 만약 두뇌가 제대로 작동하지 않거나 누군가를 위해 도움이 되지 않는 상태가 된다면 더는 목숨이 필요 없습니다."

에노하라는 딱 잘라 말하더니 눈을 감았다.

사와코는 환자용 택시 운전사에게 출발하라고 지시한다. 차는 지하 주차장에서 햇빛 속으로 나왔다. 눈 부신 햇살에 순간 눈앞이 캄캄해졌다. 그다음 순간, 차 전방을 가로막고 서 있는 덩치 큰 사내들이 눈에 들어왔다.

총 열댓 명. 지난번에 본 그 남자들이었다. 전원이 엄청나게 험악한 표정이다. 사와코는 공포에 사로잡혔다. 차의 진행을 방해하려고 하는 것일까? 아니, 그건 아니다. 왠지 그런 것과는 전혀 다른 느낌이다.

눈앞의 남자들은 보라색 러그 셔츠(럭비 선수들이 입는 옷)를 입고 있다. 맹렬히 손뼉을 치며 발을 쿵쿵 구르며 자신들의 힘을 과시하는 듯한 동작을 하고 있다.

"하, 하카?"

마요가 얼빠진 목소리로 말했다.

카마테! 카마테! 카오라! 카오라!
카마테! 카마테! 카오라! 카오라!

틀림없이 그것은 럭비 월드컵에서 뉴질랜드 대표팀이 선보였던 마오리족 전사들의 춤 '하카'였다.

테네이 테 타나타 푸후루후루
나나이 티키 마이 화카휘티 테 라!

남자들이 입은 러그 셔츠 가슴팍에는 에노하라가 경영하는 기업명이 덧대어 꿰매어져 있다. 에노하라의 부하 직원들, 아마도 럭비 동료들이리라.

"저, 저 녀석들……."

에노하라의 눈이 휘둥그레졌다. 갑작스러운 충격에 말을 잇지 못하는 표정이었다.

운전사가 클랙슨을 울리려는 타이밍에 남자들은 흰 천에 빨간 글씨로 새긴 현수막을 펼쳤다.

〈One for all, all for one〉

사와코와 에노하라가 숨을 삼켰다. 곧이어 사내들은 현수막을 뒤집었다.

"대표님, 힘내요!"

거기에는 새까만 붓글씨로 그렇게 쓰여 있었다.

남자들은 현수막을 거두고 군무 태세를 풀고는 새끼 거미들이 바람에 흩날리듯 사방으로 달려갔다.

"나 참, 신경 쓰지 않아도 되는데……."

에노하라를 보니, 눈에 눈물이 가득 고여 있었다.

떠들썩한 배웅을 뒤로하고 환자용 택시는 순조롭게 달려갔다. 가나자와 서쪽 나들목에서 호쿠리쿠 자동차 도로에 진입할 때쯤이었다.

"시라이시 선생님, 저는 제 몸이 이렇게 되었다고 해서 럭비가 위험한 스포츠라는 생각은 절대 하지 않습니다."

에노하라가 시원스럽게 웃는 얼굴로 말했다. 틀림없이 럭비뿐만 아니라, 스포츠에 부상은 늘 따라다니는 법이다. 응급 외래에도 트램펄린, 수영, 자전거, 아이스하키, 유도 선수들이 왔던 것을 떠올린다.

"에노하라 씨는 어떤 상황에서 사고를 당하셨습니까? 스크럼이었나요?"

에노하라의 개운해 보이기까지 한 표정에 이끌려 사와코는 이제까지 물을 수 없었던 것을 물어보았다.

"스크럼이 척수 손상을 일으키곤 했던 것은 옛날이야기입니다. 현재는 삼 단계로 나누어서 1에 동료와 어깨동무하고 2에 상대가 있는 곳을 손으로 확인하고 3에 밀기 때문에 거의 사고가 일어나지 않습니다."

"그럼 에노하라 씨는?"

"우연이지요. 공을 잡고 뛰고 있을 때 두 사람에게 태클 당했어요. 한 사람의 태클을 요령 있게 피하고 자세를 낮춘 순간, 또 한 사람의 태클이 마침 제 목을 강타했어요. 프로레슬링으로 말하자면 래리어트(상대편의 목을 팔로 후려지는 타격기술)가 들어온 상태가 되었죠."

"으윽."

마요가 작게 신음을 냈다.

"노리고 그런 게 아니라, 우연이 겹쳐서 일어난 사고였습니다. 저도 상대를 떨쳐버리려고 다리를 높이 든 채 달려가다가 상대의 턱을 무릎으로 친 적도 있습니다. 어쩌다 보니 그런 거죠."

그런 이야기를 하는 도중에 에노하라는 꾸벅꾸벅 졸기 시작했다.

출발 후 거의 2시간 만에 차는 도야마 시에 진입했다. 클리닉에 곧 도착할 예정이다.

"거의 다 왔습니다."

사와코가 소곤소곤 말하자 에노하라는 눈을 부릅떴다.

"저는 죽고 싶지 않습니다. 회사를 위해서라도 그 녀석들의 머리로서의 기능을 해야 합니다."

사와코는 에노하라의 강렬한 시선에 압도당했다. 하지만, 다음 순간에 에노하라는 힘없는 표정을 지었다.

"하지만, 그런 거는 인제 그만 전부 내려놓고 편해지고 싶다는 생각도 어딘가에 있어요. 설마 내가 이런 한심한 모습이 되다니, 아직도 믿을 수 없어요. 저는 약한 인간입니다……."

사와코는 고개를 가로저었다.

"에노하라 씨는 신체적으로 힘든 상황이 되었으니 갈등이 있는 게 당연합니다."

"선생님, 만약 이번 치료에서 부작용이 일어나 제가 제 모습을 잃어버린다면 주저 없이 편하게 죽게 해 주세요. 직원들을 위해서도 아내를 위해서도. 그런 시기가 온다면 그런 마지막을 바랍니다."

왠지 아버지의 말과 겹쳐 들렸다. 사와코는 에노하라를 향해 모호하게 고개를 끄덕일 수밖에 없었다.

환한 거리 풍경이 펼쳐졌다. 앞유리창으로 햇빛이 쏟아지는 차내에서 에노하라는 눈이 부신 듯 실눈을 떴다.

"재생의료는 치료 결과에 관한 데이터가 절대적으로 부족하다고 선생님이 말씀하셨죠. 신의료를 위해서는 '누구에게 무엇이 가능한지, 무엇을 해야 하는지' 모두가 함께 생각할 필요가 있다고도 하셨죠."

에노하라가 무슨 말을 하려는 것인지 헤아릴 수 없어 사와코는 어리둥절했다.

"우리 회사에서 데이터 수집을 맡겠습니다. 재생의료 치료효과 데이터를 수집 · 축적하는 시스템을 새로 구축하고 인터넷에 공개하겠습니다. 대상으로 하는 것은 일본 전국에 있는 클리닉과 환자들. 치료 효과 데이터 제공에 대한 인센티브는 당사에서 대상자에게 지급하고 동시에 당사 책임으로 데이터의 정밀도와 객관성을 평가하여 시스템을 관리하겠습니다. 다소의 적자는 각오해야겠지만, 장래를 생각하면 충분히 비즈니스로 성립될 것으로 생각합니다."

에노하라의 눈에는 힘이 넘쳤고, 그의 얼굴은 믿음직한 경영자의 얼굴이었다.

"에노하라 씨, 근사한 아이디어인데요. 환자분 개개인의 데이터로 치료를 기다리는 모든 사람에게 도움을 줄 시스템이네요."

예상외의 이야기였다. 사와코는 흥분으로 몸이 떨렸다.

"One for all, all for one. 한 사람은 모두를 위해, 모두는 한 사람을 위해, 인 거죠. 선생님, 저는 역시 지지 않겠습니다. 직원들을 위해서라도 힘내겠습니다."

에노하라는 입술을 굳게 다물었다. 차는 재생의료 클리닉

TOYAMA의 현관 앞에 도착했다. 환자용 택시의 뒷문이 열렸다.

"이거, 혹시 지부니냐?"

사와코의 수제 향토 요리를 아버지는 이제야 알아봤다.

"아버지도 참, 여태까지 도쿄 요리인 줄 알았어요?"

아버지는 입을 우물우물하며 "……치고는 맛있다고 생각했지."라고 작은 소리로 말했다.

지부니는 가가 지방의 스다레후, 오리고기 등을 넣은 조림 요리이다. 향토 요리 중에서도 지부니는 예전부터 아버지가 특히 좋아하는 음식이었다.

"확실히, 네 엄마의 손맛과는 다른 것 같긴 하다만. 네 엄마는 대체 뭘 넣었던 걸까?"

사와코는 사발에 간장을 조금 더 넣어보았다.

"어딘가 달라……."

아버지는 "이건 이것대로 맛있어. 응, 좋아, 좋아."라고 하며 향토주를 홀짝홀짝 마셨다.

"있죠, 아버지. 미꾸리 양념 꼬치구이 지금은 어디에서 팔아요?"

"그러고 보니 예전에는 어디에나 있었는데 요즘엔 거의 없어졌구나."

어렸을 때 어머니가 "칼슘이 풍부하니까 간식으로 좋아."라며 자주 사다 주었던 음식이다. 사와코가 꼬치에 끼워 달콤한 소스를 발라 구운 미꾸리는 질기고 씹다 보니 조금 쓴 맛이 났다.

"맛이 좀 쓰죠?"

아버지가 이상하다는 듯한 표정으로 "괜찮아."라며 고개를 저었다.

"좀 탄 거 아닌가?"

"앗, 그런 거예요?"

틀림없이 미꾸리가 쓴맛 나는 생선이라고 생각했는데, 그게 아니었던 모양이다.

아버지 얼굴이 붉어지기 시작했다. 슬슬 주무실 시간이다.

요즘 들어 아버지는 밖에 나가는 것을 귀찮아한다.

"다음번에 제대로 된 향토 요리 식당에 데려가 줘요. 음식 맛 공부 좀 하게요."

아버지는 "오오, 꼭 데려가 주마."라고 기쁜 듯이 말했다.

아버지와 식사를 마친 후, 사와코는 구라가리자카를 내려가 바 STATION의 문을 열었다. 바텐더인 야나세가 "먼저 와 계십니다."라며 반갑게 맞아주었다.

카운터 바로 앞자리에서 센카와는 청주를 마시고 있었다.

사와코를 보자, 센카와는 무언가를 집는 시늉을 했다. 장기를 두자는 의미이다.

사와코는 얼른 레드 와인과 치즈를 주문했다. 어영부영하다 보면 마유주가 눈앞에 와 있기 때문이다. 야나세는 몸에 좋다며 권하지만, 그 산미는 아무래도 싫다.

카운터 옆의 장식품과 병이 어수선하게 쌓여 있는 곳에서 장기판을 잡아당겨 꺼냈다. 카운터에 펼쳐놓고 장기판 위에 말을 늘어놓는다.

에노하라를 도야마 시의 클리닉에 이송한 건을 센카와에게 상세히 보고했다.

"경영자란 자기 몸이 힘든 시기에도 여러 가지를 생각하는 법이지."

센카와가 진지하게 말했다. 진료소가 위기 상황에 빠졌을 때 일을 떠올린 모양이다.

야나세가 "리더는 힘들지요."라고 대화에 끼어들었다.

"몽골의 수말은 늑대가 다가오면 목숨을 내던지고 나갑니다. 무리를 지키기 위해서요. 덥수룩한 수말의 갈기는 용기 있는 자의 징표예요……."

그 말을 들은 센카와가 야나세의 말을 끊었다.

"용기 있는 자라고?"

"네, 그게 무슨……."

야나세가 센카와의 잔에 찬술을 따른다.

"그거야, 그거! 몽골 이야기는 잠깐 스톱!"

센카와는 잔을 든 손을 천천히 입으로 가져가며 장난기 가득한 눈빛으로 사와코를 바라봤다.

"에노하라 씨는 마오리족의 '하카'를 보고 눈물을 흘렸다고 했지? 그거 이런 거였지? 카 마테, 카 마테 이렇게 하는 거?"

"그런데요……."

사와코는 쓴웃음을 지었다. 센카와는 스마트폰을 조작하더니 화면을 보여주었다.

"하카 가사에는 깊은 의미가 있어. 이거야."

센카와가 보여준 사이트에는 하카 'Ka Mate'의 일본어 가사가 소개되어 있었다.

나는 죽는다! 나는 죽는다! 나는 산다! 나는 산다!
나는 죽는다! 나는 죽는다! 나는 산다! 나는 산다!
보라, 이 용기 있는 자를.
이 털북숭이 남자가 태양을 부르고 빛나게 한다!
한 발 위로! 또 한 발 위로! 한 발 위로! 또 한 발 위로!
태양은 빛난다!

"이 노래는 말이지, 죽음을 각오한 마오리 족장이 절친한 친구에게 구출되었을 때의 기쁨과 감사의 마음을 담은 노래라고 해. 전투 전에 추는 춤이라는 의미뿐만 아니라 죽음에서 삶으로의 희망의 메시지도 되는 거지."

골수 럭비 팬을 자부하는 센카와의 진면목이 드러났다.

"높은 곳에서 홀로 고독한 리더의 버팀목이 되는 좋은 동료들 아닙니까?"

야나세도 에노하라의 부하 직원들 이야기에 감명을 받은 듯했다.

새로운 치료에 도전하는 자와 그것을 응원하는 동료들. 사와코는 에노하라의 도전이 성공하기를 간절히 기원하지 않고는 견딜 수 없었다.

골똘히 생각에 잠겨 있었던 탓에 그만 센카와에게 '금장'을 빼앗겨 수가 막혀버렸다. 오늘 밤도 사와코의 패배다.

"힘내세요, 시라이시 선생님."

야나세의 격려의 말과 함께 눈앞에는 마유주가 놓였다.

제3장 | 쓰레기 집 속 오아시스

점점 날이 쌀쌀해져 아침저녁으로 카디건을 찾게 된다. 그러고 보니 가나자와의 가을은 늘 이렇게 시작되었다.

새 환자 의뢰가 온 것은 그즈음, 9월 하순이었다. 오쓰키 치요라는 78세 여성으로, 사이가와 강 서편 주택가에 뜬금없이 자리 잡은 호쿠리쿠 철도 이시카와 선의 출발역인 노마치 역에서 그리 멀지 않은 주택에서 혼자 살고 있다.

예전에 그 근방에는 '잇사카'라고 불리는 유곽이 있었다. 가나자와의 전통 유흥가로는 히가시 찻집 거리, 니시 찻집 거리, 가즈에마치 찻집 거리가 유명하다. 이 세 곳은 게이샤와 격식 높은 요정 거리로 성인들의 관광명소로 화려한 얼굴을 자랑하지만, 잇사카는 저렴하고 수상쩍은 뒷골목 같은 분위기로 가득 찬 곳이었다고 한다. 사와코는 거의 가 본 적이 없는 지역이었다.

"환자분 본인은 방문 진료를 거부하고 있다고 하네요."

료코는 한숨 섞인 목소리로 말하며 환자 자료를 건네주었다. 시내 병원이나 클리닉에서 팩스로 보내오는 익숙한 형식의 소개장이 아니었다. 몇 종류나 되는 두툼한 서류가 '가나자와시'라고 인쇄된 대형 봉투에 들어있었다.

"어떻게 된 거야?"

"조금 전에, 지역포괄지원센터에서 온 거예요."

일의 발단은 9월 중순께, 그것도 이른 아침이었다고 한다.

신문배달원이 오토바이를 타고 집 앞을 막 지나갈 때, 치요의 집 안에서 기이한 소리가 들렸다고 한다. 치요의 집은 그 전에도 악취가 난다는 등 민원이 여러 건 접수되었던 적이 있어, 시의 지역포괄지원센터가 개입하기로 결정했다. 상담원이 생활실태 파악에 나선 결과, '독거 생활의 한계 상태에 이르렀다'라는 판단을 내렸다고 한다.

이웃 지역인, 사이가와 강 인근의 나카무라마치에 사는 외동딸, 고사키 나오코와는 좀처럼 연락이 되지 않아 간병과 의료 등 복지서비스 접수 절차가 지연되었다. 나오코는 남편과 함께 정식집을 경영하고 있는데 일정 조정이 어려워 점심 영업을 끝낸 후 가게의 휴식시간에 맞춰 방문 진료 시간을 설정했다.

오후 두 시 전, 사와코는 마요, 노로와 함께 진료소를 출발했다.

환자의 진료 거부뿐 아니라, 이웃과의 불화 요인까지 얽힌

복잡한 사안이다. 원래는 사전에 딸인 나오코와 만나 어머니의 상태에 관해 상세하게 듣고 난 후에 진료를 시작하고 싶었다. 그러나, 그런 바람은 영업시간 중에 가게를 몇 번이고 비울 수는 없다는 나오코의 사정으로 이루지 못한 채 불가피하게 당일 현지에서 합류하기로 했다.

노로가 운전하는 차는 가나자와 역을 등지고 교통량이 많은 간선 도로를 시원스럽게 달려갔다.

환자의 집은 주택가의 좁은 골목길 안쪽에 있었다. 크지만 낡은 단층집이었다.

집 주변과 출입구에 특이한 점은 없다. 단지, 비도 내리지 않는데 덧문이 닫혀 있다. 현관 왼쪽 옆에 난 출창으로 눈을 돌리자 산처럼 쌓여 있는 헌 신문지 더미와 더러운 비닐봉지가 이쪽으로 기울어져 있어 이제라도 쏟아질 듯했다. 게다가 형용할 수 없는 악취가 난다.

실내 쓰레기 더미. 집 부지 밖으로 옆집이나 도로에까지 쓰레기가 흘러넘쳐서 아침 정보프로그램에서 '쓰레기 집'으로 소개될 정도는 아니다. 그러나 주택 내 생활환경은 상당히 열악할 것으로 짐작되었다.

약속 시각이 지났으나 딸 나오코는 모습을 드러내지 않는다. 진료소에 전화를 걸어 확인하자 료코가 나오코의 메시지를 전해주었다.

"좀 늦을 것 같으니 먼저 진찰을 시작해 달라고 했습니다."

"오후 방문이 아직 세 곳이나 남았으니 시간이 아깝네. 들어갑시다."

사와코가 현관문에 손을 대려는 찰나, 마요가 외쳤다.

"잠깐만요. 선생님, 이걸 착용하세요."

마요가 큼직한 가방에서 무언가를 꺼냈다.

"덧신이에요. 방수용 코트랑 바지, 방진 마스크도 있으니까 사용하세요."

마요가 나눠주는 물품을 노로가 의아해하며 받아들었다.

"이게 다 뭐야?"

"일단 시키는 대로 해 주세요. 곧 알게 될 거예요. 여기, 전에 한 번, 와 본 적이 있어요. 그때 환자가 거부하는 바람에 방문 진료 계약은 체결하지 못했지만요."

마요는 그 자리에서 재빨리 준비해온 물품들로 완전무장했다.

현관 밖에서 큰 소리로 "오쓰키 씨, 마호로바 진료소예요. 들어갈게요."라고 크게 외쳐도 대답은 없다.

"실례합니다."

사와코도 소리 높여 말했지만, 마찬가지였다.

집 안쪽에서 텔레비전 소리만이 새어 나올 뿐이다. 마요가 문고리를 비틀었다. 잠겨 있지 않아서 쉽게 열렸다.

현관 안으로 들어가자마자 악취 덩어리가 덮쳐와 속이 메스꺼워졌다. 고여 있던 하수도의 가스가 정면에서 한꺼번에 방출되어 덮쳐온 듯했다.

이 냄새 속에서 마요는 괜찮을까? 그런 사와코의 걱정은 아랑곳하지 않고 마요는 아무렇지도 않은 얼굴로 "들어가겠습니다."라며 실내에 발을 내디뎠다.

사와코도 덧신을 신기 위해 구두를 벗었을 때 마요가 소리를 질렀다.

"선생님! 유리 파편이나 깨진 물건이 있을지도 모르니까 덧신은 구두 위에 신으세요."

마요의 뒤를 이어 실내에 발을 들여놓는다. 그러나 도처에 쓰레기가 어질러져 있어 어디에 발을 두어야 할지 모를 정도였다. 발을 마루에 내디딘 순간, 작은 벌레가 날아올랐다. 악취의 강도도 심해졌다. 몇 발자국 옮겼을 때 불쾌한 감촉이 느껴졌다. 무언가 물컹한 것을 밟았다. 쭈뼛쭈뼛 발밑을 살펴보니 먹다 남은 빵이었다. 빵 전체에 푸른곰팡이가 피어 있었다.

물건을 정리할 기력과 체력이 없어 쓰레기 집이 되고 마는 고령자의 집이 적지 않다. 치요의 경우도 그 전형일 것이다. 이대로는 상한 것을 먹고 식중독에 걸리거나 바닥의 물건을 밟고 미끄러져 다칠 위험이 있다.

"이, 이건 너무 심해. 대체 어떻게 이럴 수가……."

노로는 완전히 엉거주춤하여 발걸음도 제대로 떼지 못하고 있었다.

"노로, 발밑을 제대로 봐! 외견에 놀라지 말고."

'출혈의 양과 기세에 동요하지 않고 창상의 핵심 부위를 침착하게 파악한다.' 응급 현장에서 몸에 익힌 기본 원칙을 스스로 되새기는 마음으로 입 밖으로 내뱉었다.

집에 들어오긴 했으나 발 둘 곳을 찾지 못하는 바람에 환자의 위치 파악은 좀처럼 진행되지 않았다.

"이쪽 방에는 안 계세요."

환자를 찾아 이미 옆 방을 뒤지던 마요의 목소리가 들렸다.

"주방에도 없습니다."

마요의 보고가 잇따라 들려온다.

갑자기 "여기예요." 비명에 가까운 목소리가 들렸다. 노로의 목소리다. 노로는 욕실 입구에 얼어붙은 듯 서 있었다.

집안에서 가장 위험한 장소는 욕실이다. 특히 고령자 입욕 사고가 적지 않다. 입욕 중에 급격히 혈압이 저하되어 물에 빠져 죽음에 이르는 사례도 많다. 겨울철에는 또, 차가운 몸을 뜨거운 물에 담금으로써 혈압이 큰 폭으로 변동하고 이것이 심근경색이나 뇌경색으로 이어지기도 한다. 이른바 열충격(Heat Shock)이다.

자택 내 익사자는 연간 약 오천 명, 익사 이외의 사인까지 포함하면 이만 명 가까운 사람이 욕실에서 목숨을 잃는다. 사실상 이 수치는 교통사고사의 약 여섯 배에 해당한다.

욕실에서 쓰러진 고령자는 거의 예외 없이 구급차로 응급의료센터로 실려 온다. 사와코에게 이 종류의 통계 데이터는 귀에 못이 박이도록 들었던 수치였다.

사와코는 최악의 경우를 각오하며 욕실 안을 조심스럽게 들여다보았다.

"으악."

욕조를 보고 가슴이 철렁했다. 수면 위에 노파의 얼굴이 동동 뜬 채 꼼짝도 하지 않고 이쪽을 노려보고 있었기 때문이다.

그때 사와코의 등 뒤에서 여성의 웃음소리가 들렸다.

목소리의 주인은 앞치마 차림의 사십 대 후반 여성이었다.

"엄마, 대답 좀 해요. 정말, 못 말려."

그렇게 말하며 욕조에 몸을 담그고 있는 백발의 여성 쪽으로 다가선다. 이 여성이 딸인 나오코인 모양이다. 잠자코 욕조 물에 잠겨 있는 사람이 환자인 치요다.

나오코는 사와코 일행에게 고개를 숙이고 "어머님 때문에 정말 죄송합니다."라고 말했다.

"장녀이신 나오코 씨 되시죠?"

사와코와 마요가 나오코와 인사를 나누고 있는데, 옆에서 노로가 쓸데없는 말을 하기 시작했다.

"할머니, 죽은 줄 알았잖아요. 쫄았네."

말이 끝나자마자 치요가 고함을 질렀다.

"썩 나가! 이 치한 자식."

욕조 물을 마구 뿌려댄다.

"엄마, 그만, 그만둬! 의사 선생님 일행이셔. 어제 전화로 말했잖아요."

이어서 비누가 날아왔다.

"너도 뭐하러 온 거냐. 평소에는 한번도 안 오는 주제에. 어차피 뭔가 훔치러 왔을 테지. 너 같은 건 딸도 아냐. 나가버려, 도둑년."

나오코는 그 순간, 기분 상한 얼굴이 되었다.

"늘 이런 식이에요. 이젠 지쳤어요. 엄마가 어떻게 되든 자업자득이에요. 하지만 이대로 죽으면 보호책임을 문책당할 수 있다고 시청 담당자가 협박하는 통에……."

아예 될 대로 되라는 식이었다.

"엄마, 자주 와 볼 수 있는 상황이 아니라니까. 내가 가게 안 하면 엄마도 먹고살 수 없어. 도시락 서비스 필요 없어?"

"그런 맛대가리 없는 도시락 가지고 생색은……."

"그럼, 끊어야겠네."

"역시 너는 어미가 죽길 바라는구나. 덜 돼먹은 딸년 같으니라고."

치요는 으르렁거리며 막말을 뱉었다.

"엄마가 싫은 소리만 하니까 그렇지."

"변명 따위 질렸다. 냉큼 나가버려. 딸입네 하고 두 번 다시 문지방도 넘어오지 마라."

"아, 그러셔요."

나오코는 그쯤에서 모녀 싸움을 강제종료시키려는 듯이 사와코를 돌아보았다.

"이런 엄마예요. 전화할 때마다 두 번 다시 걸지 말라고 호통만 치고……. 뭐 때문에 저는 굳이 챙겨서 전화를 거는 건지. 생존 확인과 목소리 크기로 건강 여부는 알 수 있지만요."

나오코는 자조 섞인 웃음을 웃으며 체념하는 표정을 지었다.

어쩔 수 없다. 우리의 힘만으로 치요와 상대할 수밖에 없다.

다시금 욕실 내 상황을 살핀다. 욕조 주위에는 먹다 만 과자와 도시락, 게다가 식빵이 흩어져있고 내용물이 어중간하게 남은 페트병이 몇 병이나 놓여 있다.

이상한 풍경이었다. 욕실에만 생활의 흔적이 있고 다른 방은 과거의 잔해로 메워져 있다. 환자에게 정신적인 케어가 필요함에는 틀림이 없다.

사와코는 방수용 코트를 벗고 가방에서 백의와 청진기를 꺼냈다. 환자의 신뢰를 얻기 위해서 의료 관계자라는 인상을 확실히 심어주는 것이 때로는 효과적이다. 특히 고령자에게는 더 그렇다. 사와코는 백의를 걸쳤다.

그 모습을 보더니 치요가 홱 얼굴을 들었다.

"치요 씨, 안녕하세요. 마호로바 진료소에서 건강 검진차 왔습니다. 목욕, 기분 좋아 보이시네요. 오늘은 언제부터 욕조에 들어가 계셨나요?"

사와코는 환자의 눈높이에 맞춰 무릎을 꾀고 앉아 천천히 큼직한 목소리로 말했다.

"내내."

목소리에서 노기가 사라졌다. 조금은 진정된 모양이다.

"내내라니, 아침부터 말씀인가요?"

"아니, 엊저녁부터."

"네……?"

"몸을 푹 담그고 있으면 몸이 뜨끈뜨끈해지니까."

이럴 수가, 치요는 어젯밤부터 욕조에서 먹고 마시며 지내고 아침에 되어도 욕조에서 나오지 않은 상태였다. 지금 시각은 오후 세 시가 되려는 참이다.

나오코에 따르면 치요는 하루 중 대부분을 욕실에서 보낸다고 한다. 쓰레기 집 주인이 목욕을 좋아한다니……. 참으로 기묘한 조합이다.

"아, 맞다. 약이 다 떨어졌었지."

역시 지병이 있는 것이다. 약을 먹어야 한다는 의식만은 남아 있었다.

"그럼, 약을 지어드릴게요. 그 전에 진찰하게 해 주세요."

다행히 사와코의 유도에 잘 따라 줄 듯하다.

"그럴까? 그럼 나가볼까? 오늘은 도와줄 젊은이도 있고."

치요는 물에 불어서 쪼글쪼글해진 손을 욕조 가장자리에

얹었다. 그러나, 너무 오래 물속에 있었던 탓인지 혼자서는 제대로 일어나지 못했다.

"뭐 하고 있는 게야? 빨리 도와줘!"

마요가 등 뒤에서 치요를 부둥켜안고 욕조에서 끌어 올렸다. 마요는 엄청난 욕조 물을 뒤집어썼다. 여기에서 방수복의 중요성을 깨달았다.

"지금까지 어떤 약을 드셨는지 혹시 아시나요?"

사와코는 나오코에게 물었으나 "글쎄요."라는 답변밖에 돌아오지 않았다.

"투약 수첩은 있나요?"

나오코는 사와코의 물음에 대답하지 못하고, 어머니의 귓가에 대고 큰 소리로 물었다.

"엄마, 투약 수첩은 어디 있어?"

"뭐?"

"투, 약, 수, 첩."

"너한텐 안 보여줘."

서로 시비조다. 나오코는 절망적인 눈초리로 쓰레기장으로 둔갑한 방을 둘러보았다.

"우선 젖은 몸부터 닦읍시다."

사와코는 마요와 함께 목욕 수건으로 치요의 몸을 감싼다. 젖은 몸을 닦으며 외상은 없는지 몸의 관절은 어느 정도 움직이는지 등 진찰을 진행했다. 노로는 마요의 지시에 따라 방안의 쓰레기를 쓰레기봉투에 집어넣고 있다.

"보물, 발견했어요."

노로가 투약 수첩을 팔랑팔랑 흔들며 이쪽으로 왔다.

"용케 찾았네. 어디 있었어?"

"불단 앞이요. 이런 건 대개 불단에 있다고, 마요가."

수첩을 펴자, 고혈압과 당뇨병약이 처방되어 있었다. 기록대로라면 마지막으로 처방받은 것이 반년 전이다.

치요의 질병은 일단 고혈압과 당뇨병이다. 그리고 약은 복용하고 있지 않으나, 아마도 치매도 있을 것이다.

치요의 머리카락의 물기를 다 닦아낸 마요는 옷장 속에서 나오코가 찾아다 준 원피스 형태의 파자마를 치요에게 입혔다.

그러고 나서 치요를 좀 눕히고 싶었지만, 침실도 발 디딜 틈이 없었다. 샛길을 더듬듯이 불안한 걸음걸이로 겨우 침대에 도달했다. 시큼한 냄새를 풍기는 이불을 젖히고 치요를 앉혔다. 그것만 했을 뿐인데 돌보는 사람도 흠뻑 땀에 젖었다.

사와코는 치요의 몸 상태를 확인했다. 혈압은 수축기 178㎜Hg, 이완기 98㎜Hg이고 간이혈당측정기로 측정하자, 정상 혈당 수치가 140㎎/㎗ 미만인데, 치요의 혈당 수치는 280㎎/㎗이나 된다. 혈압강하제와 당뇨병약은 신속히 재처방할 필요가 있다.

"약의 복용 여부를 매일 확인할 방법을 마련해 두는 게 좋을 듯하네. 마요, 부탁해."

"네, 선생님. 요양보호사와 방문간호 스테이션 전달사항에 복약 체크라고 추가해둘게요."

사와코의 지시를 복창하며 마요가 수첩에 메모했다.

옆에서 나오코는 조금 전에 찾은 투약 수첩을 팔랑팔랑 넘기고 있었다. 거기에 끼워져 있는 몇 장의 종잇조각을 꺼내어 나란히 늘어놓고 들여다본다. 처방전과 복용 지시서는 아닌 듯하다. 그러더니 갑자기 고함을 쳤다.

"엄마, 뭐야, 이거! 또 쓸데없이 신문이나 들이고! 지금 네 군데 신문이랑 계약되어 있잖아. 제대로 읽지도 않으면서……."

수첩에 끼워져 있던 것은 신문 구독 계약서였다. 나오코의 관심은 어머니의 병세가 아닌 다른 데로 향해 있다. 딸의 질책에 어머니도 격분했다.

"너야말로 쓸데없는 참견이야. 엄마 하고 싶은 대로 내버려둬!"

"낭비잖아. 진짜, 이러면 도시락 서비스 끊어버릴 테야."

한바탕 말다툼이 벌어졌다. 조금 지나자 치요는 토라져서 이불을 머리까지 뒤집어쓰고 누워버렸다. 곧이어 쌔근쌔근 숨소리가 들린다.

사와코는 진료기록부를 덮고 돌아갈 준비를 시작했다. 나오코에게는 투약을 계속하며 고혈압과 당뇨병 치료를 진행할 필요가 있다는 것을 다시 한번 설명하고 일상생활의 주의점에 관해 조언한다.

"장시간 목욕은 사고로 이어질 위험이 있으니 가능한 한 피하도록 해 주세요. 그리고 집안을 정돈하여 건강하게 생활할 수 있도록 해야 합니다."

"목욕에 관해서는 엄마한테 직접 말씀해 주세요. 저희는 가게를 하고 있어서 여기 올 수 있는 건 두세 달에 한 번 될까 말까 하거든요."

나오코는 불만에 찬 표정 그대로 답하고 나서 고개를 갸웃했다.

"그리고, 분명히 이 집, 좀 어질러져 보일지도 모르지만, 이건 이거대로 엄마 개성이니까요. 예전부터 이런 라이프스타일이었어요."

사와코, 마요와 노로 세 명은 무거운 몸을 질질 끌다시피 하며 차를 주차해 둔 곳을 향해 걷고 있었다.

"좀 어질러져 보인다고요? 말은 하기 나름이네요. 이야, 냄새 한번 고약했네."

노로가 양팔을 벌리고 바깥 공기를 가슴 가득 들이마신다.

"이런 건 선 긋기가 어려운 게 사실이지만 저 집은 극단적이네. 마스크랑 덧신이 없었다면 솔직히 견디기 힘들었을 거야. 그건 그렇고 마요, 정말 만반의 준비였어."

마요가 고개를 떨군 채 불쑥 대답했다.

"경험이에요."

"응? 경험이라니……."

노로의 말에 마요는 고개를 저으며 웃기 시작했다.

"일하면서 얻은 경험이요. 수십 곳씩 방문하다 보면 어느 정도는 자구책을 생각할 수 있게 되는 법이에요. '악취'가 나는 집은 특히 요주의 대상이에요. 썩은 음식물쓰레기로 마루가 녹아있기도 하고 식기가 전부 깨져있기도 하고 여기저기 반려동물 사체가 방치되어 있기도 하고요. 정말 위험해요. 그러니까 이런저런 용품은 필수품이죠. 모두 백엔 숍에서 산 것들이지만요."

마요는 어깨를 움츠리며 웃었다.

"마요, 나중에 그 영수증 줘. 업무 관련 지출이니까."

마요는 "그러면 감사하겠습니다."라며 고개를 끄덕인다.

사와코 일행은 방문 진료 차량에 도착하여 각자의 좌석에 몸을 파묻는다. 노로는 운전석 창을 전부 열고 다음 방문처로 서둘러 출발했다.

하루의 방문을 끝내고 마호로바 진료소로 돌아왔다. 저물어가는 붉은 저녁해가 창밖으로 보일 시각, 센카와의 방에 스태프 전원이 모였다. 최근 들어 무언가 현안 사항이 있을 때는, 자연스럽게 이 방에 집합하게 되었다.

"셀프니글렉트(Self-neglect)에 해당될까요? 그 환자분."

지역지원 사례소개서를 무릎 위에 놓은 채 마요가 사와코에게 질문한다.

"다른 말로 자기 방임. 간병 · 의료 서비스 이용을 거부함에 따라 사회로부터 고립되고 생활행위 및 심신의 건강유지가 불가능해진 상태. 생활환경과 영양 상태가 악화하고 있음에도 개선을 위한 기력을 상실한 채, 주위에 도움을 구하지 않는다. 쓰레기 집과 고독사의 원인으로도 지목된다. 자기 방임 상태에 있는 고령자는 치매 외에도, 정신질환 · 장애, 알코올 관련 문제를 떠안고 있다고 간주되는 자도 많다."

마요는 펼친 책에 기술된 부분을 소리 내어 읽었다.

"잠깐만. 여기 자기 방임에는 여섯 가지 요소가 있대요……."

노로가 그렇게 말하며 인터넷에서 검색한 컴퓨터 화면을 보여준다.

① 불결하고 악취가 나는 신체

② 비위생적인 주거 환경

③ 생명을 위협하는 치료 및 돌봄 방치

④ 기이하게 보이는 생활 상황

⑤ 부적당한 금전·재산 관리

⑥ 지역사회에서의 고립

"맨 첫 항목이 마음에 걸리네. 물론 전부 일치할 필요는 없겠지만."

노로는 펜 끝으로 화면을 톡톡 두드렸다. 액정이 잔물결을 일으키는 것처럼 보였다.

"정말, 그건 결정적으로 다른 부분이에요. 치요 씨는 온종일 욕조 안에 들어가 있으니까요."

마요가 고개를 갸웃했다.

"그렇군, 목욕이라. 그것참 골치 아픈 특징이군. 사와, 어떻게 할 생각이지?"

센카와가 팔짱을 끼며 말했다.

"오쓰키 치요 씨에 관해서는 고혈압과 당뇨병 관리를 기본으로 하겠습니다. 거기에 추가하여 여기 나와 있는 생활환경 개선을 당면 과제로 생각하고 있어요. 그걸 어떻게 추진할지……."

"그러게 말이야."

센카와가 고민스럽다는 듯한 표정으로 말했다.

"무엇보다 가족의 협조가 필요한데 환자를 앞에 두면 서로 감정이 뒤엉켜버린다는 말이지. 이번에 그 따님 집에 가서 차분하게 상의해보면 어떨까? 정면 공격으로 환자 집만 방문하는 게 아니라 측면 공격도 시도해 보는 차원에서."

그 날은 일찌감치 방문 진료가 끝났다. 시월의 저물녘, 해는 순식간에 떨어진다. 나카무라마치에서 나오코가 남편과 경영하는 류헤이 식당으로 이어지는 길은 생각보다 찾기 어려웠다.

가나자와는 굽이굽이 좁은 길이 많다. 적이 쳐들어올 것을 상정한 성곽도시 특유의 도시구획이다. 방향 감각이 예리한 노로를 꾀었으나, "어차피 지저분한 정식집일 거예요. 저는, 바퀴벌레랑 같이 밥 먹고 싶지 않거든요. 사양하겠습니다."라며 거절당했다.

마요와 함께 버스를 타고 나카무라마치 정류장에서 내리자, 이미 비가 내리고 있었다. 우산을 받치고 좁은 길을 걷는다.

작은 수로를 건너 인적 없는 표구점과 낡은 이발소가 다닥다닥 붙어 있는 골목을 돌았다.

"쇼와 시대(1926~1989년) 분위기가 나는 거리네요."

모퉁이에서 두 번째. 자동판매기 불빛만 환한 허름한 담뱃가게 옆에 류헤이 식당이 있었다.

사와코의 입에서 우와 소리가 절로 나왔다. 가게 이름을 듣고는 좁은 골목길에 파묻혀 버릴 듯한 예스러운 정식집을 상상했는데 눈앞에 서 있는 것은 남부 유럽의 카페를 연상시키는 깔끔한 가게였다.

"의외로 세련된 가게네요."

마요가 코를 벌름거렸다. 그야말로 '의외'였다.

흰 목재 틀의 유리문을 밀어 열자, 도어 벨이 경쾌하게 울렸다. 가게 플로어는 다크 브라운의 마룻바닥이다. 앤티크 풍의 작고 둥근 테이블이 몇 개나 늘어서 있고 키 큰 관엽식물이 각각의 테이블을 내려다보듯 서 있어서 느긋한 분위기를 자아내고 있다. 저녁 식사 시간대로는 아직 이른데도, 커플 손님과 젊은 여성 손님들로 좌석 절반 정도가 차 있다.

"어서 오세……. 아, 선생님!"

주방에서 나오코가 뛰어나왔다. 치요의 첫 진료 때 봤던 모습과 같은 앞치마 차림이었다.

"엄마한테 무슨 일이라도?"

나오코는 인상을 찌푸리며 말한다.

"아뇨, 그냥 식사하러 온 거예요."

사와코는 고개를 저으며 말했다.

"근사한 가게네요. 좀 놀랐어요."

그렇게 말하며 마요도 가게를 둘러본다.

"고맙습니다. 여기까지 일부러 와주셨군요."

나오코는 기쁜 듯한 미소를 띠었다. 치요의 집에서는 볼 수 없었던 표정이다.

"여기 메뉴판입니다."

나오코는 높이가 낮고 세련된 둥근 유리컵에 담긴 물을 은 쟁반에 내왔다.

"흐음, 다 맛있어 보여서……."

마요가 메뉴판을 보며 고민되는 듯 끙 앓는 소리를 낸다.

사와코도 마찬가지였다.

고민에 고민을 거듭한 끝에, 두 사람은 '가가 향토 계절 요리 정식'을 골랐다. 몇 개의 작은 그릇에 가나자와 고유의 식재료를 사용한 다양한 색의 나물이 보기 좋게 담겨 있다. 작은 미소 덴가쿠(꼬치에 꿴 두부, 곤약, 가지 등에 미림, 유자, 초피 등으로 조미한 미소를 발라 구운 음식)에 눈볼대 소금구이, 순채 초무침, 진한 참깨 두부(콩 대신 참깨를 굳혀 만든 음식)에 생밀기울 맑은국, 마지막으로 팥소를 듬뿍 넣은 미쓰마메(한천 젤리에 과일, 붉은 완두콩 등을 넣고 시럽을 뿌린 달콤한 디저트)가 디저트로 나왔다.

"이걸로 하길 잘했네."

"건강에도 좋고 맛도 최고였어요."

식기를 물리고 온 나오코에게 입을 모아 칭찬했다. 나오코는 "서비스예요."라고 속삭이듯 말하며 한입 크기의 살구 찹쌀떡과 커피를 내왔다.

"매일 정신이 없어서 진료에 입회하지 못해 죄송합니다. 항상 잘 봐주고 계시다고 엄마랑 전화 통화할 때 들었어요. 변함없이 시비조이긴 해도 기분은 좋아 보이더라고요. 네, 선생님께는 무척 신세를 지고 있다고 하더라고요."

은쟁반을 손에 들고 서 있는 나오코에게 사와코는 잠시 앉으라고 권했다.

"이건, 그때 이후 네 차례 방문했을 때의 진료 메모예요. 상세한 수치까지는 아니더라도 몸 상태 변화를 기록해 둔 것이니 그거라도 나중에 읽어보세요."

사와코는 손으로 적은 메모를 건넸다. '어머님 관련 사항'이라는 제목을 손끝으로 더듬으며 나오코는 진지한 표정을 지었다.

"선생님, 감사합니다. 정말 죄송해요."

고개를 숙인 나오코가 앞치마 자락으로 눈가를 훔쳤다.

"메모에 적은 것처럼 가족분이 ① 약의 복용, ② 식사, ③ 생활환경 개선, 이 세 가지 면에서 어머님을 도와주셨으면 합니다. 대단히 바쁘셔서 애로점은 있으실 줄로 생각하지만, 조금씩 지혜를 모으셔서……."

실은 세 번째 항목은 '쓰레기 집 정리정돈'이라고 말하고 싶었다. 하지만, 아무래도 나오코와 큰 견해차가 있는 부분이니, 나오코와 대립하는 사태는 피하고 싶었다.

"나오코! 선생님이 말씀하신 '생활환경 개선'이 무슨 의미인지 알아?"

등 뒤에서 남성의 목소리가 들렸다. 뒤돌아보니, 새하얀 셰프복을 입은 키가 작은 남성이 못마땅한 얼굴로 서 있다. 나오코의 남편 고사키 유토였다.

"선생님, 이 기사 좀 한번 봐 주시겠습니까?"

가나자와 지역정보지이다. 유토가 가게 안쪽을 뒤져서 꺼내온 과월호 권두에는 리뉴얼 오픈한 류헤이 식당을 취재한 기사가 큼직하게 게재되어 있었다. 날짜는 칠 년 전이다.

"비포 애프터 식의 소개기사였는데요. 이쪽이 예전 류헤이 식당 사진입니다. 외관과 가게 내부가 찍혀있습니다만, 지저분하죠. 부끄럽지만, 말 그대로 파리랑 같이 밥 먹는 가게였답니다. 당시에는 아내와 장모님이 둘이서 가게를 운영했었어요. 이곳은 점포 겸 주택이기도 한데요, 주택 부분은 그야말로 쓰레기 집이었어요. 이 사진에, 자 여기, 살짝 찍혀있습니다."

유토와 나오코가 결혼한 다음 해, 가게를 대대적으로 리모델링하고 경영을 물려받았다고 한다. 나오코보다 열 살 이상 어려 보이는 유토는 갸름한 얼굴을 이쪽으로 돌리며 허심탄회하게 계속 말한다.

"이곳은 제가 가게와 거주 공간을 매일 관리하고 있으니 괜찮지만, 처가는 당시 지저분했던 가게와 똑같은 상태예요. 이전부터 어떻게 좀 하라고 한두 번 말한 게 아닌데 아내는 귓등으로도 안 듣는다고 해야 하나……."

유토는 지친 듯한 표정을 지었다. 나오코가 "그렇게 말할 것까지야."라며 입을 삐죽 내민다. "당신은 만날 치우라고 잔소리만 하고. 가게 일이야 유토 생각에 따르지만 나도 엄마도 그렇게 뭐든지……."

그때 계산대 앞에서 커플이 "실례합니다, 계산 부탁합니다."라고 목소리를 높였다. 아까 가게에 들어온 네 명 일행은 메뉴판도 물도 나오지 않은 것이 불만인 듯한 모습이었다.

타이밍이 나빴다. 이제부터 점점 더 바빠지는 저녁 시간대일 것이다.

"슬슬 돌아갈게요. 나중에 다시 이야기합시다. 고사키 씨 내외분도 앞으로의 어머님 일에 관해 상의해 보셨으면 좋겠어요."

사와코는 마요에게 눈짓하며 일어난다.

나오코가 영업용 미소를 재빨리 되찾고는 "다음번에는 꼭, 해산물 튀김 정식을 드셔보세요. 남편의 야심작이거든요."라고 했다. 유토도 "와주셔서 감사합니다." 밝은 목소리로 인사하며 사와코와 마요를 배웅해주었다.

"연하 남편도 좋네요. 시원시원하고 요리도 굉장히 잘하고요."

마요는 엉뚱한 데 감탄한다. 어느덧 비가 그치고 골목의 물웅덩이에 비친 보름달이 하늘하늘 흔들리고 있었다.

일요일 아침, 아버지는 오래된 앨범을 꺼내어 보고 있었다. 그런 모습을 보자 아버지가 정말로 사진을 좋아했었다는 것을 인제 와서 새삼 느낀다.

"이거, 귀여워라."

아버지 옆에 앉아 사와코도 두툼한 앨범 한 권을 펴보았다. 거기에 있는 건 분명 자기 사진인데 저도 모르게 미소를 지으며 보게 된다.

사와코가 낙엽 위에서 뒹굴기도 하고 머리에 낙엽을 뒤집어쓰고 있는 사진이었다. 가나자와성 공원의 산짓켄나가야(국가 지정 중요 문화재로 성의 군사들의 숙소 겸 망루로 사용했던 곳임) 옆에는, 가을이 되면 낙엽으로 뒤덮이는 곳이 있다. 아버지는 배경 좋은 장소를 잘도 찾아내곤 했다.

"있잖아요, 아버지, 이곳에 한 번 더 가 볼까요? 겐로쿠엔(가나자와에 있는 일본 3대 정원의 하나)도 좋고요."

사와코의 물음에, 아버지는 "그 근처는 지금, 붐비니까."라고 하며 내키지 않는 기색이다. 신칸센 개통으로 가나자와에 관광객이 넘쳐 난다고 여느 때처럼 푸념을 시작한다.

"그럼 어딘가 가고 싶은 곳 있어요?"

아버지는 잠시 생각하더니 "우타쓰야마 산이 좋겠구나."라고 말한다.

우타쓰야마 산은 아사노가와 강 북동쪽에 있는 높직한 산으로 어렸을 때 자주 갔었다. 그 이유는 거기에 '가나자와 헬스센터'라는 유원지 같은 곳이 있었기 때문이다.

가나자와 헬스센터는 원래는 온천시설이었던 것 같다. 거기에 수영장과 동물원, 수족관 등이 병설되어 있어 어린이들에게도 꿈의 왕국이었다. 지금은 철거되고 말았다는데, 원래 있던 자리에 가 보는 것도 재미있을 것 같았다.

차고에서 차를 꺼내 기억을 의지하여 우타쓰야마 산을 향한다. 아사노가와 강의 텐진바시 다리를 건넌 지점부터 산 중턱의 굽이굽이 구부러진 길을 더듬어 오른다. 생각했던 것 이상으로 급경사길이지만 어느 정도 기억에 남아 있어서인지 정겨움이 솟구쳐올라 온다.

가나자와 헬스센터의 옛 터전은 정상으로 올라가기 직전 길의 안쪽에 있었다.

“흔적도 없이 사라졌구나.”

아버지는 입구에 멈춰 서서 잔디와 벤치 정도밖에 남아 있지 않은 작은 공원으로 전락한 꿈의 왕국을 바라보았다. 구석에서 댄스 레슨을 하고 있는 여고생 몇 명 외에는 사람이 없다.

“이렇게 좁았었군요.”

여기에 동물원에 수족관, 게다가 수영장도 있었다니, 믿기 힘들 만큼 작은 부지였다.

“나, 실은요, 수영장 별로 좋아하지 않았어요.”

사와코는 당시, 괴로웠던 수영 연습의 기억을 떠올렸다.

“알고 있었어. 네 엄마는 헤엄을 아주 잘 쳤는데 말이지. 사와코는 아빠를 닮았어.”

“어머, 그랬어요?”

의외였다. 수영장에 가자고 아버지가 자주 말했었기에 당연히 아버지가 수영을 좋아한다고 생각했었다.

공원 끝자락에서는 가나자와 시내가 한눈에 내려다보인다.

아래쪽으로 아사노가와 강이 흐르고 안쪽에는 가나자와성 성벽이 보인다. 울창한 나무들은 겐로쿠엔일 것이다.

"여기서 보이는 풍경도 변함이 없네요."

"그렇구나."

안개 같은 비가 내리기 시작한다. 우산을 받칠 정도는 아니었지만, 옷과 머리카락이 서서히 무거워졌다.

"사와코, 이제 돌아가자꾸나. 붐비지 않아서 좋았어."

사와코의 입에서 훗, 하고 웃음이 새어 나왔다.

"확실히 붐비지는 않았네요."

천천히 꿈의 왕국을 뒤로한다. 갈라진 구름 틈새로 강렬한 햇살이 쏟아져 내려 갑자기 밝아졌다.

여고생들의 재잘대는 소리가 들려 뒤를 돌아본다. 조금 전까지 바라보았던 가나자와 시가지를 덮듯이 큰 무지개가 걸려 있는 것이 보였다.

정기 검진으로 치요의 집을 방문할 때마다 집 안은 점점 깨끗해졌다. 나오코의 남편, 유토가 도와주고 있다고 한다.

그 날 방문 때는 유토와 나오코 부부가 함께 와서 집중적으로 정리하고 있었다.

"가게는 괜찮으세요?"

사와코의 질문에 두 사람은 어깨를 으쓱하며 웃었다.

"조금만 더 정리하면 끝나니까 한 달 정도 점심 영업을 쉬기로 했어요. 단골손님들은 왜 하필이면 식욕 돋는 가을 시즌에 휴업이냐고 성화지만요. 산뜻하게 신년을 맞이하자는 생각이 들어서요."

이미 치요의 집에서 위험한 곳들이 거의 사라졌다. 사와코는 안심하고 방문 진료를 계속했다.

진료로 방문하는 시간은 오전이나 오후로 그때그때 달랐지만, 치요는 항상 욕실에 있었다. 미지근한 물에 몸을 담근 채 얼굴만 쏙 내밀고 있다. 그런 모습으로 사와코 일행을 맞는 치요가 사와코에게는 점점 더 사랑스럽게 느껴졌다.

진료에 앞서서 우선 마요와 함께 치요를 욕조에서 끌어내는 것부터 시작한다.

"치요 씨, 전생에 양서류였던 거 아니에요?"

마요도 사와코와 마찬가지로 환자를 사랑스럽게 여기는 듯했다. 농담을 건네며 재빨리 온몸의 물기를 닦아내고 혈압과 혈당 수치를 잰다. 혈압이 132/74mmHg, 혈당은 128mg/dl. 모두 문제없는 수준이다.

약도 빠짐없이 먹게 되어 컨디션이 안정되어갔다. 약뿐만 아니라 방이 정돈된 것도 크다. 여기저기 널브러진 음식, 용기류, 더러운 옷에 신문지 등 폐기물을 전부 쑤셔 넣어둔 무수한 비닐봉지……. 지금까지는 실내에 쌓아 올려진 쓰레기 더미 속에서 몸을 제대로 움직일 공간도 찾기가 어려웠다. 그 결과, 치요는 침대-욕실-화장실을 잇는 '샛길'만을 더듬어

다니는 날들을 보내왔다.

그랬었는데 지금은 실내를 마음껏 걸어 다닐 수 있게 되었다. 현관 주위의 장애물도 없어져서 외출도 자유로워졌다. 운동량이 늘면 식욕도 솟아난다.

"딸이 시켜주는 도시락 서비스, 인제 그만두라고 할까나? 나도 맛있는 거 먹고 싶고. 요즘 들어 조금 먼 곳까지 외출하고 있거든."

초진 때에 염려했던 자기 방임의 여섯 가지 요소 중에서 ① 불결하고 악취가 나는 신체뿐만 아니라, ② 비위생적인 주거 환경, ③ 생명을 위협하는 치료 및 돌봄 방치, 게다가 ⑥ 지역 사회에서의 고립은 확실하게 해소되고 있다.

그렇게 되고 보니, 역시 새삼스럽게 마음에 걸리는 것은 ④ 기이하게 보이는 생활 상황, 즉 장시간에 걸친 입욕이다. 다만, '양서류'적인 생활에 대한 지도는 사와코의 생각만큼 단번에 진행할 수 있을 것 같지는 않다.

사와코는 긴 안목으로 환자와 함께해 가기로 각오했다.

환자에 대해 긴 안목으로 끈기 있게……. 문득 제가 생각해도 신기한 느낌이 들었다. 현재 자신이 느끼는 시간 감각은 응급의료센터에 근무했을 때와는 180도 다른 것이다.

"그럼 치요 씨, 몸조심하세요. 다다음 주, 그러니까 다음 달 초에 찾아뵐게요."

"고마워요. 잘 부탁해요."

깔끔하게 정리된 현관문에서 인사를 나누고 미소를 띤 치요와 헤어지고 난 이틀 후였다. 밤 아홉 시가 지난 시각, 유토에게서 사와코의 스마트폰으로 연락이 왔다. 치요가 구급차로 병원으로 이송되었다는 것이다. 나오코가 이제 막 병원을 향해 가고 있는 참이라 자세한 병세는 알 수 없었다.

"무슨 일이 있었던 건가요?"

사와코는 깜짝 놀랐다. 최근 치요의 몸 상태는 전혀 나쁘지 않았다. 대체 치요에게 무슨 일이 생긴 걸까?

"실은 외부에서 119 통보를 받은 거라서요……."

치요는 욕실 옆 탈의실에서 머리에서 피를 흘리고 있는 모습으로 발견되어 구급차로 이송되었다고 한다. 발견자는 나오코도 유토도 아닌 신문 수금원이었다고 한다.

사와코가 가나자와 시민병원에 도착했을 때, 대합실에는 4개 신문사 수금원이 나란히 앉아있었다. 신문사 로고가 박힌 헬멧에 수금 가방을 손에 든 남자들이 긴 의자에 앉아 심각한 표정을 짓고 있었다.

"어떤 상태로 발견되었나요?"

사와코의 물음에 그들은 입을 모아 사정을 설명하기 시작했다.

치요는 신문 구독 권유에 언제나 관용적이어서 각 신문사 판매점 사이에서는 이름난 VIP였다.

그런 양호한 관계였지만, 최근 1, 2년은 구독료 납부가 연체되었다. 매월 25일에 시작하는 월말 수금 기간에 언제 방문해도 허탕으로 끝났다. 집안에 사람이 있는 기척은 있는데 초인종을 눌러도 응답이 없다. 참다못해 그들은 이날, 4개사 연합으로 오월동주(원수지간이지만 동맹자가 된 상황을 가리키는 사자성어)로 치요의 집을 방문했다고 한다.

"쓰레기 집이라는 원성이 자자하던 집이 묘하게 깔끔해져 있어서 설마 야반도주 아니니, 급히 이사라도 가셨으면 곤란하다는 생각이 들더라고요. 그래서 이번 달은 어물어물하지 말고 타사와도 상의해서……."

그런데 오늘 밤, 초인종을 몇 번이나 눌러도 응답이 없었다고 한다.

"문을 두드려봐도 반응이 없고요. 현관 좌측에 있는 세련된 커튼이 걸린 출창으로 들여다보아도 어두워서 잘 보이지 않고요. 진짜 도주했나 싶어서 애가 탔지요."

"그런데, 집 주위를 둘러보니 물소리가 나는 한쪽 모퉁이에서 희미한 불빛이 새어 나오더라고요."

"맞아 맞아요. 그래서 '이건, 욕실이다!' 하고 창을 똑똑 두드리며 이름을 불렀지요. 네, 물론……. 이웃집에 방해 안 될 정도의 크기로요. '수금 부탁드립니다.'라고요."

여러모로 걸러 들을 필요는 있을 테지만, 사와코는 대강의 상황은 이해했다. 각 신문사 수금원이 야간에 한데 모여 쳐들어갔다가 환기창을 두드리며 납부를 요청했다. 이건 대처하지 않을 수 없는 상황이다.

"금세 네 네 하는 목소리가 들리고 물을 끼얹는 소리가 나더라고요. 그러더니 갑자기 비명에다가 충돌음, 신음 소리가 나는 거예요. 꺄악, 덜그럭 쿵 하고요."

"네, 보통 일이 아니다 싶어서 안으로 들어갔지요. 열쇠가 열려 있어서요. 그랬더니 대참사가."

"저흰 완전히 패닉 상태가 되어서."

거기서 네 사람은 입을 모았다.

탈의실에서 넘어진 치요는 이마가 찢어졌다. 출혈량이 상당하여 발 매트가 새빨갛게 물들었다고 한다. 알몸의 고령 여성을 앞에 두고, 피를 보는 것에 익숙하지 않은 남자 네 명이 '완전히 패닉 상태가 되어서'라고 입을 모으는 심정이 이해되었다.

시민병원의 치료실에서 치요의 상처 부위와 환자 본인의 상태를 확인했다. 상처가 깊지는 않다. 출혈은 있었지만, 혈액검사 결과를 보니 빈혈에 빠지지는 않았다. 두부 CT(컴퓨터 단층촬영)에서도 골절이나 뇌출혈은 발견되지 않았다. 사와코는 이대로라면 오늘 밤 중에 퇴원할 수 있으리라고 생각했다.

그러나, 젊은 담당의는 '현 내 유일의 국립대 부속 고등학교 출신에 현역으로 의대에 합격한 수재'라는 분위기를 풀풀 풍기며 "탈수 치료 경과를 지켜보겠습니다. 혹시 모르니 뇌파 검사와 두부 MRI(자기공명영상) 검사를 하고 나서 퇴원시키도록 하겠습니다."라고 말했다. 만에 하나의 실수도 용납하지 않겠다는 자세였다.

굳이 입원까지 시켜서 시행할 검사는 아니라고 사와코는 생각했으나, 젊은 의사는 융통성이 없고 사와코의 의견을 들을 생각도 없어 보였다. 게다가 일박 입원 정도라면 굳이 반대할 이유도 없다는 생각에 "잘 부탁드립니다."라고 정중히 고개 숙여 인사하며 담당의의 의견에 따랐다.

치요는 3층 병동의 병실로 옮겨졌다.

다음 날 아침, 사와코는 방문 진료 개시 전에 시민병원에 들렀다.

창문 밖에 녹음이 우거진 병실에서 치요는 꾸벅꾸벅 졸고 있었다. 침대 옆에 나오코가 앉아있었다.

"치요 씨, 좀 괜찮아지셨나요?"

"시라이시 선생님, 어젯밤 내내 난리도 아니었어요. 너무 기운이 넘쳐서……."

나오코가 지칠 대로 지친 표정으로 푸념했다.

심야가 되자 치요는 흥분하여 비틀거리며 일어서려고 했다고 한다. 링거와 요도관은 침대에 고정되어 있으므로 함부로 움직이면 빠질 위험이 있다.

치요의 불안정한 상태를 병동 간호사도 금방 감지한 모양이다. 즉시 치요의 양손에 손을 감싸는 장갑을 끼웠다. 함부로 일어서지 못하도록 치요의 몸도 거대한 복대 같은 신체 보호대로 감싸 침대에 고정해 버렸다.

치요는 처음에는 큼직한 장갑이 끼워진 손을 의아한 듯이 바라봤다고 한다. 하지만, 곧 장갑이 끼워진 손으로 자기 얼굴과 머리를 마구 때렸다. 가려운 곳을 손으로 긁을 수 없었던 것이리라. 그리고 아침까지 "장갑, 빼!"라고 고함을 질렀다고 한다.

"돌아갈래."

갑자기 정신이 든 치요가 입을 열었다. 그러나 치요의 목소리는 귀엣말 정도의 크기밖에 되지 않는다.

"치요 씨, 일어나셨어요?"

사와코는 치요의 손을 장갑 위에서 감싸듯이 잡았다.

"이거 빼."

"바보 자식."

"살인자."

목소리에 힘이 없다. 밤새 고함을 지른 탓에 쉬어버린 것 같다.

"애처롭네요."

언제나 실실거리는 노로가 평소와 달리, 미간을 찌푸리고 치요의 얼굴을 바라보았다. 나오코가 한숨을 쉰다.

"오늘 아침, 이곳 선생님이 말씀하셨어요. 다른 환자분들에게 폐가 되기 때문에 더는 이 상태로 병원에 두기 어렵다고요. 신체 보호대에 추가해 진정제를 사용하여 입원상태를 유지할지, 집으로 모시고 돌아갈지 결정하라고요."

사와코는 몹시 화가 났다. 병원 측의 대응에, 지난밤 젊은 의사의 판단에, 그에게 한마디도 하지 않았던 자신에게, 그리고 눈앞의 상황에…….

아니, 지금은 분개하고 있을 상황이 아니다. 치요를 앞에 두고 딸인 나오코가 이렇게 슬픈 표정을 짓고 있는 모습은 이전에 본 적이 없었다. 틀림없이 나오코는 어머니를 집으로 모시고 갈 절차를 밟고자 할 것이다.

"알겠습니다. 몸은 회복되고 있으니 내일이라도 퇴원하실 수 있도록, 저희 쪽 태세를 갖추어 놓겠습니다. 자택용 산소 및 흡인 장치를 설치하여 다음번에는 무슨 일이 생기더라도 바로 달려올 수 있도록 핫라인을……."

재택 의료로 전환한다면 치요의 생활환경을 지금보다 더 안전하게 조성하기 위해 이것저것 고려해야 한다.

"집에서는 소리 지르고 싶은 만큼 질러도 되고요."

노로가 곁에서 농담조로 말했다.

하지만, 나오코의 표정은 굳어있다.

"이젠 ……해요."

"네?"

"이젠 정말 지긋지긋해요. 혼자 사는 게 걱정되어 도시락 서비스를 신청해도 전화로 온갖 욕은 다 듣고 바쁜 가게 일을 쉬고 친정집 정리정돈하고……. 그랬는데, 그렇게까지 했는데 또 이런 꼴이에요. 이젠 정말, 엮이고 싶지 않아요. 이 사람이랑 떨어져 있을 수 있다면 어떤 모양이라도 좋으니 병원에서 그대로 받아주길 바라요."

나오코는 초췌해질 대로 초췌해진 얼굴이었다.

그래서 일단 치요는 입원 상태를 유지하기로 했다. 하지만, 그날 오후, 다시 사건이 일어났다. 계기는 치요가 현재 인생에서 가장 행복을 느끼는 시간인 목욕 때였다.

"그럼 오쓰키 씨, 욕탕으로 모시고 갈게요."

간호사는 그렇게 말하고 치요를 3층 병동 복도 맨 끝에 있는 '환자용 목욕실'로 안내했다.

푸르른 수목이 보이는 복도를 지나 넓고 환한 공간에 발을 들여놓은 치요는 그곳이 호텔 목욕탕 같은 곳으로 생각했다고 한다. 그때까지는 좋았다. 그런데 생선가게 주인처럼 고무앞치마를 두른 남성이 옷을 벗기고 신체장애인용 화장실 같은 장소로 데리고 들어갔다. 게다가 그 중앙에 우두커니 놓인 좁고 긴 욕조 안으로 들어가라고 명령했다. 치요가 멈칫거리고 있으니 남성 보조인 두 명이 왔다. 그리고 고무장갑을 낀 손으로 아무 말 없이 양쪽 겨드랑이를 붙들려고 했다.

"아, 싫어! 징그러워! 이런 데 들어갈까 보냐!"

치요가 크게 손을 허우적댄 순간, 옆에 있던 보조인의 발이 미끄러져서 꽈당 넘어졌다. 남은 한 사람이 제지하려고 하자 치요가 그의 팔을 이로 물어 2㎝ 길이의 상처를 냈다.

요란한 소리에 놀라 달려온 다른 스태프가 목욕을 계속 진행하려고 하자, "네 이놈, 뭐하러 온 거냐!"라며 공격적인 태세는 변함이 없다. 하다못해 샤워로라도 몸을 씻기려 하자 "살인자!"라고 고함을 지르며 노발대발했다. 결국, 목욕은 중지되었다고 한다.

사와코가 병문안 갔을 때도 치요는 흥분하여 목욕에 관해 말했다.

"소름 끼치는 목욕이었어! 아아, 끔찍해, 끔찍해. 두 번 다시 그런 데는 안 가!"

그 직후부터 치요에게 진정제가 처방되었다. "해당 환자는 간병자가 해를 가하는 존재가 아니라는 합리적인 인식 능력이 없다. 현재 상태로는 환자 자신도 위험에 처할 수 있다."라는 것이 시민병원 측에서 내린 판단이었다.

치요는 약 기운이 도는 동안은 꾸벅꾸벅 조는 상태가 되었다. 그러다가 밤이 되면 다시 기운이 넘쳐 소리를 질렀다. 낮에는 대수롭지 않은 크기의 소리도 야간에는 다른 환자의 숙면을 방해한다. 그 때문에 치요에게는 진정제가 추가로 투여되었다.

진정제 효과가 십분 나타나 치요는 아예 아무 말도 하지 않게 되었다. 사와코가 언제 가더라도 멍한 채로 있거나 자고 있다. 몸은 거의 움직이지 않는다. 다리는 구부린 채 서서히 굳어갔다. 각성상태가 좋지 않으므로 식사도 제대로 할 수 없게 되었다. 위에 영양제를 흘려보내기 위한 튜브가 코로 삽입되었다.

입원한 지 닷새째 저녁이었다. 그날은 치요의 병실에 나오코가 와 있었다. 철제 의자에 털썩 앉아 침울한 표정으로 어머니의 얼굴을 바라보고 있다.

"시라이시 선생님……."

사와코의 모습을 보고서도 나오코의 표정은 변함없고 말수도 적다.

"어머님 상태는 좀 어떤가요?"

나오코는 그저 힘없이 고개를 저을 뿐이었다. 낯익은 앞치마에 창틀의 긴 그림자가 드리워져 있었다.

"아까 담당 선생님께 노쇠가 진행되고 있어 앞으로 남은 날이 많지 않을 거라는 말씀을 들었어요. 저는 어찌해야 좋을지……."

이 상태가 계속된다면 머지않아 예상되는 결과이긴 하다.

하지만, 정녕 노쇠라는 말로 단순히 정리할 수 있는 상태인가? 현재 상황에서 '노쇠'라는 '마법의 단어'를 들이밀면 환자 가족은 사고 정지 상태에 빠져버린다. 담당의의 표현은 정확하지 않다. 사와코는 나오코에게 현황을 어떻게 설명하면 좋을지 생각했다.

"너저분하게 온 사방을 어지럽히며 살아온 인생이었는데.

이런 곳에서 잠재워진 상태로 죽어가는 것을 기다린다니. 그런 건 엄마답지 않아요."

나오코는 앞치마 위에 올려놓은 주먹을 강하게 움켜쥐었다.

"너무 제멋대로라는 것은 잘 압니다만."

그렇게 말하며 나오코는 고개를 들었다. 그 순간, 사와코는 나오코의 심중을 꿰뚫어 볼 수 있었다.

"시라이시 선생님……. 다시 한번 재택 의료로 엄마를 봐주실 수는 없을까요?"

매달리는 듯한 눈빛이었다. 역시 사와코의 예상과 일치했다. 구급차로 이송된 다음 날 '지긋지긋하다'라고 했던 나오코는 이미 그곳에 없었다.

사와코는 단단히 고개를 끄덕였다.

"함께 힘내봅시다. 지금까지의 상태라면 자택에서 지내신다고 해도 병세가 급변할 리스크는 높습니다만."

사와코도 각오를 굳혔다. 치요의 가슴께에 손을 놓고 나서 그 온기를 전하듯이 나오코의 손을 잡았다.

"저도 부탁드립니다."

병실 입구에서 목소리가 들렸다. 유토가 이쪽을 향해 고개를 숙이고 있다. 지금 막 도착한 모양이다.

"장모님이 다시 건강해지셨으면 좋겠습니다. 이것도 읽으셔야 하고요."

유토는 신문 다발을 안고 있다. 입원한 지 닷새간 눈이 핑핑 돌아가는 세상 동향을 전하는 다양한 헤드라인이 유토의 품 안에서 물결치고 있었다.

"그럼, 열겠습니다. 아무도 안 계시겠지만, 실례합니다."

낡은 열쇠를 돌리며 노로가 목소리를 높인다.

사와코는 이날, 나오코의 허가를 받아 치요의 집을 방문했다. 방문 목적은 욕실을 포함한 주택 내 리스크 점검이다. 탈의실에서처럼 다시 낙상 사고를 일으킬 만한 장소를 비롯하여 욕조에서의 익사 리스크, 실내의 문턱 및 높낮이 차, 주방 및 화장실 위험 요소 등에 관해 빠짐없이 확인했다.

"복도와 침실 사이 문턱 단차가, 어디 보자, 7㎝. 낙상 리스크 큼. 이건 복도를 전반적으로 높여서 평평하게 할 필요 있음."

노로가 선두에 서서, 체크 리스트를 손에 들고 집 안을 훑어보기 시작했다. 체크 리스트는 센카와가 개인적인 친분이 있는 케어 매니저에게 작성을 의뢰한 것이다.

확실히 음식물쓰레기, 비닐봉지, 신문지 등의 장애물로 뒤덮여 있던 실내가 깔끔히 정리되어 있기는 하다. 하지만, 제시된 점검 항목과 대조해 보니 눈에 보이지 않는 위험이 아직도 도사리고 있음을 알 수 있었다.

"화장실은 여닫이문이네. 이건 슬라이드 식 미닫이문이 바람직하다는군."

사와코가 읽고 있는 조언 항목에는 '여닫이문은 문을 여닫을 때 몸을 앞뒤로 움직여야 하므로 고령자는 신체 균형을 잃기 쉽다'라고 되어 있다.

치요가 즐겨 시간을 보내는 욕실에는 리스크 요인이 집중되어 있다.

"욕조는 현재 길이가…… 1.6m. 안전성을 고려하면, 무릎이 구부러져 물에 잠기기 힘든 1.2m 정도가 가장 좋다고 합니다."

"리모델링이 어려운 상황이라면 적어도 미끄럼 방지 욕실 매트를 깔 필요가 있겠네."

욕조의 높이도 문제였다. 케어 매니저의 자료에 따르면 안전 면에서 이상적인 높이로 여겨지는 것은 35cm. 그런데 치요의 욕조는 족히 두 배는 되어 보인다.

"이건 단지 사이즈(예전 공단주택 등의 좁은 실내에 맞춘 일반보다 조금 작은 가구 및 다다미 치수)인 70cm네요. 다시 보니 엄청 높군요."

"하긴 이 높이라면 일단 뜨끈한 물에 몸을 담그면 다시 나가고 싶어지지 않을 높이네."

목욕 시, 욕조의 테두리를 걸터앉을 수 있는 곳으로 사용할 수 있지만, 욕조에서 나오는 것이 중노동이 되면 자연스럽게 장시간 목욕으로 이어진다. 근력 감퇴는 생활의 사소한 부분에까지 영향을 미치고 의욕 저하를 부르기도 한다.

“욕조 위에 난간이 있지만, 이것도 신축 시에 붙박이로 설치된 것 같아. 너무 높은 것 같은데. 치요 씨 신장은 어느 정도였지?”

“어디 보자, 153㎝입니다.”

“그렇다면 아무리 생각해봐도 맞지 않네. 이것도 개선 항목에 넣어두는 게 좋겠어.”

“알겠습니다.”

다음 날 저녁 무렵, 나오코에게서 받은 집 열쇠를 반납하러 사와코는 류헤이 식당에 들렀다. 주택 내 리스크 점검 결과에 관해서도 체크 리스트를 보여주며 주요 사항을 보고했다. 집 안 내 점검작업에 동행해주었던 노로도 함께였다.

“정말 노인은 항상 위험이 도사리는 상태에서 사는 거네요.”

나오코가 메모하며 탄식한다.

“집에서라면 자기 책임의 사고로 끝날 일이라도 병원이나 시설에서는 있어서는 안 될 일인 거죠. 그래서 병원에서는 그런 사고가 발생하지 않도록 진정제나 신체 보호대를 선택해버리는 경향이 있습니다. 24시간 환자만 지켜보고 있는 스태프를 따로 둘 수는 없으니까요.”

사와코의 설명에 나오코는 수긍했다.

“집이 세상에서 가장 안전한 장소라고 다들 생각하지만, 현실은 그렇지 않지요. 재택 의료는 그 부분도 고려하며 추진할 필요가 있습니다."

나오코는 진지한 얼굴로 고개를 끄덕였다.

"잘 알았습니다. 그 집에서 여생을 보내겠다는 것은 엄마의 소원이에요. 그것을 위해서는 떨어져 사는 저희도 조력자가 될 필요가 있겠네요. 주택 리모델링과 생활과 간병 면에서 남편과 잘 상의하여 아이디어를 찾아볼게요."

흡족한 대답이었다. 그때까지 고독했던 환자에게 든든히 버팀목이 되어줄 가족의 동행이 시작되었음을 사와코는 느꼈다.

"그럼 다음번 협의는, 괜찮으시면 방문 진료 때라도. 일정은……."

"네, 다음 주 월요일이죠? 다음번부터는 반드시 동석하겠습니다."

재차 말할 필요도 없이, 식당 달력에 표시가 되어 있었다. 사와코는 가게 안이 점점 혼잡해지는 것을 알아챘다. 나오코에게 가볍게 인사하고 자리에서 일어섰다.

"앗, 어라, 서, 선생님, 밥은 안 먹고 가나요?"

노로가 테이블에서 일어날 생각을 하지 않았다. 어떻게든 이대로 평판 높은 정식을 한번 먹어보고 싶다는 얼굴이다. 처음에 함께 가자고 제안했을 때는 "저는, 바퀴벌레랑 같이 밥 먹고 싶지 않거든요."라며 매정하게 뿌리치더니.

"다음번에 먹읍시다."

노로의 팔을 잡아당겨 일으켜 세웠다. 곧 새로 온 손님이 앉는다.

노로가 먼저 문을 빠져나간다. 사와코도 뒤따라 가게를 나서려던 때였다. 한 장의 사진에 시선을 빨려 들어가 움직일 수 없었다.

"……선생님, 왜 그러세요? 안 가세요?"

노로의 목소리에 퍼뜩 정신을 차렸다. 사와코는 도어 벨 소리와 함께 들어온 손님과 부딪칠 뻔했다.

"사와코 선생님, 아까부터 손님들 지나가는 데 방해가 된다니까요."

이번에는 노로가 사와코의 팔을 잡아끌었다.

"저기 노로, 이거 좀 봐……."

입구 옆의 벽에 걸린 흑백사진이 들어있는 액자를 가리켰다.

"우와 예전 류헤이 식당일까요? 가게 앞에서 촬영한 단체 사진인가?"

사진 아래에 가는 매직 글씨로 설명이 적혀 있었다.

〈증 · 오쓰키 류헤이, 치요 씨께 — 류헤이 식당 친목회 일동. '제10회 온천 모임' 야마나카 온천 당일 여행에서(1969년 6월 14일)〉

"이 사람, 치요 씨지?"

틀림없다. 사진 중앙에는 젊었을 때 치요의 모습이 있었다. 지금보다 훨씬 보동보동하다. 그 곁에서 치요의 손을 잡고 있는 사람은 스포츠머리를 한 키가 큰 청년이었다. 갸름한 얼굴에 눈썹이 짙다. 그는 치요의 남편이자 이 가게의 초대 점주인 오쓰키 류헤이 씨일 것이다.

두 사람은 나란히 수건을 목덜미에 늘어뜨리고 만면에 미소를 띠고 있다. 무척 행복해 보이는 미소였다.

입원한 지 한 달이 지난 11월 중순, 치요가 집으로 돌아왔다. 사와코는 진료 횟수를 늘리고 생활과 가사를 지원하는 요양보호사의 방문 서비스도 매일 받을 수 있게 조처했다. 진정제 투여는 중지하고 링거를 맞는 동안은 요양보호사나 나오코에게 손을 잡아주도록 했다. 그렇게 하는 동안 치요는 다시 자력으로 음식을 섭취하고 걸을 수 있게 되었다.

"선생님께 심려를 끼쳤습니다만, 이 집의 안전대책도 서서히 추진하기로 했습니다. 우선은 다음 주, 욕실 리모델링 건으로 업체와 협의에 들어가요."

치요를 방문하러 가자마자 나오코가 의기양양하게 보고했다. 욕조 사이즈 변경과 손잡이 설치뿐만 아니라 욕실 내에 지킴이 센서(적외선 인체 감지 센서)를 설치하는 것도 검토하고 있다고 한다.

"입욕 중에 물에 잠기거나 미끄러지는 등 사고를 자동으로 감지해서 알려주는 경보기라고 해요. 다양한 업체에서 판매하고 있는 것 같아요. 욕실 리모델링은 엄마가 집에 계속 있는 상태로도 공사를 진행할 수 있다는 것 같아서……."

평소의 치요는 나오코와 사와코의 이야기는 모르는 체한다. 하지만 화제가 목욕에 관한 것이라서 그런지 눈언저리가 씰룩씰룩 움직인다. 관심은 있는 것 같다.

"욕실 공사한다면서요. 치요 씨, 잘됐네요."

마요의 말에 치요가 반응했다.

"뭐라고? 그럼 당분간 목욕을 못 한다는 말이야? 말도 안 돼. 그딴 거 당장 관둬. 지금 이대로가 좋아."

마요는 아뿔싸, 하는 표정을 지었지만, 이미 늦었다.

"엄마, 무슨 말이에요. 안전하게 생활하려면 어쩔 수가 없지. 금방 끝나니까 좀 참아요."

또다시 모녀간의 싸움이 터지기 직전이다. 사와코는 난처한 나머지 갑자기 떠오른 생각을 말했다.

"치요 씨, 그럼 나오코 씨 집 욕실을 좀 빌려 쓰면 어때요?"

한순간 침묵이 찾아왔다.

"……목욕통 동냥인가?"

치요의 말에 마요가 고개를 갸웃했다. 사와코는 살짝 웃었다.

"맞아요, 목욕통 동냥. 예전에는 자주 했었죠."

"그것도 좋겠네."

치요는 그리움 담긴 눈빛으로 천장을 올려다보았다.

"장작을 때서 목욕물을 덥히는 아궁이는 정기적으로 수리해야 하니까. 목욕통을 사용할 수 없는 날은 이웃집이나 친척 집에 가서 '목욕통 주세요'라고 하면서 목욕통 동냥을 갔었지."

치요는 갑자기 말이 많아졌다.

"나오코, 기억하냐? 네 아빠가 모임 갔다가 커다란 수박을 두 통 받아왔잖냐. 그걸 찬물 목욕통에 넣고 식히고 있으니까 네가 엉엉 울었잖아. 오늘은 수박에 목욕통 뺏겼다고 하면서."

얼어붙었던 공기가 어느샌가 사르르 녹았다.

그로부터 2주 후였다. 방문 진료를 마치고 돌아가려고 할 때 나오코가 달려왔다.

"그때 말씀드린 욕실 리모델링 하지 말까 싶어요."

그렇게 의욕적이었는데 무슨 일이라도 있었나 싶어서 사와코는 깜짝 놀랐다.

"계획에 무슨 차질이라도 생겼나요?"

"아니요, 계획을 추진할 필요성이 없어졌다고 해야 할까요……."

나오코는 기쁜 듯이 웃음을 터뜨렸다.

"실은 엄마가 매일같이 우리 집에 목욕하러 오게 됐거든요."

그날 이후, 치요는 항상 점심을 먹은 후 버스를 타고 식당으로 오게 되었다고 한다. 목욕을 마치고 나와서 점포 겸 주택의 거실에서 느긋이 시간을 보내고, 때때로 딸 부부와 함께 저녁을 먹고 나서 자동차로 귀가한다. 180도 달라져 활동적으로 되었다.

"욕조에 들어가 있으면서 항상 엄마가 큰 소리로 말해요. '아아, 물 좋다. 고맙네, 고마워. 딸 낳기를 잘했네. 아아, 고마워라.'라고요. 설마 인제 와서 엄마한테 고맙다는 말을 듣게 될 줄은 꿈에도 몰랐어요."

나오코는 미소를 지으며 말했다.

목욕통 동냥이라는 소소한 즐거움에 눈뜬 치요는 그 연장선에서인지, 나오코와 함께 근처 공중목욕탕에도 다니며 목욕을 즐기고 있다고 한다.

"그러면요, 나오코 씨, 꼭 소개하고 싶은 자료가 있는데요. 목욕탕 시설을 갖춘 주간 보호센터 목록이에요."

"그래요? 일주일에 한 번이라도 그런 곳에 엄마가 가주면 도움이 될 것 같아요. 가끔 가게가 바쁜 날은 말 상대도 할 수가 없거든요."

나오코가 손을 합장하듯 모았다.

"치요 씨가 공중목욕탕을 즐긴다면, 맘에 들어 하실 거예요. 견학을 한번 가 보시면 어떨까요?"

"그 리스트, 오늘 저녁에 제가 가게로 가져다드릴까요? 마침 그쪽에 볼일이 있거든요."

마요가 눈치 빠르게 말했다.

"네, 꼭 부탁드립니다. 감사의 의미로 오늘 밤에는, 저희 가게 야심작인 스페셜 정식을 대접할게요. 굶고 오세요."

사와코는 웃음을 터뜨릴 뻔했다.

사실 마요가 말한 리스트는 센카와의 지시를 받아 노로가 열심히 작성한 자료였다. 센카와는 "언젠가 나를 위해 필요할지도 모른다."라며 목욕탕과 재활 프로그램을 충실히 갖춘 시설을 노로에게 검색하게 했다. 그런데, 그 공을 마요가 옆에서 가로챈 모양새가 되었다. 류헤이 식당의 소문이 자자한 정식을 먹을 기회를 늘 놓치는 노로가 이걸 알게 된다면 뭐라고 할까?

사와코는 그날 밤, 또 류헤이 식당에 갈 기회를 놓친 노로와 합류할 약속을 하고 조금 늦은 시간에 BAR STATION의 문을 열고 들어갔다.

노로는 오늘따라 술잔을 입에 가져가는 속도가 빠르다. 이미 꽤 취기가 돈 모습이었다.

"노로, 무슨 생각 하고 있었어?"

"치요 씨와 나오코 씨를 보고 있으면 가족이란 정말 알다가도 모르겠다, 그런 생각이요."

사와코는 레드 와인을 주문하고 멍하니 답했다.

"정말, 그렇지. 무슨 말인지 알 것 같아."

마유주 잔을 손에 든 노로는 사와코의 얼굴을 물끄러미 바라보았다.

"사와코 선생님, 저도 가족 얘기 좀 해도 되겠습니까? 형 이야기, 들어주세요."

사와코는 물론이지, 라고 하며 고개를 끄덕였다.

노로의 형은 아버지와 마찬가지로 소방관이었다고 한다.

"소방관이라는 인종은 현장에 있는 사람을 목숨 걸고 구합니다. 그래서 화상도 입고 부상도 당하고요. 형은 그런 남자 중 한 명이에요. 항상 바보처럼 몸을 던져서. 구할 사람이 있으면 제 몸이 위험하든 말든 상관없이. 분명, 자기 눈앞에 구할 수 있는 사람을 전부 구하지 않으면 직성이 풀리지 않는 남자입니다."

그러고 나서 노로는 특제 마유주를 깨끗이 비웠다.

"그런 형의 유일한 불만은 응급센터 의사입니다. 이런저런 이유를 붙여서 예를 들면, 베드가 꽉 찼다든가, 전문의가 없다든가 하며 수용 거부하는 응급의학 의사가 있다며 형이 화를 냈었습니다. 이유가 무엇이든 저 역시 그건 잘못된 것이 아닐까, 환자가 있으면 수용하는 것이 의사의 사명이라고 생각합니다. 그래서 저는 형을 위해서라도 절대로 거절하지 않는 의사가 되려고……."

그러더니 노로는 갑자기 부끄러운 듯이 입을 다물었다.

"저기, 저는 의사가 되지도 못한 주제에, 건방진 말을 해서 죄송합니다. 머리 좀 식히고 와야겠네……. 그럼 먼저 실례하겠습니다."

그렇게 말하고는 여느 때와 달리 혼자 가게 밖으로 나갔다.

"노로 씨 형님, 순직하셨다지요."

야나세가 혼잣말처럼 중얼거렸다.

"네……?"

노로가 이렇게 취한 모습을 본 적이 없었지만, 이제야 이유를 알 것 같은 생각이 들었다.

"알고 계신 줄 알았습니다. 작년 설에, 도쿄 오다이바에서 범선이 불탄 화재가 있었죠. 형님과 동료 소방관 두 분이 희생되셨다고 들었습니다."

작년 설이라면 바로 다음 달에 노로가 의사국가시험을 쳤을 것이다.

"그래서……."

사와코는 깊은 한숨을 쉬었다.

집에 돌아오니 거실 전등이 켜져 있었다. 아버지의 모습은 보이지 않았다. 벌써 잠자리에 들었나 보다.

"나 원, 아버지도 참, 전등을 켜놓고 말이지."

마유주 기운이 도는 건지, 말투가 거칠어진 것을 자각한다. 이럴 때는 "네 엄마랑 똑 닮았구나."라는 아버지의 단골 대사로 따라온다.

냉장고에서 페트병에 든 물을 꺼내 식탁에 놓았을 때 발가락 끝에 물컹한 것이 걸렸다. 식탁 밑을 보고 가슴이 철렁했다.

아버지가 누워 있었다.

“아버지!”

최악의 사태를 염두에 두고 멈칫멈칫 맥을 짚어본다. 명확히 박동이 느껴졌다.

“아버지!”

사와코는 아버지의 어깨를 붙들고 흔들었다.

“건드리지 마.”

쉰 목소리로 아버지가 답했다. 몹시 고통스러워 보였다. 의식은 정상, 입술 색도 나쁘지 않다. 생명에 지장은 없었다.

“어떻게 된 거예요?”

“아야!”

“일어날 수 있겠어요?”

“아야, 아야야야!”

마치 생떼를 부리는 어린아이 같다. 직감적으로 사와코는 정색하고 말을 걸었다.

“선생님, 언제부터 여기 이러고 계신 건가요?”

흥분한 아버지를 진정시키는 데는 ‘선생님’이라는 호칭이 효과적이다. 생각대로 아버지는 조금은 정신이 든 표정을 지었다.

“삼십 분쯤 전에…….”

"넘어지신 건가요?"

"떨어졌어."

말을 듣고 보니, 조금 떨어진 곳에 의자가 하나 있었다. 장롱 위에 있는 상자가 조금 비뚜름해져 있었다.

"저 상자를 꺼내려고 했어요?"

어머니가 예전에 입던 낡은 옷가지 일부를 차마 버리지 못하고 넣어둔 상자이다. '스카프'라고 쓰여 있었다. 아버지는 그 상자를 꺼내려고 의자 위에 올라갔다가 균형을 잃고 떨어진 모양이다. 머리나 얼굴에 상처를 입지 않은 것이 천만다행이었다.

사와코는 방석을 갖고 왔다.

"이걸 베개로 쓰세요. 머리를 조금 높일게요."

"아야야야……."

아버지는 아주 조금 자세를 바꾸었을 뿐인데도 극심한 통증을 느끼는 것 같았다.

아버지를 진찰한다. 팔을 움직이는 것은 문제없다. 왼쪽 다리도 큰 무리 없이 움직인다. 하지만 오른쪽 다리는 살짝만 움직여도 비명을 지른다.

"아버지, 오른쪽 다리가 부러진 건지도……."

아버지는 고개를 끄덕였다. 대퇴골 골절이 강하게 의심된다. 겉에서 보면 잘 모르지만, 경막하 혈종과 내장 손상이 일어났을 가능성도 있다. 사와코는 즉시 구급차를 불렀다.

제4장 | 장난감 기차의 날들

아버지는 생각했던 대로 오른쪽 다리 골절이었다.

"시라이시 다쓰로 씨의 대퇴골 사진입니다. 자, 이 부분 보시죠."

집에서 가까운 이즈미가오카 종합병원의 정형외과 의사가 모니터에 나타난 오른쪽 대퇴골의 가느다란 부분을 손가락으로 가리켰다.

"여기가 골절선입니다. 아시겠죠?"

사와코는 병상 위의 아버지와 함께 사진을 바라보았다. 대퇴골의 위쪽 부분이 부러져 어긋나 있다.

"이 어긋한 부분이 신경을 자극하여 통증이 생기는 것입니다. 통증 제거를 위해서는 수술을 추천합니다."

정형외과 의사의 설명은 명쾌했다. 의자에서 떨어진 밤, 아버지는 바로 입원했고 다음 날 아침 수술 일정이 잡혔다.

가나자와의 평균기온은 한 자릿수까지 떨어져서 꽤 추워

졌다. 입원은 2주 정도 되겠지. 그러면 퇴원은 12월 중순 정도이려나? 이후에는 통원으로 기능회복에 힘쓰게 될 것이다. 아버지의 재활치료 시작이 새해로 넘어가지 않는 것만으로도 다행이라는 생각이 들었다.

수술 날 오후, 사와코는 아버지의 갈아입을 옷을 가지고 병원을 찾았다.

"아버지, 수술은 어땠어요?"

"마취하고 나서 하나, 둘, 셋까지는 센 것이 기억나는데 말이야, 잠시 놓쳤나 하고 아차 싶어서 계속 세려고 하니 '네, 시라이시 다쓰로 씨, 끝났습니다.'라지 뭐냐. 진짜로 수술한 건가 싶더라고."

아버지는 재미있다는 듯이 웃었다. 수술 직후임에도 불구하고 의외로 기운이 넘쳐서 한시름 놨다.

"그래도 상처 부위는 제대로 여덟 바늘이나 꿰매어져 있고 다리에 힘을 주면 통증도 있어. 그래서 수술하긴 했구나 싶어서 오히려 기쁠 정도라니까. 수술 후 엑스레이 사진만 들이밀고 '이런 식으로 치료했습니다'라고 한들 진짜 내 다리인지 알 게 뭐냐."

또다시 아버지는 껄껄 웃는다. 그리고 살짝 얼굴을 찡그렸다.

"역시 아프긴 하죠?"

"너무 웃으면 좀 울리는 것뿐이야. 이 정도 통증은 뭐, 당연한 거지. 수술 전의 그 격렬한 통증에 비하면 거짓말같이 좋아졌어."

그러고는 갑자기 목소리를 낮추며 말했다.

"사와코, 제멋대로 굴 생각은 없지만 말이다. 우메보시랑 크림빵 좀 사다 주겠냐? 병원식이 너무 고급스러워서 입에 안 맞거든."

아버지 스타일의 유머였다. 몸은 어찌 되었든, 평소보다 말수도 많고 두뇌 쪽은 최상의 컨디션인 듯하다. 병원식이 입에 맞지 않는다느니 디저트가 없으면 식사가 끝난 느낌이 안 든다느니 하며 매점에서 이것저것 사 오라고 사와코에게 명했다. 지쿠와(대롱형 어묵), 초콜릿, 하부타에모치, 땅콩버터 두뇌빵(증명된 효과는 없지만, 머리가 좋아진다는 밀가루를 원료로 만든 긴 빵 속에 땅콩버터가 든 빵), 정어리 통조림 등 그날그날 요청 사항이 달라졌다.

"사와코, 책을 좀 읽고 싶구나."

수술 다음 날, 아버지는 따분해 못 견디는 상태가 되었다. 사와코는 당장, 매점에서 주간지를 사 왔다. 그러나 아버지는 팔랑팔랑 넘기며 눈으로 훑어보더니 금세 침대 옆에 놔두었다.

"집에 『The Lancet Neurology』가 있으니 그것 좀 몇 권 갖다 주련?"

세상에나, 아버지는 신경학 전문서를 읽고 싶다는 말이었다. 세계적으로 평판이 높은 논문이 게재되는 의학 잡지이다. 분명 아버지 책장 우측 하단에 꽂혀 있었다.

"알았어요. 내일 갖고 올게요."

사와코는 아버지의 꺼지지 않는 연구자의 혼에 깜짝 놀랐다.

수술하고 나서 사흘 후, 주치의로부터 잠깐씩이라면 휠체어로 움직여도 좋다는 허가가 났다. 아버지에게 가고 싶은 곳을 물었더니 대번에 매점이라는 답이 돌아왔다. 아버지는 매점에서 바구니 한가득 식료품을 샀다.

병동으로 돌아올 때, 전리품을 손에 넣은 아버지는 아주 기분이 좋았다. "네 엄마의 가부라즈시(소금에 절인 방어를 순무에 끼워 누룩으로 발효시킨 이시카와현 향토 요리) 맛있었지."라고 노래하듯이 아버지가 중얼거린다. 그러고 보니, 겨울철에 어머니가 자주 만들어주었던 기억이 난다. 어렸을 때는 그렇게 맛있다고 생각하지 않았는데 머릿속에 떠올리니 묘하게 사와코도 먹고 싶어진다. 손수 만드는 것은 엄두가 나지 않는다. 아버지가 퇴원하면 가나자와에서 가장 맛있는 가부라즈시를 사 와야겠다고 생각한다.

"즉시 도쿄로 와주길 바라네."

그날 밤이었다. 사와코에게 조호쿠 의과대학 아메미야 의대 학장에게서 전화가 왔다.

“목요일 점심시간 직후에 올 수 있겠나? 두 시부터 교수회가 있으니 그 전 시간대로.”

갑작스러운 연락에 대해 양해를 구하거나 사와코의 근황을 묻는 기색도 전혀 없이 다짜고짜로 밀어붙이는 말투에 깜짝 놀랐다. 사와코가 용건을 물어도 아메미야는 “개인 정보가 포함되어 있으므로 전화로는 밝힐 수 없는 사정을 이해해주길 바란다.”라며 언급을 피했다.

아메미야는 같은 조호쿠 의과대학 출신으로 혈액 내과 전문이었다. 연차는 고작 두 기수 위로 가깝지만, 학내에서는 머나먼 존재였다.

“이해하라고는 하시지만…….”

지금까지 의대 학장이 업무 관련하여 직접 지시 내리는 것을 겪어본 적이 없었다. 보통의 경우, 현장 응급의료센터장이 지시를 내렸다. 게다가 사와코는 이미 대학을 떠난 몸이다. 의사로서 전문분야도 아메미야와 사와코는 크게 다르다. 그런데 그런 아메미야가 웬일로 직접 사와코를 호출한 것이다.

“알겠습니다. 이쪽에도 일이 있으니 당일 아침에 찾아뵙겠습니다.”

이미 그만둔 곳이므로 아메미야의 말을 따를 아무런 이유도 없다. 그렇게 생각하면서도 한편으로는 아메미야의 팽팽한 긴장감이 느껴지는 목소리에 거절이라는 선택지를 고를 수는 없었다.

"고맙네."

아메미야의 목소리에서 대단히 안도하는 듯한 모습이 엿보였다. 그것 역시 사와코에게는 의외였다.

그런 연유로 사와코는 지금, 옛 보금자리인 대학으로 향하고 있다. 아버지가 입원 중인 것은 불행 중 다행인지도 모른다.

반년 전에는 반대 방향의 신칸센에 타고 있었다. 다시 돌아갈 일은 없을 줄 알았는데……. 나무들이 물들기 시작한 풍경을 차창 밖으로 바라보면서 사와코는 감회에 젖었다. 승차 직전에 사 들고 온 감잎 초밥은 손도 대지 않은 채 그대로이다. 오미야를 거쳐 긴 터널을 빠져나오자 고층 건물이 빽빽이 늘어선 도쿄의 풍경으로 바뀌었다.

익숙한 야마노테선의 메지로 역에 내렸다. 가쿠슈인대학 캠퍼스를 지나 메지로다이에서 고코쿠지 방면으로 걸었다. 길가에 조제 약국이 하나둘 늘기 시작하는 지점에서 조금 앞쪽에 조호쿠 의과대학 본부 건물과 부속병원이 보였다.

학사는 잠시 안 본 사이에 더욱 희어진 듯한 느낌이 든다. 정문 옆에 서 있는 수위의 얼굴도 낯이 익다.

학장 비서실에 용건을 밝혔다.

"시라이시 사와코입니다. 아메미야 선생님께……."

말이 끝나기도 전에, "기다리고 있었습니다."라고 비서가 답했다. 그녀는 "시라이시 선생님 도착하셨습니다."라고 짧게 통화를 끝내고 사와코에게 "안내해 드리겠습니다."라고 말하고는 자리에서 일어섰다.

비서가 향하는 곳은 바로 옆의 학장실이 아니었다. 대학 본부 건물에서 병동으로 연결되는 통로를 빠져나가더니 1인실뿐인 7층에 도착했다. 병실 차액이 1박에 10만 엔 이상으로 설정된 특별실 층이다.

비서가 1인실 중 한 곳 문 앞에 멈춰섰다.

"시라이시 선생님, 여기서 선생님들이 기다리고 계십니다."

사와코는 노크하고 문을 열었다.

실내는 널찍했다. 출입문의 우측에는 대형 스크린 TV가 있고 그 안쪽에는 유럽풍 디자인의 테이블과 소파가 놓여 있다. 화장실과 욕조도 완비되어 있고 창밖으로는 먼 곳의 풍경까지 내다볼 수 있었다. 이것만 보면 마치 호텔 같다. 하지만, 좌측에는 침대가 있고 병실답게 산소 및 흡인 설비가 장착되어 있다.

"시라이시 사와코입니다."

사와코가 인사하자 소파에 앉아있던 남성들이 일제히 일어섰다.

아메미야 의대 학장 외에도 의사 두 명이 대기하고 있었다.

"시라이시 선생, 먼 걸음 하게 했군. 소개는 필요 없겠지만, 이쪽은 소화기 외과 오노데라 교수, 이쪽은 소화기 내과 마에다 교수라네."

물론 알고 있다. 자존심 세기로는 학내에서 당할 자 없는 투톱이다. 두 사람은 떨떠름한 표정으로 고개를 숙였다.

그동안, 일인용 소파에 앉아있는 또 한 명의 남자가 사와코를 응시하고 있었다. 파자마 차림에 몹시 야윈 모습으로 마른 나뭇가지 같다. 날카로운 라인의 은테 안경이 냉담한 인상을 증폭시켰다.

"그리고, 이쪽에 계신 분이 미야지마 님이시네. 마에다, 진료기록부를 시라이시 선생에게 보여주게."

사와코는 미야지마에게 목례했다. 그러자, 미야지마는 날카로워 보이는 풍모에서는 상상할 수 없을 만큼 온화한 표정을 보이며 넉넉한 미소로 응답했다.

사와코는 마에다에서 건네받은 진료기록부를 신속하게 훑어보았다.

환자 성명은 미야지마 가즈요시, 57세 남성, 병명은 췌장암. 폐 전이도 진행되어 발견 시에는 이미 수술 불가능 상태로 항암제 효과도 희박하고 4기에서 말기로 진행 중인 암이었다.

미야지마의 직업란을 보니 후생노동성 총괄심의관으로 적혀 있다. 국장급의 고위급 관료다. 어쩐지. 7층 1인실 환자라는 것이 이제 이해가 된다.

"미야지마 님은 우리 병원에 입원하신 지 3개월 반. 향후 고향인 가나자와에서의 재택 의료를 희망하신다네."

아메미야는 위엄 있는 목소리로 말했다.

가나자와라. 그 말을 들으니 사와코는 왜 자기를 호출했는지 납득이 갔다. 소화기 외과와 내과 교수가 벌레 씹은 얼굴로 배석 중인 이유도 이해가 간다. 즉 조호쿠 의과대학 병원에서 총력을 다해 임했던 미야지마의 췌장암 치료는 결국 아무 효과가 없었다는 것을 의미한다. 그래서 사와코가 가나자와에서의 말기 의료 담당자로서 인수해 줄 것을 요청받은 것이다.

"제가 맡아도 괜찮으시겠습니까?"

사와코는 아메미야의 눈을 바라봤다.

"오해는 하지 말게. 반드시 자네여야 한다는 지명이 있었던 것은 아닐세. 단지, 귀향하신 후에도 '우리 병원 의사'에게 재택 진료를 받고 싶으시다는 것이 미야지마 심의관님의 희망 사항이라네."

옆에 있는 마에다가 몹시 불만스러운 얼굴로 "외람된 말씀입니다만……." 하며 말을 꺼냈다.

"이전에도 말씀 올린 적이 있습니다만, 재택 의료라는 건 갈 곳 없는 자의 선택입니다. 이대로 조호쿠 의과대학 병원에 계시면 최고의 의료진이 최고의 기술로 최고의 의료를 제공해드릴 텐데요."

미야지마는 피식 웃었다.

"내 암은 세계 최고 독한 놈인가 봐요. 여러분의 최고 의료에도 꺾이지 않았으니까요."

마에다가 고개를 떨구었다.

"정말로 선생님들께는 감사합니다. 췌장암 분야에서 일본 유수의 치료 실적을 보유한 조호쿠 의과대학 병원에서 최고의 치료를 받을 수 있었기에 저는 비로소 결과를 받아들이게 된 겁니다. 덕분에 후퇴할 시기를 깨달을 수 있었어요."

"후퇴라고 하셨지만, 그 방법도 다양합니다. 완화의료도 대학 병원이라면 최고의 설비를 갖추고 있습니다."

이번에는 오노데라가 물고 늘어졌다.

"미야지마 심의관께서 '병원에서 재택으로'라는 정부 캠페인의 선두에 서 계신 것은 잘 알고 있습니다. 하지만, 그것은 국가 전체의 의료비 총액을 삭감하기 위한 명분이지요? 굳이 미야지마 심의관 같은 엘리트가 실천하실 필요는 없지 않습니까?"

미야지마의 눈썹이 움찔했다.

"여러분이 저를 생각해주시는 것은 잘 압니다. 하지만 저 자신이 국책에 흠집을 낼 수는 없지요. 후생노동성에는 우수한 인재가 많으므로 업무수행 능력이 없어진 자는 자리를 비켜줘야죠. 게다가 마에다 선생님, '재택 의료는 갈 곳 없는 자의 선택'이라니 당사자인 환자 앞에서 하기에는 무례한 말 아닌가요?"

"다, 당치도 않습니다."

마에다가 머리를 무릎에 닿을 정도로 숙였다. 미야지마는 다시 온화한 표정으로 돌아와 사와코에게 눈길을 돌렸다.

"시라이시 선생님, 마호로바 진료소는 환자 가족에게 죽음에 관해 사전 강의를 해 주기도 하고 재택으로 환자에게 재생 의료를 받을 수 있게 해 주는 등 각 환자의 상황에 따라 맞춤 의료를 제공하는 데 대단히 의욕적이라고 들었습니다."

어느새 다 알아본 모양이다. 병상에 있다고 해도 최고위급 관료의 정보수집력에는 혀를 내두를 정도다. 거기까지 알고 있다면 사와코의 경력과 스태프 상황 등 모든 것을 파악한 후에 마호로바 진료소에서의 재택 의료를 선택했을 것이다.

"……저희 진료소에서 진료를 희망하신다면 저희가 모시겠습니다. 대학 병원 수준은 무리입니다만, 할 수 있는 한도 내에서 최선을 다하겠습니다."

"네, 그걸로 충분해요. 앞으로는 화학치료를 포함한 적극적 치료를 중지하고 집에서 완화 케어 중심 치료로 이행하는 방침으로 부탁합니다."

미야지마는 홀가분한 표정으로 말했다. 아까부터 아메미야와 오노데라는 계속 시계를 의식하고 있다. 눈앞에 앉은 환자의 요청에는 이미 관심을 잃고 곧 시작될 교수회를 신경 쓰는 눈치였다.

그다음 주, 미야지마는 조호쿠 의과대학 병원에서 퇴원했다. 후생노동성 제출용 서류를 질병 휴가에서 휴직으로 변경하고 아내와 함께 가나자와에 이사 온 것은 11월 25일이었다. 꽤 오래전에 미야지마의 양친이 돌아가신 후 오랫동안 빈집으로 남아 있던 본가를 '마지막 안식처'로 선택한 셈이다.

"역시 이곳은 넓어서 좋네. 그렇지, 유리에?"

사와코가 노로, 마요와 함께 진료차 방문하자 미야지마는 어린아이와 같이 기뻐하는 모습을 보였다.

"부끄러운 이야기지만, 지금까지 살았던 관사는 정말 좁았거든요."

아내인 유리에는 명랑하게 웃으며 사와코 일행에게 설명했다. 쾌활하고 심지가 강해 보이는 여성이었다.

미야지마의 집은 나가마치 무사 가옥 거리에 가까운 오래된 가옥이었다.

토담에 둘러싸여 위용을 뽐내며 늘어선 저택들에 견주어도 손색없는 모습이었다. 하지만 방마다 골판지 상자가 가득 쌓여 있다. 환자용 침대가 설치된 1층 안방은 앞으로 미야지마가 주로 시간을 보낼 침실로 마련되었다. 거기에도 골판지 상자가 가득했다.

"공직에 근무한 시간 대부분은 가스미가세키(도쿄의 관청 지구)와 국회 주변을 오가며 보냈지만, 도중에 야마가타와 미에 현청으로 발령받은 시기가 있었어요. 서른 살에 스탠퍼드 대학원에 유학하기도 하고 운 좋게 런던 일본대사관과 파리

OECD 대표부에 근무할 기회도 얻었지요. 그곳들에서 얻기 힘든 경험을……."

어둑어둑한 조명 아래, 조심스럽게 안경을 닦으며 미야지마는 이야기를 시작했다.

"사정이 그렇다 보니 이사할 때마다 짐은 눈덩이처럼 불어나 버리더라고요. 좁은 관사에 다 들어가지 않는 짐은 그때그때 본가에 옮겨다 놓았거든요."

이렇게 멋진 저택을 오랫동안 고작 창고 대용으로 사용해 온 모양이다.

"그렇기는 해도 고가품 같은 건 하나도 없답니다. 남편은 책을 좋아해서 하루라도 책이 늘지 않는 날이 없을 정도예요. 업무 자료도 잔뜩 있었고요. 게다가 가물에 콩 나듯 얻은 휴가 때 가족 여행을 가면 기념이라느니, 아들 녀석이 기뻐할 것 같다느니 하며 이것저것 사들이는 사람이라서요."

그 시절이 떠올랐는지, 유리에가 그리움이 가득한 눈빛을 한다. 커리어 관료(국가시험을 통과한 고위 관료)로서 눈코 뜰 새 없이 일하면서도 미야지마는 아내와 아이를 소중히 여기는 가정적인 사람이었던 듯하다.

아들은 외자계 컨설팅 회사의 수석 컨설턴트로서 도쿄에서 활약 중이라고 한다.

"덕분에 보람 있는 일을 발견하는 행운을 누렸다고 할까요? 도쿄에 남아 있는 아들도 아침부터 밤까지 일, 일 타령이에요. 꼭 예전의 남편을 보는 것 같아요."

미야지마의 침대 곁으로 옮겨 앉은 사와코는 대학 병원에서의 치료에서 재택 의료로 전환한 이유를 다시 한번 물었다. 향후의 방향성을 공유하기 위하여 꼭 필요한 질문이었다.

"고령사회로 들어선, 이 나라의 현실을 좀 이야기해볼까요? 젊은 간호사분도 계시고 하니."

미야지마는 사와코의 질문을 무시하듯 생각지도 못한 이야기를 시작했다.

"도쿄 올림픽 개최를 몇 년 앞둔 1961년, 일본은 국민 누구에게나 저렴한 비용으로 양질의 의료를 제공한다는 목표하에, 세계에 자랑할 만한 전국민의료보험제도를 확립했습니다. 국민소득 배증 계획이 시작된 첫해의 일입니다. 당시 일본은 일단 젊었지요. 수많은 활기 넘치는 청년층이 낸 보험료를 재원으로 의료제도를 지탱하는 것은 아무것도 아니었습니다. 고도성장의 탄력을 받아 곳곳에 근대적 병원이 생겨났습니다."

미야지마는 노로와 마요의 얼굴을 보더니 콜록 기침을 한 번 했다.

"두 분은 국민 의료비가 어느 정도 금액인지 알고 있습니까?"

"구, 국민……?"

"분명히, 40조 엔에 육박했던 것 같은데요."

두 사람의 대답에 사와코는 식은땀을 흘렸다.

“남성분은 낙제. 여성분은 나름대로 정답이라고 할 수도 있겠네요. 이 수치는 의사국가시험과 간호사국가시험에 매년 출제하도록 하고 있으므로 제대로 공부한 사람이라면 기억에 남아 있을 수치일 겁니다. 정확하게는 2013년도에 40조 엔을 돌파했고, 그 후에는 거의 매년 1조 엔씩 증가하고 있어요. 그런데 이 국민 의료비가 말입니다, 초기였던 1965년에는 고작 1조 엔에 불과했어요.”

학생을 지도하는 교사와 같은 어조였다. 미야지마는 안경테에 손을 올렸다.

“일본은 머지않아 국민 세 명 중 한 명꼴로 65세 이상이 될 거예요. 고령화로 인해 점점 비용이 부풀어 가는 상황 속에서, 거액의 의료비를 어떻게 조달할 것인가? 현재는 약 50%를 보험료, 약 40%는 국세 및 지방세로 지탱하고 있지만, 이 이상, 청장년층 노동인구에 부담을 강요하는 것도, 재정에 부담을 떠넘기는 것도 불가능합니다. 이미 그런 여력이 이 나라에는 없어요. 즉 전 국민이 병원에서 임종을 맞이하도록 허락할 여력이 없다 이겁니다.”

다소 흥분 상태로 말하는 미야지마에게 아내인 유리에는 “여보, 그만…….” 하며 나무라듯이 고개를 저었다.

“아니, 괜찮아. 이것은 나에 대한 케어 방침과도 관련된 이야기야. 거시적인 경제 상황에 대해 현장 의료인분들의 이해를 얻을 기회이기도 하고."

목을 가다듬은 미야지마는 계속 말을 이었다.

"그러니까 저는 병원에서 재택으로의 전환을 호소하며 오늘날까지 이르렀습니다. 나라를 위해, 국가를 위해, 돈이 드는 입원치료에서 자택에서 고요히 인생의 마지막을 맞이하는 재택 케어로 전환하는 것이죠. 일본의 의료 시스템을 유지하기 위해서는 저 혼자만 멋대로 할 수는 없습니다. 한 번이라도 후생노동성에 적을 두고 소중한 세금을 맡는 일에 임했던 자로서 몸소 보여주고 싶어요. 나는 집에서 조용히 사라져 간다. 그게 가능하다는 것을요."

국가 시스템에 관한 미야지마의 열변을 들으며 사와코는 침대 수액 걸이의 유무, 각도 조절 기능, 통증 정도 등의 상황을 관찰했다. 마요도 미야지마에게 양해를 구하고 활력 징후, 즉 혈압, 맥박, 호흡 속도, 체온을 측정했다. 방문시간에 제한이 있는 이상, 무한정 손을 멈추고 있을 수는 없다. 굳이 말하면 그것이 미야지마가 설파한 거시적인 상황을 밑에서 떠받치고 있는 미시적인 의료현장의 현실이다.

"그래서 총괄심의관께서는 고향 땅을 요양지로 택하신 거군요?"

노로가 후생노동성의 정식 관직명을 사용하여 말했다. 조금 아까 국민 의료비에 관해 제대로 답하지 못한 것을 만회하려는 시도인 듯하다.

미야지마는 쓴웃음을 지었다.

"고향 땅이라. 이곳이 과연 고향이라고 말할 수 있을지. 초등학교 시절에는 밤낮으로 공부에 몰두했었기 때문에 친구다운 친구도 변변히 사귀지 못했어요. 내가 가나자와에 살았던 것은 열두 살까지였고 중학교부터는 도쿄의 중고등 통합학교에 진학했고요."

노로는 진지한 표정으로 듣고 있다. 도쿄 도내의 명문고 출신으로 입시공부 위주로 생활해온 남자로서 무언가 공통점을 느낀 것 같다.

미야지마는 도쿄대 교양학부 졸업 후, 국가공무원 채용 고시를 거쳐 후생성, 즉 현재 후생노동성에 들어가고 후생노동성 내부에서도 출세 가도를 달려 '차차기 사무차관(의원내각제 국가에서 관료가 오를 수 있는 가장 높은 관직)'이 될 것이라는 하마평에 오르내렸다고 한다. 아메미야에게 들은 바로는 그렇다. 한편, 노로는 사립대 의대 중에서 상위권으로 평가받는 조호쿠 의과대학에 겨우 합격하긴 했으나, 국가시험에서 한 차례 고배를 마시고 현재에 이르렀다.

"솔직히 제게는 이 지역에 대한 강한 애착 같은 건 없습니다. 다만, 후생노동성에서 주야장천 격무에 시달리는 동료들에게 쓸데없는 걱정을 끼치지 않으면서 넓고 여유로운 주거공간을 찾다 보니, 도쿄에서 꽤 떨어진 본가가 적당하겠다고 생각한 것뿐입니다. 딱히 택했다고 할 만한 건 아닌 거죠……."

"미야지마 씨, 고향은 좋은 거예요."

사와코는 무심결에 스스로 생각해도 의외의 말을 내뱉었다.

"저도 대학부터 도쿄로 나갔으니 가나자와보다는 도쿄에서 보낸 시간이 훨씬 더 깁니다. 그런데 이렇게 돌아오고 말았습니다."

미야지마가 흠, 하고 콧소리를 냈다. 바로 이어 유리에가 고개를 깊이 숙이며 말했다.

"시라이시 선생님, 그리고 두 분, 남편을 잘 부탁드립니다."

그 날 저녁때, 센카와의 방에 마호로바 진료소 스태프 전원이 한데 모였다. 향후 미야지마의 케어 방침에 관해 이야기를 나누기 위해서이다.

"현재로는 병세가 안정된 상태지만 암 환자는 어느 순간 갑자기 상태가 악화하여 이삼 주 만에 사망하기도 하니 긴장을 늦추지 말도록."

휠체어에 앉은 센카와가 화이트보드 앞으로 나아갔다. 보드 마커를 손에 쥐고 질환별 사망 곡선을 그리며, 시간 경과와 병세 진행을 네 가지 유형으로 나누어 설명한다.

일반적인 노쇠는 허약 상태를 거쳐 대단히 느린 속도로 죽음이 진행되어 간다. 중증 뇌경색이나 뇌출혈 등 발병 직후부터 몇 시간 내에 사망하는 경우가 두 번째 유형이다. 세 번째로 심부전과 같이 병세 급변과 회복을 반복하며 서서히 상태가 악화하여 마지막 급변으로 목숨을 잃는 유형의 질병도 있다. 네 번째 유형으로 암이 있다. 말기 진단을 받고도 건강한 상태가 비교적 오래 지속하다가 어느 시점을 경계로 주 단위로 상태가 악화하는 사례가 많다.

마요가 진지한 표정으로 수첩에 펜을 굴려 적고 있다. 도중부터 노로도 노트를 꺼냈다.

센카와가 "요양보호사는 어떻게 하기로 했지?"라고 질문한다.

"이번에는 해당 사항 없습니다. 간호사 이외의 간병인은 희망하지 않는다는 것이 부인의 의향입니다."

료코가 미야지마의 '의료 · 간병 연락지'를 보며 보고한다.

"저는 아직 젊으니까 괜찮습니다."

분명히 유리에는 그렇게 말했다. 아직 두 번밖에 방문하지 않았지만, 유리에에게서는 간병에 대한 열의가 느껴졌다. 폐쇄된 공간 속에서 애쓰고 있는 미야지마의 아내의 모습에 관해서는 마요가 보고했다.

센카와가 팔짱을 꼈다.

"그렇게 바쁘게 움직이며, 남편의 생명이 얼마 남지 않은 현실을 잊으려 하는 건 아닐까?"

"요양보호사 관련해서는 언젠가 다시 이용하도록 조언해 볼 여지가 있어요."

사와코의 설명에 센카와가 고개를 끄덕였다.

"부인이 쓰러져버리면 이미 늦으니까. 특히 그 부분을 유념하여 임합시다."

요즘 들어 갑작스러운 천둥소리에 깜짝 놀라는 날이 점점 늘고 있다. 그러던 중에, 12월에 막 들어선 어느 날 아침, 이즈미가오카 종합병원에서 사와코에게 전화가 걸려왔다.

"아버님 열이 40도까지 올랐습니다. 호흡 상태도 안 좋아 산소가 필요한 상황입니다. 어제 점심때 식사 중에 사레들리셨던 것이 원인일 수도 있습니다. 의사 진찰 결과, 흡인성 폐렴이라고 합니다. 폐렴 치료를 위해 정형외과 병동에서 내과 병동으로 옮기고자 하는데, 괜찮으십니까?"

괜찮고말고 따질 때가 아니다. 치료를 위해서 그런 시스템으로 되어 있으니 따를 수밖에 없지 않은가? 그렇게 생각하면서도 이전에 자신이 "병세가 안정되었으니 응급 병동에서 내과 병동으로 옮기려고 합니다만, 괜찮으시겠습니까?"라고 환자 가족에게 말했던 기억이 떠올랐다. 그 말이 이런 식으로 들렸겠구나 싶으니 새삼 섬찟하다.

저녁 늦게 병원으로 가니 새로 내과 주치의가 왔다. 삼십대의 젊은 남성 의사였다. 컴퓨터 디스플레이에 흉곽 엑스레이 사진을 띄우면서 "수술 후 2주차시군요. 음, 흔히 있는 일입니다."라고 했다.

화면에 나타난 엑스레이 사진에서 폐 우측 아래쪽이 허옜다.

"잘 아시겠지만, 전형적인 흡인성 폐렴이군요. 여기, 늑골 골절도 있습니다만, 뭐 이건 특별히 조치하지 않아도 붙을 테고요. 흡인성 폐렴은 처음이기도 하고 순조롭게 회복된다면 2주 정도 지나면 재활치료로 돌아가실 수 있을 것 같습니다."

늑골이 부러졌다는 것은 처음 알았다. 그날 밤 낙상으로 흉곽도 강하게 부딪혔던 것이다.

주치의의 설명은 몇 분 만에 끝났다. 사와코는 병동 변경에 따르는 서류에 서명하고 간호사로부터 몇 가지 주의사항을 듣고 나서 겨우 해방되었다.

병실은 일인실로 했다. 그러는 편이 아버지가 편히 주무실 수 있으려니 생각했기 때문이다.

편히 주무시는 정도가 아니었다. 아버지는 노크 소리에도 눈을 뜨는 기색도 없고 사와코가 "아버지." 하고 불러도 푹 잠에 빠진 모습이었다.

아버지 이마에 가만히 손을 가져다 댄다. 예상외로 뜨겁다. 마른 나무 같은 몸에서 용케도 이렇게 고열을 내는구나 하고 감탄할 정도였다. 고목이라면 순식간에 바싹 말라버리겠지.

왼쪽 팔로 수액이 들어가고 있고 산소를 코로 흡입하고 있었다. 수액 걸이에 걸려 있는 항생제에는 피페라실린이라고 쓰여 있다. 특별히 센 항생제는 아니었고 일반적인 페니실린

계열 항생제여서 오히려 안도했다.

호흡음에는 가래 소리가 섞여 있다. 조용한 병실에 그 잡음이 서서히 커지더니 아버지가 작게 기침하며 눈을 떴다.

"아버지, 괜찮아요?"

아버지는 흐릿한 눈을 사와코에게 돌렸다.

"가래를 뱉어보세요."

아버지는 작게 고개를 끄덕이며 힘없이 헛기침한다. 그러나, 가래 섞인 소리는 조금도 나아지지 않았다.

"좀 더, 에헴 하고, 세게 뱉어봐요."

아버지는 다시 헛기침했다. 하지만 역시 힘이 없다. 사와코는 아버지의 호흡음에 신경을 집중했다.

"아버지, 아직도 가래가 섞여 있어요. 좀 더 힘내봐요."

아버지는 곤혹스럽다는 표정을 지었다. 그 눈빛은 예전에 텔레비전에서 봤던 깊은 수렁에서 빠져나오지 못하던 야생 사슴의 눈 같다.

"기침하면, 울려……."

힘없는 아버지의 음성이, 애처롭게 들렸다.

"어디에요? 다리?"

"아니, 가슴에."

기침은, 기도 내에 있는 이물질을 제거하기 위한 생체방어 반응이다. 기도에서 공기를 강하게 배출시키기 위해서는 호흡근 전체를 사용한 운동이 필요하다. 그 결과, 아버지가 기침하면 늑골이 부러진 부분을 진동시킨다. 그런데 상처 부위에서 통증을 느끼는 탓에 기침을 무의식적으로 약화시키는 반응도 일어난다. 그러다 보니 가래 배출도 지연되고 폐렴도 악화한다. 임상의였던 아버지도 당연히 그 사실을 알고 있을 터였다.

"아파도 가래를 뱉어내야죠. 안 그럼 질식해요."

흡인기 튜브는 기껏해야 기관 입구까지만 들어간다. 폐 안쪽의 모세 기관지에 쌓인 가래는 스스로 기침을 통해 뱉어내야 한다.

"알고 있어."

아버지는 토라진 듯이 말했다. 두 번, 세 번 헛기침을 한 직후, 아버지는 질끈 눈을 감고 이를 악물었다.

"그렇게 아파요?"

아버지는 그 표정 그대로 고개를 끄덕였다. 스스로 손을 뻗어 간호사 호출 버튼을 눌렀다.

"시라이시 씨, 무슨 일이세요?"

금세 젊은 간호사가 얼굴을 빼꼼히 내민다. 사와코의 설명을 기다리지 않고 간호사는 환자 머리맡으로 바로 귀를 갖다 대었다.

"임시로 록소닌 좌약을 부탁하네."

가냘프지만 명확한 목소리로 아버지가 요청했다.

간호사는 좌약을 넣어주고 이어서 가래도 흡인해주었다.

간호사가 조치를 끝내고 입 주위를 깨끗이 닦아주고 난 후에야 아버지 표정이 누그러졌다. 아버지는 겨우 다시 찾은 시원스러운 목소리로 말했다.

"계속 이런 상태라면 죽는 게 낫겠다고 생각하는 사람이 있어도 이상하지 않겠구나."

사와코는 가슴이 철렁해서 아버지 얼굴을 훔쳐본다. 담담한 표정의 아버지는 오히려 태연자약했다.

"빨리 좋아져서 또 같이 드라이브도 하고 집에서 밥도 먹고 그래야죠."

평범했던 그 날들이 얼마나 소중한 시간이었는가? 아버지는 기쁘다는 듯이 고개를 끄덕이고는 조용히 눈을 감았다.

다음 날은 미야지마 씨 집을 세 번째로 방문하는 날이었다. 사와코는 미야지마의 혈압을 재고 복부를 눌러 통증 유무를 확인한다. 다행히 병세는 안정된 상태다. 암성 통증도 그리 심하지 않아 진통제와 소량의 모르핀으로 충분히 억제할 수 있는 정도였다.

실내는 고요하고 창으로 엿보이는 풍경은 눈으로 덮여 있다.

"심의관님, 매일 따분하진 않으세요?"

사와코가 농담처럼 물었다.

미야지마는 천천히 고개를 가로저었다.

"깨어 있는 시간은 대부분 책을 읽으며 보내요. 아내가 손수 만든 음식을 느긋하게 음미하고 컨디션이 좋을 때는 정원에 나가기도 하고요. 이렇게 인간답게 시간을 보낼 수 있어서 즐겁고 지루할 틈이 없어요."

책을 읽으며……. 바로 얼마 전까지의 아버지와 똑같다는 생각이 문득 들었다.

그때였다. 갑자기 현관에서 큰 소리가 났다.

"아버지! 어디 있어요? 아버지!"

쿵쿵 발소리를 내며 서른쯤 되어 보이는 남성이 들어왔다. 말쑥한 양복으로 쫙 빼입고 머리는 정확히 7대 3으로 가르마를 탔다.

"다이키, 선생님 앞에서 버릇없이 그게 뭐냐."

"시라이시 선생님, 실례했습니다. 아들입니다."

유리에가 고개를 숙였다.

"어머니까지 뭐 하는 거예요. 그렇게 대학 병원에 계속 있으라고 말했는데도. 제대로 치료받게 하라니까요. 대학 병원 선생님도 더 싸워볼 수 있을지 모른다고 했잖아요."

미야지마는 진절머리난다는 듯한 표정을 지었다.

"할 수 있을지도 모른다느니, 1%의 성공 가능성이라느니, 그런 말에 휘둘리며 마지막 시간을 허비하고 싶지 않다."

다이키가 혀를 찼다.

"또 그 억지예요. 여기 있는 게 허비지 뭐예요."

"너는 모른다."

미야지마가 한숨을 내쉬고 고개를 돌렸다.

"결국, 아버지는 부작용이 무서운 거죠. 남자라면 제대로 된 의사한테 진료받아요."

"다이키, 말조심해!"

유리에가 드물게 강한 어조로 말했다. 다이키는 그제야 사와코의 존재를 알아챈 듯이 돌아봤다.

"당신이 재택 의료인지 뭔지를 하는 선생님입니까? 대학병원에서 들었습니다. 아버지 암 치료를 중단하다니, 저에게는 비인도적 행위로밖에 생각되지 않습니다. 도쿄로 모시고 가겠습니다."

"다이키!"

유리에가 전에 없이 단호한 목소리로 말했다.

"아버지에게는 아버지의 생각이 있어. 거의 집에 오지도 않으면서 이럴 때만 나타나서 부모에게 이래라저래라 하는 건 무슨 경우니."

"나는 아버지, 어머니를 위해서 하는 말이에요. 이대로, 여기서 죽기를 기다리기만 할 거예요?"

"그렇다."

미야지마가 조용히 답했다.

"됐어요. 맘대로 하세요."

다이키의 얼굴이 새빨갛게 상기되더니, "택시 대기시켜 놓고 왔어요."라고 하며 황급히 나가버렸다.

"그럴듯한 소리만 하며 현실에서 도망치는 건 여전하네요. 외동아들이라고 너무 오냐오냐 키웠나 싶습니다. 시라이시 선생님, 저는 여기서 한 발짝도 안 움직일 거고, 생각도 변함이 없습니다. 앞으로도 잘 부탁드립니다."

미야지마의 부자 관계가 그 후 어떻게 되었는지는 모른다. 다만, 사와코 일행이 방문할 때마다 미야지마의 변함없는 일상을 확인했다. 통증 완화의료, 변비 및 피부 건조 관리, 식욕 증진을 위한 처방 등을 변함없이 시행한다. 이것이 반복되는 한, 미야지마는 생명을 이어갈 수 있다.

얇은 종이를 벗기듯이 병이 낫는다는 말이 있다. 응급의료에 종사할 때, 사와코는 그 말이 피부에 와닿지 않았다. 환자는 극적으로 회생하거나 죽거나 둘 중 하나였기 때문이다.

하지만, 아버지의 폐렴 치료 경과는 그야말로 그 말대로였다. 매일 조금씩, 얇디얇은 종이를 한 장 한 장 벗겨내듯이 천천히 약 한 달 동안, 서서히 열이 내리고 가래가 조금씩 줄어갔다.

새해 1월이 되어 폐렴이 겨우 진정되었나 하고 한숨 돌리고 있을 때였다. 겨우 재활치료에 집중할 수 있게 되었다고 생각한 것도 잠시 잠깐, 또다시 사와코에게 병원에서 전화가 걸려왔다.

간호사 말에 따르면 한밤중에 아버지가 "불이야! 모두 도망가!"라고 고함지르며 침대 안전가드를 넘어서 내려오려고 했다고 한다. 제대로 걷지도 못하면서.

"하마터면 침대에서 떨어지실 뻔했어요."

침대에서 내려온 순간 바닥에 굴러 다시 골절을 입는 것은 불 보듯 뻔했다.

"폐를 끼쳐서 죄송합니다."

신경이 예민한 편인 아버지는 신체가 부자유한 채로 입원 생활이 길어진 탓인지 만성적인 불면 상태가 되어 섬망을 일으킨 것 같다.

섬망은 정신 장애의 일종이다. 일시적으로 흥분 등의 증상을 보이지만 또렷이 정신이 든 후에는 그때 일을 전혀 기억하지 못한다. 잠꼬대 같은 상태에 가깝다고 할 수 있을 것이다. 24시간 밝은 공간에서 보내는 응급의료센터에서는 불면이 원인이 되어 섬망을 일으키는 환자가 적지 않다. 집중치료실(ICU)의 환자들에게 많이 나타나므로 ICU 증후군이라고 불리기도 한다.

"안전 확보를 위해 신체 보호대를 사용하고 진정제를 개시해도 괜찮겠습니까?"

또다시 '괜찮겠냐'라는 질문이 왠지 짜증스럽다. 안전 확보를 대의명분으로 내미는데, 동의하지 않고 배기겠는가?

"그것 외에 달리 방법이 없는 거죠? 그럼 부탁드립니다."

저도 모르게 차가운 어조로 말하고 말았다.

“죄송합니다. 간호사 수가 한정되어 있어 한분 한분 대응할 수는 없는 상황입니다.”

수화기 건너편 간호사가 죄송스럽다는 듯이 답했다. 어느 병원이나 마찬가지다. 사와코는 무심결에 “그런 사정은 알고 있습니다.”라고 말할 뻔했다. 신경이 몹시 곤두서 있다는 것을 스스로도 느꼈다. 아버지의 병세가 나쁜 방향으로만 진행되는 사태를 막을 도리가 없어 안타까움에 안절부절못하는 것이다.

“……알겠습니다. 아버지를 잘 부탁드립니다.”

사와코는 간신히 공손한 목소리로 대답했다.

예전에, 아버지가 대학 병원에서 당직 근무를 섰던 밤에 집 근처에서 큰불이 났었다. 초등학교에 막 들어갔던 사와코는 울면서 엄마와 함께 한밤중에 사쿠라바시 다리를 건너 피했던 적이 있다.

병원에서 온 전화를 끊고 나서 그때 일이 떠올랐다. 오랫동안 잊고 있었던 화재의 기억. 어젯밤 아버지의 뇌리를 스친 것은 그때의 공포였는지도 모른다.

다음 날 아침, 병문안을 가니 아버지는 밤중에 큰 소동을 일으킨 것을 전혀 기억하지 못했다.

“남편이 전혀 음식을 먹지 않네요.”

1월 중순이었다. 미야지마 씨 집을 방문하자 유리에가 상당히 의기소침했다.

"여보, 왜 그래요? 부탁이니까 좀 잡숴봐요."

침대에 누워 있는 미야지마에게 유리에가 애원하듯이 말했다. 사와코 역시 그 '먹어 주길' 바라는 심정을 사무치도록 잘 알고 있다.

침대 옆 테이블에는 손도 대지 않은 음식이 몇 접시나 놓여 있었다. 옆에는 과자도 잔뜩 있다.

미야지마의 턱선이 더 가늘어졌다. 체중 감소도 눈에 띈다. '올 것이 온 건가?' 하는 생각이 사와코의 가슴을 찌른다.

일반적으로 암 환자는 체중 감소와 전신 지방 · 근육 소모가 서서히 진행된다. 이것은 '암 악액질(식욕부진으로 인해 전신 쇠약 상태에 빠짐)'으로 불리는 쇠약 상태로 눈에 띄게 몸이 수척해지고 피부가 회황색을 띠는 것으로 알려져 있다. 특히, 남성 암 환자에게 현저히 나타나는 경향이 있고 췌장암과 위암의 경우는 여성 환자에게서도 심각한 악액질이 나타나기 쉽다. 그 결과, 측두근이라고 불리는 관자놀이 부분의 근육이 빠져서 얼굴 인상이 변하거나 꼬리뼈 부근 지방이 감소하여 욕창이 쉽게 생기기도 한다. 미야지마의 얼굴은 전형적인 악액질의 영향이 나타난 것으로 보였다.

악액질의 원인은 식욕 저하만은 아니다. 암세포가 분비하는 사이토카인이라고 불리는 물질이 전신에 방출되어 근육과 피하지방 등의 합성을 저해하는 요인도 있다고 생각된다.

어쨌든 식욕에는 다양한 요소가 관련되어 있다. 약의 영향도 무시할 수 없다. 이미 항암제 투여는 중지한 상태이다. 그 외에도 식욕에 영향을 주는 약을 복용하고 있는지 확인해봤지만, 특별히 의심스러운 것은 없다.

몸 컨디션도 관련이 있다. 사와코는 미야지마의 아랫눈꺼풀을 보며 빈혈 정도를 체크했다. 이어서 호흡음과 심음을 들어봤다. 문제는 없었다. 복부에 딱딱하거나 뭉친 부분은 없고 눌렀을 때 통증 정도에도 별문제 없다.

"선생님, 난처해 죽겠습니다."

진료를 진행해가는 사와코에게 미야지마는 힘없이 쓴웃음을 지었다.

"정성 들여 만들었는데 왜 먹지 않냐느니, 먹지 않으면 몸이 못 버틴다느니, 아내 입에서 나오는 말은 불평과 협박뿐이에요. 하지만 식욕이 없으니 어쩔 도리가 없어요. 억지로 입에 이물질을 집어넣는 것 같아서 거짓말 좀 보태면 지옥 같은 날들입니다."

유리에는 "또 그런 소리를."이라며 애처로운 표정으로 미야지마를 바라본다.

"제가 기껏 할 수 있는 일은 당신이 병과 싸울 힘을 기르도록 돕는 것뿐이에요. 매일 오미초 시장을 돌며 신선한 생선과 가가 전통 채소로 인증받은 채소를 사서 할 수 있는 한 영양이 듬뿍 담긴 음식을 만들고 있는데……. 맛이라도 좀 봐주면 어때요. 내가 만든 음식은 이제 믿을 수 없다는 건가요?"

유리에는 쓸쓸한 듯이 눈을 내리깔았다.

"그날 이후 아드님으로부터 연락은 있었습니까?"

유리에를 도와줄 수 있는 가족은 다이키뿐이다.

"여전해요. 간혹 전화가 오긴 하는데요, 항상 도쿄의 병원으로 돌아가라고 성화예요."

유리에는 어두운 표정으로 한숨을 쉬었다.

촉진 과정에서 맘에 걸리는 점이 있었다. 손발의 피부다. 악액질의 특성이라고는 하지만, 눈에 띄게 탄력이 없다. 일상생활 기록지를 확인해보니, 이전에는 하루에 5, 6회였던 배뇨횟수가 최근에는 3회로 줄었다.

사와코는 혹시 모르니 휴대용 초음파 검사기로 미야지마의 흉부를 관찰했다.

그러자, 평소 지름 13㎜ 정도가 표준 사이즈인 하대정맥이 오늘은 9㎜로 가늘어져 있었다. 하대정맥은 체내에서 가장 굵은 정맥으로 하반신에서 혈액을 모아서 심장으로 흘려보내는 역할을 담당한다. 그러므로 하대정맥이 극도로 가늘어져 있다는 것은 미야지마의 체내를 순환하는 혈액량 즉, 수분이 감소했다는 증거다.

"종합적으로 볼 때, 탈수로 인한 식욕 저하가 의심됩니다. 어떻게든 수분 보충을 할 수 있다면 좋겠습니다만."

"아이고, 선생님, 좀 봐주십시오. 아무것도 목에 안 넘어갑니다."

미야지마가 손을 내저었다.

"그럼, 링거를 좀 놓아드리면 어떨까요? 두 시간 정도면 끝납니다."

유리에는 석연찮은 표정으로 말했다.

"링거 같은 걸 맞으면 점점 더 입으로 음식 먹는 걸 포기해버리는 것 아닌가요? 인터넷에 그렇게 나와 있었거든요."

유리에도 미야지마가 걱정되어 이모저모로 검색해보고 있는 모양이다.

"분명히 고열량 수액을 맞으면 혈당 수치가 높아져서 뇌는 배가 부른 것으로 판단하여 식욕이 없어지기도 합니다. 하지만 탈수로 식욕이 떨어졌을 때는 수분 보충 수액을 맞고 식욕이 돌아오는 경우도 많습니다."

"여보, 제발 링거 맞으세요."

유리에는 사와코의 설명을 이해하자마자 미야지마를 향해 두 손을 모아 말했다. 미야지마는 잠시 잠깐 하늘을 우러르는 듯한 표정을 짓더니, "유리에가 그렇게 말한다면. 선생님, 부탁합니다."라고 하며 고개를 끄덕였다.

사와코는 수액 치료를 개시하라고 마요에게 알렸다. 노로가 즉시 방문 진료 차량으로 달려가서 중심정맥영양 보급용 수액 세트를 가지고 돌아왔다. 그것을 받아든 마요는 익숙한 손놀림으로 링거병과 수액 라인을 수액 걸이에 걸었다.

"미야지마 씨, 잠시 실례하겠습니다. 팔 좀 내밀어 주세요."

마요는 그렇게 말하며 미야지마의 팔에 구혈대(혈액이 통하지 않게 팔이나 다리에 감는 고무줄)를 감고 주사기와 나비침(링거 주사 시에 사용하는 날개 붙은 바늘)을 대기시켜 놓는다. 나비침에 쓱 하고 혈액이 역류한 순간 신속하게 구혈대를 풀고 바늘을 테이프로 고정한다. 거기에 링거병에서 뻗어 나온 라인을 연결했다. 마지막으로 주사액 투여 속도를 미세 조정하고 바늘이 쉽게 빠지지 않도록 테이프 고정을 보강한다. 일련의 동작이 물 흐르듯 매끄럽다.

응급의료와는 또 다른 상황에서 민첩한 대응이 이루어지고 있다. 사와코는 노로와 마요의 상황판단과 안정적인 간호기술이 믿음직했다.

주사액이 방울방울 순조롭게 떨어지자, 미야지마는 혼잣말처럼 이야기를 시작했다.

"생애 의료비 중에서, 말기에 발생하는 의료비가 거의 절반입니다. 이 의학적 조치에 의미가 있는 건지……. 재정 문제로 항상 골치를 앓아왔지만, 우리나라를 위해서 마지막으로 할 수 있는 것은 '불필요한 연명 치료 거부로 젊은이들이 낸 세금을 쓰지 않는 것'이 아닐까? 죽을 때만큼은 나라에 폐를 끼치지 않고 가고 싶군요."

사와코에게도 미야지마의 말은 들렸다. 하지만, 뭐라고 하면 좋을까? 마요, 노로와도 눈이 마주쳤다. 두 사람도 마찬가지로 당황한 듯한 표정이다. 곁에서 또 한 사람, 유리에는 양손으로 얼굴을 가렸다.

가라앉은 기분을 안은 채로 진료소로 돌아왔다. 사와코는 센카와에게 미야지마가 링거 맞는 것에조차 회의를 품고 있더라고 보고했다.

"그러고 보니, 종전 직후에, '나는 직무상 먹을 수 없다.'라며 암거래 쌀을 거부한 끝에 아사했던 판사가 있었지, 아마."

"그야말로 그와 같은 상황이네요."

마요가 어두운 목소리로 말했다.

"……1947년 10월, 도쿄지방법원 판사가 법률 위반으로 되어 있는 암시장에서 식료품 구매를 거부하여 영양실조로 인해 사망. 판사 본인은 암시장을 단속하는 식량 관리법을 준수해야 할 당사자이므로 불법 유통되는 식료품에 손을 댈 수는 없다고 생각했다."

노로가 스마트폰으로 검색한 결과를 낭독했다.

"판사는 34세. 미국 신문에 'Man of high principles', 높은 신념의 소유자로 소개되었다고 하네요."

"아무리 신념이 높다고 해도……."

사와코는 한숨을 쉬었다.

미야지마의 '신념'을 이해는 하지만, 의사로서 "아, 그러십니까?" 하고 환자를 방치할 수는 없다. 질환에 따라서는 환자의 판단력이 떨어졌을 가능성도 있다. 게다가 말기 환자는 기분이 오락가락하는 법이다. 병세의 변화와 시간의 경과에 따라 환자의 생각과 가족의 의견이 바뀌기도 한다. '절대로 이렇다'라고 단정 짓는 쪽이 오히려 무섭다. 논의할 수 있는 여유를 항상 남겨놓는 것이 바람직하다. 사와코는 최근 몇 개월의 경험을 통해 그것을 깨달았다.

"미야지마 씨 케어는 어디까지나 당초 방침대로 실행하려고 합니다. 우리는 환자의 희망 사항을 최대한 존중하고자 합니다. 수액과 경구 영양 방식은 필요에 따라 그때그때 생각해 봅시다."

미야지마의 치료 방침에 관해 함께 확인하면서도 사와코는 내심, 정말로 이대로 괜찮은 걸까 하는 망설임을 품고 있었다. 가족이 연명 치료를 희망하는 한편, 환자 본인이 연명 치료를 희망하지 않을 경우, 어느 쪽의 의향도 무시할 수는 없다.

이 주 후 방문했을 때, 유리에는 가시 돋친 말투로 말했다.

"그이는 어차피, 아무리 말해도 먹지 않을 거예요. 저를 생각해서 살아야겠다는 의욕이 없는 거예요."

유리에의 표정에서 온화함이 사라지고 조바심 가득한 기색이 역력했다. 스트레스가 잔뜩 쌓여 있는 모습이다.

"사모님, 오늘도 남편분께 승낙을 받았으니, 하루 더 링거를 계속합시다. 무리하게 입으로 음식을 먹다가 토해버리는 것보다 링거 맞는 쪽이 더 안전해요. 탈수가 개선되어 컨디션이 안정되면 다시 식욕이 솟아날지도 모르잖아요."

마요가 유리에를 달래고 있다.

"맞아요, 그렇네요. 지금은 링거를 거부하지 않는 것만으로도 다행이라고 생각해야겠죠."

유리에가 서서히 평소의 차분한 모습을 되찾았다.

"남편이 이곳에서 생을 마감하겠다고 각오했을 때 저도 함께 각오했다고 생각했었어요. 그래서 아들 말대로 하지 않았어요. 그런데 막상 남편이 야위어가는 모습을 보니 너무 슬프고 속상해서. 저만이라도 남편을 이해해줘야 한다고 생각하면서도 한편으로는 대학 병원에서 연명 치료가 가능하다면 그것도 괜찮지 않을까 생각해보기도 하고요. 한심하지요."

초췌한 표정의 유리에는 떨리는 입술로 말했다.

"생각해보면, 그이가 제가 만든 음식을 먹지 않는 게 어제오늘 일은 아니에요."

그렇게 말하며 유리에는 머리카락을 쓸어올렸다.

"후생노동성에서 지금 자리에 오르기 전에는 항상 그랬어요. 일 년 내내, 예산이다, 국회다, 심의회다, 장관 안건이다, 라며 아침도 거르고 뛰어나가서 막차 시간이 지나도 돌아오지 않고. 연락도 없이 직장에서 묵기도 하고요. 언젠가부터 외박이 사흘째 되면 갈아입을 옷을 가져다주는 것이 저희 집

규칙이 되었어요. 그래도, 그때만큼은 수제 도시락을 가지고 갈 수 있어서, 그건 그것대로 행복했어요…….”

유리에가 피식 웃으며 어깨를 움츠렸다. 인제 보니, 그녀의 머리에도 수없이 많은 흰 머리가 섞여 있었다.

“선생님, 제가 먼저 지쳐버릴 것 같아요.”

사와코는 유리에의 손을 잡았다.

미야지마의 케어를 진행하는 것과 함께 유리에의 간병 부담을 어떻게 덜어 줄지가 마호로바 진료소 스태프에게 점점 더 중요한 과제가 되었다.

내가 도움이 되는 사람이라는 생각이 들지 않는다: 네

까닭도 없이 피곤함을 느낀다: 네

슬프거나, 의기소침하거나, 우울하다: 네

책상 위에 펼쳐진 간병 피로도를 측정하는 체크 시트를 훑어보며 센카와는 팔짱을 꼈다. 모두 유리에가 기재한 회답이다.

“좀 심각하군.”

료코가 센카와가 보고 있는 체크 시트를 들여다본다.

“모든 질문에 부정적인 감정이 지배적이네요.”

“미야지마 씨 부인은 나가사키 출신이라고 하더라고요. 아무 연고도 없는 가나자와에 와서 심의관의 간병을 혼자 전부 떠맡고 있으니까요. 그날 이후, 도쿄의 아드님은 한 번도 와 보지 않고 심의관이 가장 소중하게 생각했던 후생노동성에서도 누구 하나 병문안 오지 않고요. 매일 식사 문제도 있겠지만, 왠지 고립된 상태라는 느낌이 드네요."

노로의 총평은 가차 없었으나 상당히 적확하다.

그때 마요가 손을 들었다.

"괜찮다면 미야지마 씨 부인을 제 본가에 초대하고 싶은데요."

"마요 본가에?"

센카와가 의아하다는 듯이 반문했다.

"전통 료칸을 운영하신다는 건 알고 있지만."

사와코도 마요의 의도를 이해하지 못했다.

"간병에서 잠시 숨을 돌리면 어떨까 하고요."

"아하, 그렇군. 리스파이트 케어(Respite care: 임시 간호) 말이로군!"

센카와는 손뼉을 쳤다.

Respite는 '일시 중단', '휴식'을 의미하는 영어단어로 Respite care는 '간병 휴식' 혹은 '간병자의 휴식' 등으로 번역된다. 가정에서 간병하는 가족의 피로를 해소하려는 대처방안으로 환자와 가족의 동시 붕괴를 방지하는 것이 목적이다. 간병자가 피로할 때뿐만 아니라 관혼상제 등의 사정으로 간병자가 집을 비워야 할 경우에도 이용할 수 있다.

"그런데, 그건 반대 아닌가?"

노로의 지적이 맞다. 가족을 간병에서 해방하여 쉬게 하는 경우, 환자를 주간 보호센터나 일시 체류 요양시설 등 시설에서 수용함으로써 집에서 분리하는 것이 일반적이다. 그런데 마요가 말한 경우는 그와 반대로, 간병자를 집 밖으로 끌어내는 셈이다.

"미야지마 씨를 주간 보호센터에 의탁해서는 진정한 의미에서의 '일시 중단'이 되지 않아요."

사와코의 말에 마요가 크게 고개를 끄덕였다.

"저도 그렇게 생각해요. 유리에 씨가 집에 남아 있으면 분명히 남편의 식사나 간병 준비 등에서 벗어날 수가 없을 거예요. 빈집을 지키며 계속 남편 걱정을 하거나 온종일 일에 몰두할 것 같아요."

"맞습니다. 게다가 미야지마 심의관을 쉽게 수용해 줄 시설도 찾기 힘들 겁니다. '이 시설은 국가 보조금을 받고 있는가?', '직원 노동환경은 어떤가?' 등등 지적하면 시설 직원들도 안절부절못할걸요."

노로의 지적에 사와코와 마요는 웃음을 터뜨렸다.

회의는 결론에 이르렀다. 마호로바 진료소에서 미야지마 씨 부부에게 '간병 가족 휴식'을 제안하고, 유리에에게는 마요의 본가에서의 숙박을 추천한다. 유리에의 부재중에는 간호 · 간병 스테이션과도 협력하며 미야지마를 자택에서 돌본다.

"당장 내일이라도 미야지마 씨에게 제안해 봅시다. 단, 그 전에 마요, 본가에서 허락을 받아둬야지."

마요는 왠지 조금 굳은 표정으로 "네, 알겠습니다."라고 대답했다.

다음 날 아침, 사와코는 마요와 함께, 흔들리는 버스를 타고 우타쓰야마 산을 오르고 있었다.

작년 시월, 아버지와 함께 예전에 가나자와 헬스센터가 있던 터전을 찾았을 때는 녹음으로 뒤덮여 있던 우타쓰야마 산은 완전히 색이 바랬고, 살을 에는 찬바람이 불고 있었다.

이날, 두 사람이 향하고 있는 곳은 마요의 양친이 산 중턱에서 운영하는 숙박시설인 '산요 료칸'이었다.

"선생님, 바쁘신데 죄송해요. 하지만, 저 혼자서는 아무래도 왠지 불안해서요……."

평소의 시원시원한 마요에게서 상상할 수 없는 모습이었다.

"언제나 고객 제일, 뭘 해도 손님 우선, 가족은 일단 뒷전으로 미루는 료칸 일이 저는 정말 너무 싫었어요. 학교 쉬는 날은 아침부터 료칸 일을 도와야 했고, 굼뜨다느니, 꾸물대지 말고 빨리 정리하라느니, 부모님에게 혼나기만 하고요. 그래서 간호사가 되겠다고 선언한 날은, 아버지 입이 딱 벌어진 채 다물어지지 않더라고요. 료칸 일을 계속 시킬 생각이었던 거겠죠. 하지만, 저는 그런 거 딱 질색이었어요. 그러니까 한마디로 저는 집에서 도망친 거예요."

누구에게나 부모 · 자식 관계라는 건 생각만큼 쉬운 것은 아니리라. 생활하다 보면, 어릴 적 기억이 좋은 것뿐일 리 없고 사소한 일이 계기가 되어 폭발하거나 회복하기 힘든 응어리가 되는 법이다.

"내가 함께 가는 게 도움이 된다면 얼마든지 같이 가 주지."

사와코는 마요의 어깨를 가볍게 두드렸다. 분주함을 핑계로 본가에 자주 가지 않았던 것은 사와코도 마찬가지였다.

버스는 도요쿠니 신사 앞 정류소를 지나 보코다이(표고 141m로 호수가 내려다보이는 전망대) 쪽으로 향하는 오르막길을 오르기 시작했다. 이제 곧 도착이다.

"마요, 오늘은 부모님을 몇 년 만에 뵙는 거지?"

"간호학교 졸업식 후, 잠깐 들른 게 다니까……."

마요는 평소와 달리 기운 없는 목소리로 "8년, 만이요."라고 답했다.

사와코는 마요와 가족 간 불화의 깊이를 느꼈다.

버스에서 내리자마자 간판이 눈에 들어왔다. 숲 그늘 속에 모습을 드러낸 산요 료칸은 가나자와 시가지가 내려다보이는 절호의 조망 지점에 있다. 오래된 솟을대문에서 옛 모습 그대로 지켜온 전통 료칸의 격식이 느껴졌다.

문 옆, 음지에 잔설이 반질반질하게 굳어있어 발이 미끄러질 듯했다.

"거기, 킨칸나마나마('눈길 미끌미끌'이라는 의미의 가나자와 방언)! 선생님, 조심하세요."

갑자기 마요가 외쳤다.

"어머, 오랜만이네, 가나자와 방언 들어보는 거. 반가워라."

사와코는 숨을 헐떡이며 대답한다.

"……이 계절에 딱 이 지점에서 예전부터 항상 그렇게 부모님이 주의시키셨어요."

소녀 같은 표정의 마요에게 사와코는 웃음을 띠며 고개를 끄덕였다.

사와코와 마요는 신중하게 발걸음을 옮기며 겨우 현관 앞에 이르렀다.

마요는 다실(茶室) 풍으로 지은 건물을 잠시 바라보다가 기세 좋게 현관문을 열었다.

"저 왔어요."

마요와 함께 안으로 들어가 잠시 기다렸지만, 응답이 없다. 마요가 손목시계를 확인한다. 열한 시 십 분이다.

"이 시간이면 욕탕이랑 방 청소 중이려나? 엄마, 있어요?"

다시 마요가 목소리를 높였다.

안쪽에서 남성이 왼쪽 다리를 끌며 다가왔다.

"아버지……."
마요가 깜짝 놀란 듯한 목소리로 말했다. 걸음걸이로 미루어 보아 마요의 아버지는 아마도 뇌경색으로 인한 좌측 반신 마비가 분명하다. 사와코가 허리를 굽혀 인사하고 고개를 들자 곁에는 마요의 어머니도 모습을 나타냈다.
"네가 소개해 준다는 손님이 이 분이니?"
어머니가 물었다.
"아니에요. 그보다 아버지는 언제 이렇게……."
마요가 낮은 소리로 대답한다.
"6년 전이었나."
"알려주면 좋았잖아요. 나, 간호산데."
"아버지가 알리지 말라고 해서. 도대체 전화해도 연결도 안 되잖니."
"바빴으니까."
"아무리 바빠도 다시 전화 거는 법이지 않니."
"아버지랑 어머니는 날 믿지도 않았으면서."
"그런 거 아니라니까."
모녀의 입씨름이 이어진다. 그러나, 어머니의 눈에는 눈물이 어려 있었고 얼굴에는 차마 숨기지 못할 만큼 기쁜 기색이 역력했다.
모녀의 대화가 멈춘 순간, 사와코는 한 발짝 다가갔다.
"마호로바 진료소의 의사 시라이시라고 합니다. 항상 마요 씨에게 큰 도움을 받고 있습니다."

사와코는 깊숙이 고개를 숙였다.

"이번에는 환자 가족의 숙박을 부탁드리고자 찾아뵈었습니다. 부디 잘 부탁드립니다."

"어제 전화로 말했던 그 손님이요."

마요가 옆에서 거들었다.

어머니는 단단히 고개를 끄덕였다.

"……우리는 어려운 건 잘 모릅니다. 하지만, 딸아이를 이렇게 훌륭하게 만들어준 진료소의 손님이라면 언제든 만사 제쳐 놓고 대환영입니다."

어머니는 머리를 조아리고 허리를 굽히며 인사했다. 바닥에 큰 눈물방울이 똑똑 떨어진다. 문득 옆을 보니, 마요도 마찬가지로 고개를 떨군 채 작은 어깨를 떨고 있었다.

간병 가족 휴식(Respite care)에 관한 계획이 완성되고 나서 사와코는 미야지마 씨 집으로 향했다. 그런데 유리에는 제안을 받아들이려 하지 않는다.

"남편을 혼자 두는 건 불안해요. 저는 괜찮습니다. 휴식 운운할 때가 아니에요. 마음 써 주시지 않으셔도 저는 남편을 제대로 돌볼 수 있으니 걱정하지 마시고……."

사와코는 일단 맞장구를 치며 공감의 뜻을 표했다. 예상 범위 내의 반응이다.

"맞습니다, 유리에 씨. 유리에 씨는 정말 훌륭하게 해내고 계세요. 남편분 식사도 항상 여러모로 신경 쓰시고, 숙면을 위한 마음 씀씀이, 쾌적하고 청결하게 생활할 수 있는 환경 정리도 매일 완벽하게 하고 계시죠."

사와코는 무릎에 올려진 유리에의 손을 양손으로 감쌌다.

"하지만 유리에 씨. 유리에 씨 자신은 식사를 제대로 하고 있나요? 밤에 숙면하고 있나요? 날마다 평온한 마음으로 지내고 있나요?"

피폐해 보이는 것은 비단 신체만이 아니다. 사와코는 그렇게 말하고 싶었다.

유리에는 갑자기 흐느껴 울었다.

"실은…… 저도 음식이 입에 안 들어가서……."

사와코는 유리에의 손을 감싼 양손에 힘을 주었다.

"재택 의료에서는 간병 받는 환자뿐만 아니라 간병하는 보호자도 심신의 컨디션을 조절하는 것이 매우 중요합니다. 간병하면서 은연중에 몸과 마음에 쌓이는 스트레스를 잘 해소하는 방법을 찾아야 해요. 그것이 결국은 남편분을 위한 일이기도 합니다. 하루만이라도 짬을 내어 맛있는 것을 드시며 기분 전환해 보세요."

마침내 다음 날 아침, 유리에가 간병 가족 휴식을 이용해보겠다는 의사를 밝혀왔다.

유리에는 2박 3일의 간병 가족 휴식을 마치고 집으로 돌아온 날, 마호로바 진료소로 감사 전화를 걸어왔다.

"감사합니다. 산요 료칸, 정말 멋진 곳이었습니다. 저에게 가나자와는 미지의 땅이었는데, 무척 매력 있는 도시라는 것을 생생히 느꼈어요."

전화기 너머에서 유리에의 명랑한 목소리가 이쪽까지 흘러넘치는 듯했다. 마요 부모님의 성의가 담긴 음식을 만끽하고 자그마하지만, 운치 있는 노송나무 욕탕에서 온몸을 따뜻하게 데우고 가나자와 시가지는 물론 멀리 바다까지 내려다보이는 방의 조망에 마음을 씻었다고 한다.

"실은 저, 나가사키 출신인데요, 그 우타쓰야마 산에는 에도시대, 나가사키 출신의 수많은 크리스천이 유폐되었던 역사가 있다더라고요. 가혹한 핍박을 받으면서도 무슨 일이 있어도 자신이 믿는 길을 끝까지 지킨 나가사키의 신도가 오백 명 이상이나 유폐되었다고요……. 슬픈 사건이지만, 신기한 인연을 느꼈어요."

전화를 끊기 전에, 목소리를 조금 낮춰 우타쓰야마 산에 다녀온 여행담을 들려주었다. 유리에가 타고난 밝은 품성을 되찾은 것에 사와코는 안도했다. 간병 가족 휴식의 효과는 기대 이상이었다. 통화 소리가 들렸는지 센카와가 "잘됐네, 잘됐어. 느긋한 시간을 보내서. 마요 덕이네."라고 작게 손뼉 쳤다.

간병 가족 휴식 2주 후인 2월 초순, 사와코가 방문했을 때 미야지마는 일 층 침실에 없었다.

"이쪽으로 오세요. 발밑 조심하세요."

유리에가 기쁜 듯이 안내해준다. 사와코는 무슨 일인가 하여 의아해하며 이 층으로 가는 계단을 오른다. 이 층에서 달그락달그락하는 기계음이 들린다.

거실에 발을 들여놓자마자 깜짝 놀랐다. 작은 하늘색 기차 레일이 다다미 8장 깔린 마루(약 13.3㎡, 약 4평)에 빙 둘려 있고 그 위를 4량 편성의 장난감 열차가 바삐 돌아다니고 있다. 미야지마는 열차를 눈으로 좇으며 만족스러운 듯이 고개를 끄덕였다. 레일의 건너편에는 온갖 보드게임이 히나단(매년 3월 3일, 여자 어린이들의 무병장수와 행복을 비는 '히나마쓰리'에 만드는 계단식 제단)처럼 장식되어 있었다.

"모형 레일, 대단해요!"

마요가 탄성을 질렀다.

"인생 게임에 젠가, 다이아몬드 게임도 있네요……."

사와코도 복고풍의 컬렉션에 설레는 기분이 들었다. 벽장 앞에는 캠핑 장비와 천체망원경뿐만 아니라 몇 권의 책이 늘어서 있다.

"보드게임에 양철 장난감, 옛날 잡지와 도감까지. 보물 천지네요!"

그제야 미야지마가 사와코 일행을 알아차렸다.

"시라이시 선생님, 마요 씨, 관심 있습니까? 그럼, 이것 좀 보세요. 아들과 함께 자주 놀았었거든요."

미야지마는 눈빛을 반짝이며 골판지 상자 속에서 다른 장난감들을 꺼냈다.

"아내가 집에 없었던 이틀 밤 동안, 멍하니 방안을 둘러보며 지내고 있었는데요. 갑자기 침대 옆에 쌓인 골판지 상자에 '모형 레일'이라고 쓰여 있는 게 눈에 띄더라고요. 그 글씨를 보고 있으니 만져보고 싶어서 견딜 수가 없어서요. 그래서 그 때부터 예전의 추억이 담긴 골판지 상자를 하나하나 열어보기 시작해서……."

사흘간의 간병 가족 휴식은 간병자의 마음에 빛을 비춰주었을 뿐만 아니라, 환자인 미야지마의 심신에도 적지 않은 영향을 미친 듯하다.

"이 모형 레일은 아들이 무척 좋아했었죠. 야, 정말 즐거웠어요. 아직 세 살짜리 꼬마가 낑낑거리며 탈선한 전차를 되돌려놓으려고 안간힘을 썼어요. 아직 제대로 걷지도 못하면서 말이에요."

미야지마가 함박웃음을 지었다.

"아이가 커감에 따라 전차가 점점 늘어나고 실제로 그 전차를 타러 가 보자는 계획도 세웠지요. 신칸센, 야마노테선, 도덴도 있었어요. 부자간에 공통의 취미를 가진 상태였지요."

유리에도 그리운 듯이 대화에 끼어들었다.

"다이키가 모형 레일에 관심을 잃은 후에도 남편은 곧잘 혼자서 전차가 여기저기 오가는 모습을 멍하니 지켜보곤 했어요. 그럴 때는 제가 차를 내가서는 말벗이 되어주었죠."

미야지마가 "어허, 나는 유리에에게 구경시켜준다는 기분이었는데."라며 웃었다.

"실은 제가 어렸을 적에 모형 레일을 얼마나 갖고 싶었는지 몰라요. 하지만, 공부해야 했고 부모님께 그런 사치스러운 얘길 할 수는 없다는 걸 어린 마음에도 알고 있었죠. 그래서 아들에게는 맘껏 모형 레일로 놀게 해주고 싶었어요. 보드게임도 마찬가지고요. 하지만, 아내가 말했듯이 저 자신이 더 즐거웠던 건지도……."

미야지마는 유리에와 얼굴을 마주 보고는 미소지었다.

"아이가 성장함에 따라 필요한 것이 바뀌고 어느새 아이는 독립했지요. 하지만, 그 시절에 함께했던 물건들은 도저히 잊을 수가 없네요."

거실을 가득 채운 것들은 미야지마 자신의 인생, 그리고 지금까지 세 식구가 지내온 나날을 상징하는 둘도 없는 물건들이었다.

"이것들을 빠짐없이 정리하고 다이키에게 줄 물건들은 나중에 전해줘야겠어요."

사와코는 미야지마가 달라진 듯한 느낌을 받았다. 과장이 아니다. 일을 잃고 식욕도 사라지고 천장만 바라보던 미야지마의 가슴 속에 '삶의 목적'이 싹튼 것 같았다.

사와코는 미야지마의 컬렉션 속에서 황토색 장기판을 발견했다.

"무척 운치 있는 장기판이네요. 무슨 나무로 만든 건가요?"

"안목이 높으시군요. 이건 말이죠, 최고급 목재인 비자나무랍니다. 말을 둘 때 촉감이 맘에 들어서요. 혹시 선생님, 좋아하십니까?"

"네, 무척 좋아합니다."

미야지마가 "한 수 두시겠습니까?"라며 눈을 반짝반짝 빛낸다.

사와코는 앞뒤 사정 가리지 않고, 엉겁결에 "좋죠!" 하고 답해버렸다.

마요가 난처한 표정으로 시계를 봤다. 다음 환자 방문시간이 임박한 것이다. 사와코가 "알고 있어. 잠깐만이야, 아주 잠깐만."이라고 마요에게 간청했다.

반상에 말을 늘어놓은 순간 이미 나무의 광택에 넋을 잃었다. 나무의 달콤한 내음도 느껴졌다. 최초의 몇 수를 둔 것만으로도 미야지마가 성실하고 진실한 인품의 소유자라는 것을 충분히 재확인할 수 있었다. 말을 한 수 이동시킨 직후, 미야지마와 눈이 마주치자 서로 미소를 교환했다. 그것만으로도 사와코는 만족했다.

"그럼, 다음번에 이어서 두시죠."

"네에, 꼭 부탁합니다. 반면(盤面)은 제가 기록해두겠습니다. 이건 꽤 좋은 승부가 될 것 같네요."

사와코는 미야지마의 말에 고개를 끄덕이며 자리에서 일어섰다.

이후 미야지마는 수많은 '일'을 완수했다. 온 집에 쌓여 있던 골판지 상자 정리를 완료하고 정겨운 물건들의 분류를 끝내는 한편으로 상자에서 나온 의료행정 관련 희귀본과 서양 서적을 후생노동성 도서실에 기증했다. 게다가 사회보장 관련 단체 기관지에 '1970년대 보드게임으로 보는 일본의 고령자관'이라는 학술 에세이까지 기고했다.

침실에서 미야지마는 더없이 온화한 미소를 보여주었다.

"시라이시 선생님, 저는 만족합니다. 재택 의료로의 전환을 추진하는 정책에 관여하는 자의 체면상, 염치없이 병원에서 입원 생활을 계속할 수는 없었어요. 그게 저의 긍지랄까요, 아니 고집이었습니다. 속내를 말하면 조금 두렵긴 했지만요, 집으로 돌아오길 정말 잘했어요. 이곳에는, 이곳에만 존재하는 세계가 있었습니다."

미야지마의 얼굴은 점점 더 뼈만 앙상해지고 눈은 움푹 꺼졌다. 체중 감소가 현저하다. 진찰해보니, 전신의 근육이 재택 의료 초기보다 상당히 줄었다. 다만, 근력은 그다지 떨어지지 않아서 가볍게 부축해주면 걸을 수도 있었다. 아직 여력이 어느 정도 남아 있는 것 같다.

췌장암으로 인한 복부 통증 변화가 가장 큰 걱정이었다. 하지만 모르핀으로 인한 통증 관리가 대단히 순조로워서 쾌적하게 생활하고 있는 상태였다. 식욕도 어느 정도 유지하고 있다. 배변 활동 관리가 다소 불량하여 설사 처방을 늘렸다.

"미야지마 씨, 아직 할 일이 남아 있어요. 분류는 했지만, 개봉하지 않은 장난감도 많고요. 맞다, 지난번 장기도 두다 말았잖아요."

"잊지 않았습니다. 선생님과의 약속은요."

그렇게 말하며 미야지마는 머리맡에서 메모장 같은 것을 꺼냈다. 주황색 표지에는 '도면용지 일본 장기연맹'이라고 쓰여 있다.

"어머, 장기 반면을 그대로 기록해둘 수 있겠네요. 장기연맹 공식판입니까? 미야지마 씨, 본격적이네요."

격주로 오는 방문 진료는 이날도 조용한 대화 속에 계속되었다. 미야지마도 휴, 하고 숨을 내쉬었다.

"여보, 슬슬 준비할까요?"

외출복으로 차려입은 유리에가 남성용 외투를 손에 들고 모습을 나타냈다. 환자용 택시가 마중 올 시간이 거의 다 되었다고 알려주었다. 지금까지 없었던 일이다.

"앗? 어디 외출하시나요?"

사와코가 묻자 유리에가 수줍은 듯 웃음을 지었다.

"오늘은 사이가와 강을 건너서 무로오 사이세이(가나자와 출신의 시인 · 소설가) 기념관 쪽에 가 보려고요. 그렇죠, 여보?"

미야지마도 조금 겸연쩍은 듯이 머리를 긁적였다.

"불현듯 이 도시를 다시 한번 둘러보고 싶은 마음이 들더라고요. 아내가 산요 료칸에 다녀온 후부터요. 머리맡에서 아내가 들려주는 우타쓰야마 산의 나가사키 크리스천 순교자비, 보코다이, 아사노가와 강 이야기를 듣고 있는 동안에요."

"그거참 잘됐네요."

미야지마와 유리에 두 사람에게서 마음의 평온이 느껴진다. 의료적 관점에서 볼 때 심신 모두 안정적인 상태라는 증거로 판단되어 사와코는 조금 안심했다.

"어제는 제가 졸업한 초등학교를 보고 왔습니다. 사십 년 만이지요. 의외로 학교는 크게 바뀌지 않았더군요. 그래서인지, 저 스스로도 놀랄 만큼 정겨웠어요. 장래 진로를 고민하고 공부에 지칠 때 기분 전환했던 곳도 사이가와 강가였습니다. 모처럼 둘러보는 김에 무로오 사이세이 기념관도 가 볼까 하고요."

"저도 고등학교 때까지 여기서 살았기 때문에 비슷한 생활을 했어요. 아 그렇지, 미야지마 씨는 가나자와 헬스센터 기억나세요?"

연령대가 비슷한 미야지마라면 '꿈의 왕국'을 기억할 터였다.

"물론 기억합니다. 그 무렵, 가나자와 아이들 중에서 가나자와 헬스센터에 안 가 본 아이가 없었죠."

미야지마는 미소를 지었다. 즐겁고 평화로웠던 기억을 회상하는 것이리라. 이렇게 유년시절의 따뜻한 기억이 감정의 기저에 흐르고 있기에 사람은 인생의 후반이 되면 옛 추억의 땅에 끌리는 걸까?

"귀소본능일까요, 시라이시 선생님."

사와코는 고개를 갸웃한다.

"인생의 마지막 시기를 맞이하여 별 애착도 없었던 가나자와에 돌아오고 싶어진 이유가 무엇이었을까요? 연어가 태어난 곳으로 돌아와 산란한 후 죽는 것처럼, 인간도 유전자의 어딘가에 귀소 센서가 남아 있는지도 모르겠네요. 고향을 향한 제 감정에 저 자신도 놀라며 그런 상상을 해 봤습니다. 언젠가 여러분 앞에서 '여기가 과연, 고향이라고 할 수 있을지 모르겠다.'라며 큰소리쳤던 게 무색하게요."

미야지마는 유쾌한 듯이 웃었다.

"마저 해야 할 일, 가봐야 할 곳이 있는 거네요. 미야지마 씨, 말씀만 하세요. 그 실현을 위해 저도 힘을 보태겠습니다."

미야지마에게는 아직 삶의 의욕이 불타고 있다. 사와코는 그것이 기뻤다.

"만약 사이가와 강을 걸어서 건너신다면 사쿠라바시 다리를 추천합니다. 오늘은 날씨도 좋으니 흐르는 물결이 잘 보일 것 같네요."

집 앞에서 환자용 택시에 올라타는 미야지마 부부를 배웅하며 사와코는 미야지마와 유리에에게 크게 손을 흔들었다. 별다른 친근감이 없었던 고향의 풍경은 두 사람이 함께 방문함으로써 그 무엇과도 바꿀 수 없는 추억으로 남을 것이다.

거리는 눈으로 덮여 있지만, 이날은 햇볕이 따뜻하게 느껴졌다.

이즈미가오카 종합병원에서는 한밤중 아버지의 고성을 억제하기 위해 그 후에도 진정제를 계속 썼다. 아버지는 침대 위에서 안정을 취하는 시간이 길어지는 바람에 점점 더 다리와 허리의 힘이 약해져 수술한 부위가 순조롭게 회복되고 있음에도 불구하고 전혀 걸을 수 없게 되었다.

아버지는 재활 병동으로 옮겨졌다.

직립 훈련과 보행 훈련을 개시하고 며칠이 지나고 나서도 걸을 조짐이 보이지 않았다. 아버지는 그렇게 의욕적이었던 재활 훈련을 마다하게 되었다.

지난 주말의 일이다. 사와코는 아비지의 기분전환치 휠체어에 아버지를 태우고 병원 내를 돌았다. 그러나 매점 앞에 와도 아버지는 아무것도 사려 하지 않았다. 분주하게 오가는 병원 스태프들을 멍하니 눈으로 좇을 뿐이었다.

"집에 가면 가부라즈시 먹어요, 아버지."

아버지는 생기 없는 얼굴로 힘없이 웃었다.

침대 옆 선반에 『The Lancet Neurology』 과월호를 가지런히 정리해두었었는데 지금은 그 위에 기저귀가 놓여 있다. 의학 잡지의 존재는 아버지에게도 병원 스태프에게도 이미 잊혔음이 틀림없다.

입원한 지 고작 석 달밖에 지나지 않았다. 그런데 골절을 시작으로 도미노 붕괴처럼 잇따라 새 질병이 덮쳐와 전신 쇠약이 진행되었다. 흔히 있는 일이지만, 가족에게 이토록 고통스러운 일인지는 상상도 못 했다.

그리고 오늘 저녁 무렵 이즈미가오카 종합병원 간호사에게서 전화 연락이 왔다.

"어제부터 아버님께서 식사에 전혀 손을 대지 않으세요. 네, 좀 걱정돼서요. 향후 방침을 의사 선생님과 상담하셨으면 해서……."

간호사실에서 일상생활 기록을 확인했다. 극단적으로 식사량이 감소했다. 체중도 10㎏ 이상 줄어든 듯했다. 주치의는 "일단 수액으로 영양 보충을 하며 경과를 지켜보겠다"라고 했다.

아버지의 병세는 골절, 폐렴, 식욕 저하로 이어져 그야말로 악순환이 계속되고 있었다. 지금 생각하면 입원하고 골절 수술을 마쳤던 때가 가장 건강했다.

이전으로 돌아가지 않아도 좋다. 적어도 고통 없이 안정된 일상을 보낼 수만 있어도 좋겠다고 기대치를 낮췄다. 하지만 질병의 연쇄는 거기서 끝나지 않았다.

2월 마지막 날, 재활 병동에서 취침 중에 아버지는 뇌경색을 일으킨 것이다.

아버지가 신경과 병동으로 이동된 날, 병원으로 급히 달려온 사와코는 새 주치의와 면담했다.

"에다노라고 합니다. 저는 시라이시 다쓰로 선생님의 강연에 감명을 받아 신경과 의사가 되고자 결심했었습니다. 신경세포의 성장인자에 관한 연구였습니다."

40대로 보이는 차분한 분위기의 의사는 그렇게 말하며 고개를 숙였다. 그러고 나서 두부 MRI 검사 사진을 말없이 바라보았다.

"병세와도 일치합니다만, 좌측 마비는 이곳이 핵심 병소입니다."

우측 기저핵에서 방사관이라고 부르는 운동신경이 지나가는 통로에 흰 그림자가 있다. 신경과 의사는 그 부분을 마우스 포인터로 빙빙 돌리며 가리켰다.

"치료하더라도 적어도 좌측 팔다리 마비가 후유증으로 남을 것으로 생각됩니다. 통증이 나타나는 경우도 적지 않습니다."

에다노는 심각하다는 듯이 미간을 찌푸렸다.

해빙의 계절을 맞이할 즈음부터 미야지마는 현저히 쇠약해지기 시작했다. 3월 12일 아침, 미야지마의 팔을 움직여서 관절의 구축 상태(관절 운동이 비정상적으로 제한된 상태)를 확인했을 때, 저항이 거의 느껴지지 않았다. 팔과 몸통도 같은 상태로 몸 전체에 힘이 들어가지 않는 상태다. 생명의 불꽃이 꺼질 때가 가까워졌다는 것을 사와코는 확신했다.

임종이 다가올 즈음 사용하는 스케치북을 꺼내, 의식 혼탁과 하악 호흡 등 죽음에 이르기까지의 변화를 유리에에게 전달했다.

"오늘 밤이 될지, 내일이 될지 모르지만, 이제 곧이라는 것은 분명합니다."

유리에는 눈을 내리뜬 채 미동도 하지 않는다. 각오했다고는 하지만, 현실을 받아들이는 것은 괴로운 듯한 모습이었다. 하지만, 시간이 거의 남지 않았다.

"도쿄의 아드님께 연락을……."

유리에는 긴 한숨을 뱉었다.

"알겠습니다. 선생님, 마지막까지 잘 부탁합니다."

저녁 즈음, 다시 유리에에게서 연락이 왔다. 미야지마의 상태가 이상하다고 했다.

"노로, 이대로 나가마치에 데려다줄 수 있을까?"

마침 그날 방문 일정을 모두 마친 참이었다.

"미야지마 씨 말씀이시죠?"

“응, 어쩌면 길어질지도 몰라. 마요, 노로 오늘 더 남아 있어 줄 수 있어?”

대학 병원 응급센터는 교대 근무제로 운영되므로 야간 근무는 있어도 잔업처럼 불규칙한 근무는 오히려 적었다.

하지만, 적은 인원의 스태프로 굴러가는 재택 의료 현장에서는 교대 근무 요원 확보 등은 불가능하다. 의사인 사와코 자신은 갑작스러운 잔업을 마다하지 않는다. 하지만, 같은 자세를 마요와 노로에게도 강요하려 하지는 않는다. 혹시 두 사람이 남을 수 없다고 답한다면 사와코는 혼자서 대응할 수밖에 없다고 각오했다.

“잔업, 괜찮아요.”

“오케이입니다.”

두 사람의 말에 사와코는 안도했다.

“아, 다행이다. 고마워.”

임종을 앞둔 환자 왕진에서 두 사람의 협조의 여부에 따른 차이는 대단히 컸다.

미야지마 씨 집 초인종을 누른다. 마중 나온 유리에의 표정이 굳어있었다.

사와코는 급히 미야지마의 침실로 향한다.

침대에서 미야지마는 헐떡이듯이 호흡하고 있었다. 죽기 전에 나타나는 하악 호흡이다. 마요가 혈압계 커프를 팔에 감고 측정을 시작했지만, 몇 번이나 에러 사인이 나타났다. 이미 혈압계로는 측정이 곤란한 정도로 혈압도 낮아져 있었다. 대신에 촉진으로 확인한다. 손목에서는 미세하게 느껴지는 정도였고 목의 경동맥에서는 그런대로 맥이 잡혔다. 수축기 혈압이 고작 70 정도밖에 되지 않는다.

"남은 시간이 거의 없습니다. 아드님은 아직인가요?"

고요한 방에 사와코의 음성이 낮게 울린다.

유리에는 고개를 가로저었다.

"전화는 연결되었는데요, 바빠서 바로 시간을 낼 수는 없다더라고요. 누굴 닮았는지, 일에 대한 책임감이 너무 강해서……."

유리에가 포기한 듯이 시선을 바닥으로 떨구었다.

그때 미야지마가 신음하듯이 말했다.

"다, 다이키, 다이, 키……."

모두가 침묵한 채로 미동도 하지 않았다. 죽음 직전, 갑자기 의식이 명확해지는 때가 있다. 유리에는 바로 스마트폰을 꺼내 몇 번이나 전화를 걸었지만, 다이키는 받지 않았다.

"혈압 더 내려갔습니다."

마요의 보고에 사와코는 순간적으로 노로의 손을 끌어당겨 미야지마에게 쥐여주었다.

"미야지마 씨, 아드님이에요. 아드님이 오셨어요!"

노로가 경악한 듯한 표정으로 사와코의 얼굴을 응시한다.

그리고 다음 순간, 노로도 "아버지, 아버지" 하며 목소리를 높여 불렀다.

"아, 여보 웃고 있네요. 여보, 다이키는 곁에 있어요."

유리에가 눈물을 글썽였다.

"아버지, 아버지!"

노로는 마치 다이키의 혼이라도 씐 듯이 계속해서 아버지를 불렀다.

그때, 현관에서 요란한 소리가 들렸다. 누군가 문을 거칠게 열고 집안으로 들어오는 소리가 이어졌다.

"아버지, 좀 어때요?"

다이키의 목소리였다. 요란한 발소리와 함께 목소리가 가까워졌다.

침실 문이 열렸다. 다이키는 말문이 막힌 채로 방안을 둘러보았다.

미야지마의 방에는 천장에 닿을 정도로 이어서 쌓아 올린 모형 레일이 있고 여러 대의 전차가 좌우로 달리고 있었다. 최근 한 달간, 방문 진료의 자투리 시간을 이용하여 노로와 마요, 사와코가 미야지마와 함께 조립한 것이다.

"깜짝 놀랐네."

다이키가 입을 다물지 못한 채 우두커니 서 있다.

"다이키, 어서 이쪽으로!"

유리에가 쉰 목소리로 외쳤다.

노로가 다이키의 등을 밀며 잠자코 아버지의 손을 쥐게 했다.

"아버지, 나랑 잘 놀아줬……."

다이키는 갑자기 감정이 북받쳐서 말을 잇지 못했다.

모형 레일 위를 달리는 전차 소리 이외에 아무 소리도 들리지 않는 시간이 한순간 찾아왔다.

"혈압, 감지 불가입니다."

마요가 보고한다.

"아버지, 아버지!"

미야지마의 안색이 순식간에 하얘졌다.

"아버지, 고마워요……."

다이키는 속삭이는 듯한 목소리로 말했다.

"늦지 않아 다행이다."

유리에가 중얼거렸다.

사와코는 미야지마의 가슴에 청진기를 댔다. 그러고 나서 눈꺼풀을 들고 펜라이트로 동공을 확인했다. 호흡음 상실, 심음 상실, 동공반사 상실. 임종 확인의 세 가지 징후이다.

"아드님의 시계를 빌려도 되겠습니까?"

다이키가 손목시계를 풀었다. 그것을 사와코는 양손으로 받아들었다.

"오후 6시 18분, 임종하셨습니다."

작은 전차가 아무 일 없었다는 듯이 하늘색 레일을 쉼 없이 질주하고 있다. 아무도 그 자리를 뜨려 하지 않았다.

"아버지……. 뭐예요, 이게. 왜 이렇게 모형 레일을 꺼내서……."

다시금 다이키는 할 말을 잃고 갑자기 울상이 된다.

유리에의 눈에도 눈물이 고여 있었다.

"다이키, 이거 봐, 아버지 눈에서도 눈물이 흐르네. 다이키가 와 준 거 분명히 알고 계신 거야."

돌아가는 차 속에서 아까부터 마요가 어깨를 들썩이고 있다.

"내가 그렇게 웃겨……? 너무하네."

노로는 입이 뾰로통해졌다.

"아니, 아니. 정말 잘했어. 그렇긴 한데……."

마요는 다시 양손으로 얼굴을 가리고는, 도저히 못 참겠다는 듯이 소리 내어 웃기 시작했다.

"웃으면 안 되지. 미안해, 노로. 이상한 일 시켜버려서. 그런데, 노로 소질 있긴 해."

말은 그렇게 했지만……. 사와코도 덩달아 너무 우스워서 견딜 수가 없었다.

"아, 진짜 너무하시네. 사와코 선생님까지. 이제 속도 내겠습니다."

노로가 액셀러레이터를 밟았다.

마호로바 진료소로 돌아와 서류 작업을 마치고 마침내 하루가 끝났다는 것을 느꼈을 때는 오후 아홉 시 반을 조금 넘긴 시각이었다.

미야지마의 일, 그리고 아버지의 일이 머릿속에서 떠나질 않았다.

사와코는 가눌 수 없는 마음을 안고 밖으로 나선다. 저도 모르게 STATION으로 발길이 향하고 있었다.

"피곤해 보이시네요."

야나세가 사와코에게 물수건을 건넨다. 다른 손님은 없었다.

"근사한 장기판을 가진 분이 있었는데요."

이야기하며 사와코는 장기판의 감촉과 은은한 나무 내음을 떠올렸다.

"멋진 만남이었군요."

사와코는 가만히 고개를 끄덕였다.

"'다음번에 이어서 둡시다'라고 해놓고는, 기회를 만들지 못한 채……."

야나세는 잠시 아무 말도 하지 않는다. 사와코는 이럴 때 혼자 가만히 있게 해 주는 야나세의 배려가 고마웠다.

"그럼, 이다음은 주인장에게 부탁해볼까나?"

사와코는 장기판을 끌어당긴 후 가방 속에 손을 넣어 뒤적뒤적 찾던 것을 꺼냈다. 미야지마에게서 물려받은 장기 도면 용지였다. 장기판을 나타내는 모눈을 보면서 메모에 기록되어 있는 대로 말을 늘어놓는다.

"대단히 총명하고 깔끔한 형태네요. 도저히 제가 이어서 둘 수 있을 것 같지 않은데요."

야나세는 감탄하며 장기판을 바라보았다.

"미안해요. 그렇지요."

각자의 삶의 방식이 다르듯이 말을 움직이는 방식도 제각각 개성이 있다.

"선생님, 여기에……. 뭐라고 쓰여 있네요."

카운터에 놓인 도면용지를 야나세가 사와코 앞에 밀어주었다. 주황색 표지 가운데쯤에 작은 글자로 쓰여 있었다. 이전에는 없었던 글이었다.

"인생은 한판의 장기일지니 두 번이란 없다네."

미야지마의 글씨가 틀림없다.

미야지마는 그 날 둘이서 두었던 장기판의 기록을 남겨주었을 뿐 아니라, 소중한 글까지 나눠 주었다.

못 보고 지나칠 법한 작고 가는 글씨였지만, 강렬함은 그대로 남아 있다. 그 글씨를 바라보며 갑자기 사와코는 울고 싶은 심정이 되었다.

"이 말, 들어본 적이 있어요. 분명 기쿠치 간(일본의 극작가이자 소설가)의 말이었어요."

사와코는 미야지마가 말했던 '긍지'라는 말을 떠올렸다. 다시금 장기판에 눈길을 옮긴다. 밤이 조용하게 깊어간다.

"아 맞다, 좋은 게 있어요."

야나세가 흰 덩어리를 온장고에서 꺼냈다.

중국식 만두였다.

"손님이 나눠주신 거예요. 드셔보세요."

한입 베어 물자, 입안에 감칠맛이 나는 육즙이 퍼졌다. 마음 속에 무겁게 놓인 무언가 슬픈 마음이 녹는다. 맛있다는 감각은 이토록 위대한 것이구나, 하는 생각이 들었다.

"저는 이 모양을 좋아합니다."

야나세가 손으로 중국식 만두를 쓰다듬는 듯한 흉내를 냈다.

"중국어로는 파오(包; 몽골어로 '게르'라고 하는 원형 천막)라고 하는데요. 몽골인의 조립식 주택은 꼭 이 모양 같아요."

가게 벽에는 대초원에 서 있는 몽골인과 그들의 거처, 말을 탄 모습과 가축 사진이 걸려 있었다.

"계절이 봄에서 여름으로 바뀔 무렵, 파오를 눈보라를 피할 수 있었던 산그늘에서 대초원 한가운데로 옮깁니다. 가족이 늘면 파오의 수도 늘어나서……."

미야지마는 죽음을 눈앞에 두고 마지막에는 가장 평온하고 포근한 '파오'로 돌아가 인생을 마감했다는 생각이 들었다.

사와코는 심장 고동이 빨라지는 것을 느꼈다. 혹시 나도 그런 것일까? 가나자와에 돌아오려는 마음이 든 것은 왜였을까? 대학 병원에서의 사건이나 아버지가 계시다는 것만은 아니었는지도 모른다. 죽음은 저 자신에게도 멀고도 가까운 미래임을 깨달았던 것일까?

"파오로 돌아가는 본능……."

야나세는 유리컵을 닦던 손을 멈춘다. 하지만 살짝 미소짓고 나서 다시 유리컵을 닦기 시작했다.

이즈미가오카 종합병원 주치의는 아버지에게 수액으로 영양 보급을 하겠다고 했지만, 그것도 한계가 있을 것이다.

야나세의 얼굴을 바라보며 언젠가 그가 했던 '생명에는 한계가 있다'라는 말이 떠올라 쓸쓸하고 서글픈 기분이 들었다.

"시라이시 선생님, 오늘은 기운이 없으시네요."

사와코는 어깨를 움츠렸다. 그리고 아주 간단하게 아버지의 입원에 관한 이야기를 했다.

"……그러셨군요. 걱정되시겠네요."

사와코는 야나세의 말에 고개를 끄덕였다.

"내가 담당하는 70대 여성 환자분 중에 남은 시간이 얼마 없다는 말까지 듣고도 퇴원하여 그렇게 좋아하는 목욕탕에 다닐 수 있을 만큼 회복된 분이 계셔요. 하지만 아버지는 삶의 활력을 잃어가고만 있으니. 보는 것만으로도 괴로워요. 아아, 왠지 의사답지 않은 말을 하고 있네. 하지만, 아버지가 앞으로 어떻게 될지, 너무 잘 알기 때문에."

야나세는 잠자코 주문하기도 않았는데 레드 와인을 한 잔 더 따라주었다. 진한 루비색에 가게의 조명이 비쳤다. 와인

잔을 흔듦에 따라 변하는 빛을 보며 기분을 달래본다. 다시 입안에 머금은 와인의 맛은 첫 모금과는 아주 조금 다른 맛이 났다.

"'내일 일은 내일 걱정하라'라고 하지요."

야나세가 경쾌하게 말을 건넨다. 사와코는 유목민이 모여 있는 느긋한 풍경을 마음속에 그렸다.

"몽골인들은 철학자 같네요."

야나세가 고개를 저었다.

"아니에요. 이건 일본 속담이에요."

"그래요?"

허를 찔린 기분이었다. 하지만 생각해보니 비슷한 말을 들은 적이 있다. 병원 일이 너무 바빠 쓰러질 것 같았던 때였다. "내일 할 수 있는 일은 오늘 하지 마라."라고 했던 것은 아버지였나, 센카와였나, 아니면 레지던트가 된 후 첫 지도교수였었나?

"시라이시 선생님, 슬슬 폐점 시간입니다. 오늘 밤은 푹 주무십시오."

야나세가 미소지으며 말했다.

"그렇네요. 내일 일은 내일이 되고 나서 걱정해야겠어요. 고마워요."

사와코가 "잘 먹었어요." 하고 와인 잔을 들어 올렸을 때 잔 받침에 쓰인 'STATION'이라는 검은 글자가 눈에 들어왔다.

'역'에서의 어떤 정경이 순간적으로 사와코의 머릿속을 맴돌았다. 어릴 적에, 역에서 아버지의 퇴근을 기다리고 있을 때 열차가 굉음을 내며 들어와 천천히 끼익하는 소리를 내며 멈추던 광경이 왠지 잊히지 않았다. 경적도 열차 바퀴와 선로가 서로 부딪치며 났던 금속성의 소리도 거대한 생물이 비명을 지르는 것 같아서 무서웠다. 마음이 찢어지는 듯해서 항상 양손으로 귀를 막곤 했다.

가게를 나선 사와코는 고요하게 흐르는 아사노가와 강가를 따라 아사노가와 대교까지 걸었다. 수면에는 수많은 주황색 가로등이 비쳐 흔들리고 있다. 택시를 잡고 싶었지만 이럴 때는 꼭 잡히지 않는다.

등 뒤에서 대형차가 엔진 소리를 높이며 다가오며 지나갔다.

사와코는 자기도 모르게 손으로 양쪽 귀를 꾹 막았다. 그러자 귓가에 콸콸, 아버지, 어머니와 함께 살았던 집 앞을 흐르는 사이가와 강의 물소리 같은 것이 들려왔다. 동시에 또, 역의 금속음도 기억 속에서 되살아났다.

아버지라는 열차는 이제 정말 정차하려 하는 것일까?

길게 뻗은 가로등이 때때로 어머니의 얼굴처럼 보였다.

"아버지를 지켜줘요."

사와코는 눈을 꾹 감았다.

제5장 | 인어의 소원

뇌경색 발병 후 1개월 정도 지났을 때부터 아버지에게는 새로운 증상이 또 추가되었다. 미약한 진동이나 접촉에도 신체에 강한 통증을 느끼게 된 것이다.

"뭐라 표현할 수 없는 기분 나쁜 통증이야. 뼈를 쥐어짜는 듯한 느낌이 들어. 무슨 약을 먹어도 소용없어."

지각을 관장하는 중추 신경과 그 경로가 뇌경색으로 인해 손상되면 팔다리 자체에는 아무 일이 일어나지 않아도 머릿속에서 극심한 통증을 느끼는 경우가 있다. 소위 '뇌졸중 후 중추성 통증'이라고 불리는 감각 장애이다.

통증의 증상은 특징적으로, 크게 두 가지로 나눌 수 있다. 사소한 자극을 강한 통증으로 인식하는 '통각 과민'과 가볍게 스치기만 해도 극심한 고통을 느끼는 '이질통'이다. 샤프펜슬로 피부를 쿡쿡 찔렀을 때 심한 통증을 느끼는 것은 통각 과민, 이불이나 옷이 슬쩍 스치기만 해도 아픈 것이 이질통이다. 통각 과민과 이질통이 동시에 나타나는 사례도 있다.

신경통은 신체의 표면으로 느끼는 통증과는 다르다. 정좌하여 다리가 저렸다가 풀릴 때의 찌릿찌릿한 감각에 가깝다. 뭐라고 표현하기 힘든 기분 나쁜 통증이며 누가 만지기라도 하면 통증이 더 심해진다. 정좌한 후의 찌릿함은 1분 정도면 사라지지만 뇌경색에 동반되는 통증은 일단 시작되면 이삼일 계속되는 일도 있다. 게다가 그 통증은 수십 배나 크고 격렬하다.

이런 뇌졸중 후 중추성 통증 증상은 뇌경색 환자 10~30%에게서 나타난다고 알려져 있다. 안타깝게도 치료법은 거의 없다. 원인이 뇌에 있기 때문이다. 모르핀 등으로 뇌의 기능 전체를 떨어뜨리거나 외과적으로 뇌의 감각 중추가 기능하지 못하게 하는 방법도 있지만, 완전히 통증이 사라지는 것은 아니다.

통증 때문에 항상 '만지지 마!'라는 말을 달고 사는 환자도 있다. 피부에 닿는 목욕물이 통증을 일으켜 입욕할 수 없는 환자도 있다. 머리를 빗으로 빗기만 해도 극심한 통증을 느끼기도 한다. 간병자는 어찌할 바를 모르고 당황할 뿐이다.

운동 마비와 달리, 통증이라는 증상은 눈으로 봐서는 알기가 어렵다. 그 때문에 주위 사람들의 이해가 부족하다는 점도 문제 중 하나이다. 뇌졸중 후 중추성 통증을 앓는 환자의 대부분은 죽고 싶다고 한다. 그것은 통증 자체뿐만 아니라 통증에 대한 몰이해로 인한 절망의 외침일 것이다.

이러한 지식이 있는 사와코는 일단 아버지가 통증을 느낄 만한 행위는 최대한 피했다.

옷은 갈아입지 않아도 된다. 통증이 일으키지 않는 것이 우선이다. 머리카락이 좀 흐트러진다 한들 아무 상관 없다.

병실 환기를 시키려고 창문을 열었을 때 아버지는 고통으로 얼굴을 찡그렸다. 바람이 닿기만 해도 통증을 느끼는 것이다.

"죽는 게 낫겠어."

아버지의 말에 '죽음'이라는 단어가 점점 자주 등장하게 되었다.

사와코는 아버지의 치료에 관해 상담하려고 주치의인 에다노에게 정식으로 면담을 요청했다.

"아시다시피 뇌졸중 후 중추성 통증은 신경병성 통증 중에서도 난치성 후유증입니다. 안타깝게도 현재로서는 효과적인 치료 약이 없습니다. 일반적인 진통제나 항경련약, 항우울제 등 생각해볼 수 있는 것들을 이것저것 시험해봤지만, 거의 효과가 없어서……."

에다노는 고개를 숙였다.

신경과학의 집성서에는 '의료용 마약(오피오이드 진통제)는 효과가 미약하다'라고 쓰여 있었다. 사와코는 주저하면서도 말을 꺼내본다.

"모르핀을 증량하면 어떨까요?"

에다노는 내키지 않는 표정을 지었다.

"시라이시 선생님도 아시다시피, 암으로 인한 통증에는 큰 효과를 발휘하지만 이질통에는 거의 효과를 기대할 수 없고 도리어 호흡 억제가 와 버릴 수도……."

담당 의사는 말끝을 흐리지만 이대로 물러설 수는 없다. 이런 이야기를 하는 동안에도 아버지는 타는 듯한 괴로움에 시달리고 있기 때문이다.

"그렇긴 하지만 아버지가 너무 괴로워하세요. 조금만 더 모르핀을 늘려 주세요."

간호사가 면담실 문을 노크하고 들어와 응급 환자 발생 소식을 전했다. 에다노는 "실례하겠습니다. 생각해보겠습니다."라고 중얼거리듯이 말하고는 침착하지 못한 모습으로 방을 나갔다.

"안타깝게도 현재로서는 효과적인 치료 약이 없습니다……."

이즈미가오카 종합병원의 긴 복도를 걸으며 사와코는 주치의가 했던 말을 떠올렸다. 설마 아버지가 이런 상태에 빠질 줄이야. 골절상을 입었던 당시에는 상상도 하지 못했다.

급속한 병의 경과에 마구 뒤흔들리는 듯한 심정이었다. 내가 할 수 있는 일은 없는 걸까? 미지의 영역이었던 재생의료에 관해 필사적으로 공부했던 것처럼 내과 문헌을 닥치는 대로 찾아보고 조호쿠 의과대학의 예전 동료들에게 식견을 구해 볼까 하는 생각도 했다. 이번에는 내가 의대 학장에게 고개를 숙이러 가는 것쯤은 아무것도 아니다.

아버지가 괴로워하는 모습은 도저히 지켜볼 수가 없다. 제 몸이 갈기갈기 찢기는 듯한 심정이다. 어찌할 바를 모르겠다. 어떻게든 통증을 멎게 할 방도는 없는 것일까?

복도를 돌아서 천장이 훤히 트인 외래 대합실로 나온다. 어느새 발걸음이 뛰는 듯이 빨라졌음을 느꼈다.

"아버님의 병세는 교과서대로 진행되고 있습니다……."

에다노는 그렇게 말했다. '대역전은 없다, 기적도 이적도 일어나지 않는다, 기사회생은 기대할 수 없다' 그런 의미이다. 맞는 말이다. 사와코는 입술을 깨물었다.

병원 현관을 빠져나왔다. 벚꽃잎이 입구에 흩날리고 있었다. 계절은 4월, 봄이 한창때로 접어들고 있었다.

호쿠리쿠 소아암센터에서 재택 의료 의뢰가 온 것은 그즈음이었다.

방문 진료 의뢰는 가나자와 시내의 개업의, 종합병원뿐만 아니라 가가대학 의대 부속병원 등에서 폭넓게 받고 있다. 그러나 사와코가 마호로바 진료소에 온 이후, 소아암센터에서 요청받은 것은 이번이 처음이다.

진료 정보제공서, 소위 소개장에 따르면 환자의 이름은 와카바야시 모에(6세)이다. 환자는 신장암으로, 간으로 전이된 상태이며 4기이자 말기 상태였다.

환자의 신장에 생긴 종양은 태아기의 신아세포에서 비롯된 윌름스 종양(Wilms tumor)이었다. 원래 건강한 신장으로 분화해야 할 유약한 '싹'이 남아 있다가 이상 세포로 변하여 증식한 악성 질환이다. 태아기에 상당한 정도의 크기를 이루고 있었을 것으로 보이며 발견했을 때는 이미 10㎝를 넘어선 종양으로 커진 상태였다.

"이건, 너무나……."

소개장에 첨부된 복부 CT 사진을 본 센카와도 끙 앓는 소리를 냈다.

소아 신장암은 완치되는 경우가 많다. 하지만 이 환자의 경우는 신장 조직에 '올빼미 눈'으로 표현되는 특징적인 핵을 가진 세포가 확인된, 경과가 좋지 않은 유형이었다. 게다가 체내의 넓은 영역으로 전이되어 있어 이미 수술도 할 수 없는 단계이다.

"악성 신장 간상 종양으로 분류되는 종양이네요. 학회 진료 가이드라인에 인용된 미국의 통계는……."

학회 홈페이지를 참조하며 사와코가 해당 질환에 관해 기술된 부분을 소리 내어 읽어가다가 순간 숨을 죽였다.

"4기 생존율은 0%라고 적혀 있어요."

"영 퍼센트……. 이제 겨우 여섯 살인데."

노로와 마요가 비통한 표정으로 마주 본다.

"남은 시간이 많지 않다는 거네요."

사와코는 온몸이 옥죄이는 느낌이 들었다.

“사와, 받을 수 있겠어? 어린아이는 손이 많이 간다고.”

센카와가 걱정스러운 얼굴로 사와코를 바라본다.

“물론이죠. 의뢰가 왔으니 당연히 받아야죠.”

진료를 요청받으면 기꺼이 수용한다. 그것은 오랜 기간, 응급의료센터에서 근무해온 사와코의 방식이기도 하며 의사로서의 신조였다.

“응, 믿음직하군.”

센카와가 사와코를 보며 기쁜 표정을 짓는다.

환자인 와카바야시 모에는 수술을 단념하고 작년 8월부터 항암치료를 위해 암센터 입원과 퇴원을 반복하는 생활을 하고 있다. 처음에 사용한 항암제가 듣지 않게 되어 일단 집으로 돌아온 후, 두 번째 종류의 약인 2차 치료 항암제를 사용했다. 그것도 효과가 없어 세 번째 종류인 3차 치료 항암제를 사용했다. 절제 불능의 암에 대한 치료로서, 항암치료를 교과서대로 단계를 밟아 적절히 진행해온 상황이다.

향후, 모에가 암센터에 돌아갈 예정은 없다. 3차 치료 항암제도 치료 효과가 나타나지 않았기 때문이다. 즉 해 볼 만한 치료는 다 해봤지만, 모에의 암을 축소할 방법이 없는 상태에 이른 것이다. 그리하여 지금, 암의 진행으로 소녀는 생을 마감해가고 있다. 체력이 저하되어 이 이상으로 항암제를 쓰면 오히려 부작용으로 목숨을 잃을 위험이 있다.

호쿠리쿠 소아암센터에서 받은 소개장에는 신장 종양이 간뿐만 아니라, 폐에까지 전이되었다는 사실이 직전에 시행한 검사에서 확인되었다는 내용도 덧붙여져 있었다. 향후 전망에 관해서는 '여명은 수 주간으로 예상됨'이라고 쓰여 있었다.

방문 진료 첫날은 4월 중순의 맑고 화창한 날이었다. 사와코는 마요와 함께 노로가 운전하는 차를 타고 로쿠마이마치에 있는 와카바야시 씨 집을 향하고 있다.

"어린이 환자네요. 아직 초등학교에는 안 올라갔을까요?"

방문 진료 차량을 운전하면서 노로가 중얼거린다. 노로가 환자에 관해 이런 식으로 관심을 보이는 것은 드문 일이었다.

"병세는 어떨까요? 침대에 누운 채 이제라도 숨이 끊어질 듯한 상태일까요?"

마요가 소개장을 눈으로 훑어보면서 물었다.

"그렇겠지. 꽤 심각한 상황일 것 같아."

소개장에서 실제 상황을 파악해내는 것은 생각처럼 쉬운 일은 아니었지만 사와코도 같은 견해였다.

대화가 끊겼다. 세 사람 모두 드물게 말수가 없었다. 일반적으로 재택 진료는 고령 환자의 집을 순회하는 경우가 압도적으로 많다. 이날 방문하는 곳은 평소와는 비교도 할 수 없을 만큼 어린 환자이다. 그 사실이 사와코뿐만 아니라 두 사람의 긴장감을 고조시킨 모양이다.

"저 집인 것 같습니다."

노로가 턱으로 가리켰다.

로쿠마이마치, 어딘가 동화 속 마을 같은 주택가가 펼쳐져 있다. 그중에서도 한층 더 눈에 띄는 황록색 지붕의 이층집이 와카바야시 씨 집이었다.

현관 옆 화단에 물고기와 인어 장식물이 놓여 있다. 오크 목재 문에는 스테인드글라스를 끼운 창이 있었다.

초인종을 누른다. 교회 종 같은 소리가 울린다.

금방 젊은 여성이 나왔다. 엄마인 유코일 것이다.

"마호로바 진료소 시라이시 선생님이시죠. 감사합니다."

젊지만 근심을 띤 표정이었다.

사와코 일행은 응접실로 안내받았다. 환자의 아빠 겐타와도 인사를 나눈다.

"호쿠리쿠 소아암센터의 소개로 오늘부터 방문 진료를 담당하게 된 시라이시라고 합니다. 이쪽은 간호사인 호시노 마요이고, 또 한 명은…."

노로가 없어졌다.

"죄송합니다. 스태프가 또 한 명 있는데요."

안쪽 방에서 노로의 익살스러운 목소리가 들렸다. 이어서 여자아이 웃음소리가 들렸다.

"딸아이 방 같은데요."

엄마인 유코가 의아한 표정으로 몸을 돌려 복도로 향했다. 사와코와 마요는 당황하여 유코의 뒤를 따라간다.

유코가 반쯤 열린 문으로 들여다보더니 "어머." 하며 소리를 질렀다. 뒤따라온 겐타는 어이없다는 표정을 짓고 있다.

"이봐요. 당신, 뭐 하고 있는 거예요?"

방 중앙에는 캐노피가 달린 어린이용 침대가 놓여 있다. 침대 위에 파자마를 입은 소녀가 몸을 반쯤 일으킨 채 앉아있고, 노로가 그 곁에 웅크리고 앉아있었다.

노로는 양손을 올리고 마치 자기를 겨누는 총부리 앞에 서 있는 연기라도 하듯이 천천히 몸을 돌린다.

"아무 짓도 안 했습니다."

유코는 무단침입자로부터 딸을 지키려는듯이 노로와 모에 사이에 섰다.

"노로, 장난치지 마. 이러면 안 되지, 소개도 하기 전인데."

"죄송합니다. 노로입니다. 이 방에서 공이 굴러와서 주워준 김에……."

노로가 고개를 숙인다. 겐타가 질문하는 듯한 눈빛으로 사와코를 쳐다본다.

"노로는 조수입니다. 의료적인 면은 저와 호시노가 담당하게 됩니다."

여자아이가 킥킥 웃는 소리가 들린다.

"야단맞았다."

모에가 노로를 손가락으로 가리키며 말했다.

"에이, 쉿."

노로가 작은 소리로 대꾸한다. 유코와 겐타의 긴장한 얼굴이 조금 누그러진다.

"모에, 새로 오신 의사 선생님이셔."

사와코는 모에의 눈높이에 맞춰 무릎을 굽히고 앉았다.

"안녕, 모에. 시라이시예요."

바로 곁에서 보니 모에의 피부는 창백하여 속이 비칠 듯했다. 들판에 고요히 피어난 은방울꽃이 떠오르는 분위기이다. 머리카락이 모두 빠진 머리는 분홍색 천으로 감싸 나비매듭으로 묶어놓았다. 몸은 앙상하게 말랐다.

모에는 양손을 이불 위에 가지런히 모으고 고개를 숙였다.

"시라이시 선생님, 안녕하세요."

사랑스러운 목소리였다.

"어머, 모에는 무척 예의가 바르구나."

침대 주위에는 친구들로부터 받은 것으로 보이는 메시지카드가 잔뜩 늘어서 있고 머리맡의 선반에는 책이 몇 권 꽂혀 있었다.

"게다가 책을 아주 좋아하는구나. 「이야기 안데르센」에다가 「바다 이야기」도 있네. 다 재미있을 것 같아."

사와코는 침대 위의 책에 손을 얹는다. 부모가 책을 읽어주는 단계를 졸업하고 스스로 읽어나가는 '독서'를 즐기고 있는 듯하다.

"지금은요, 이게 제일 재미있어요!"

모에는 그렇게 말하고는 「동화의 비밀」이라는 작은 책을 가슴 앞으로 들었다. 표지를 보니, 그림책이라기보다 아동용 교양 도감 같다. 눈이 총명하게 빛난다.

마요가 체온계와 혈압계를 꺼냈다.

"모에, 집에 돌아와서 잘됐네."

모에는 익숙한 듯이 마요에게 팔을 내민다. 너무 가느다래서 부러져버릴 것 같다. 다리의 근력도 떨어진 상태이다. 걷기는커녕 제대로 일어설 수도 없다.

"모에는, 이제 병원에 안 가도 되지요?"

모에가 불안한 듯이 묻는다.

"응, 이제부터는 집에서 제대로 돌봐 줄 테니까."

모에는 마음을 놓은 듯한 표정을 지었다.

"다행이다. 병원 약은 속이 울렁거려서 정말 싫었거든요."

병원에 가지 않아도 된다는 것은 아무 항암제도 듣지 않는다는 의미이다. 하지만 모에는 항암제 부작용의 고통으로부터 해방된 것을 순수하게 기뻐하고 있다.

"모에, 편한 것만 생각하면 안 되지."

등 뒤에서 겐타의 엄한 목소리가 날아왔다.

"모에가 좀 더 힘을 내보겠다고 했으면 암센터에서 치료를 계속할 수 있었을지도 모르잖아."

완고하게 꾸짖는 듯한 모습이었다.

"괜찮아, 모에. 집에 있으면서 기운 차리면 다시 새 약을 시험해볼 수 있을 거야. 그러니까 좀 더 힘내자."

유코의 말 역시 딸을 위로하기보다는 등을 떠미는 것이었다. 하지만 지금 문제는 그게 아니다.

사와코는 모에의 부모가 딸의 치료에 대해 제대로 이해하지 못하고 있다는 사실에 깜짝 놀랐다. 앞으로 모에에게 필요한 의료는 어디까지나 삶의 질을 유지하며 연명하는 것이다. 남겨진 얼마 안 되는 시간에, 하고 싶은 일을 하며 즐겁고 평온하게 지내는 것이 바람직하다. 호쿠리쿠 소아암센터에서는 의학적으로 약의 부작용으로 인해 생명이 단축되는 단계에 이르렀기에 비로소 항암제 중지 결정을 내린 것이다. 역으로 말하면 모에는 3차 치료까지 용케 견뎌왔다고 할 수 있다.

"그래도, 싫은걸."

불쑥 내뱉고는 모에는 슬픈 듯이 고개를 숙였다.

"모에는 무척 잘 견뎌온 거야."

눈앞의 환자에게는 방패가 필요하다. 사와코는 진찰을 계속하며 백의를 입은 몸을 모에와 부모 사이에 밀어 넣듯 하며 말을 걸었다.

"집에서는 재활치료를 하자. 모에는 운동을 좋아하려나?"

그렇게 말을 잇긴 했지만, 소녀는 재활로 근육이 붙기 전에 생명이 꺼져버릴 듯한 상황이었다.

그때였다. 마요가 카드를 바라보면서 모에와 이야기를 시작했다.

"좋겠다. 모에는 친구가 정말 많구나. 우와 이 카드, 귀엽다!"

사와코의 의중을 헤아린 마요의 지원 사격이다.

"위층에 있는 모에 방에는 다른 친구들 사진도 엄청 많아요."

모에는 기쁜 듯이 대답했다. 사와코는 모에에게 양해를 구했다.

"와, 2층에도 모에의 방이 있구나. 선생님 좀 보고 싶네. 미아가 되면 안 되니까 엄마, 아빠하고 같이 가서 보고 올게."

모에는 "좋아요." 하며 오케이 사인을 보냈다. 마요에게 모에를 맡기고 사와코는 일어섰다.

어리둥절한 모에의 부모와 함께, 사와코는 2층으로 올라간다. 일단 모에가 없는 곳에서 부모가 어떻게 생각하고 있는지 확인하고 싶었다. 어린 환자의 병세와 향후 돌봄 방법에 관해.

2층에 있는 어린이 방 문에는 '모에'라고 쓰인 하트 모양 팻말이 걸려 있었다.

"더는 손 쓸 방법이 없다니요……."

그 문을 열더니 유코는 무너져 내리듯 무릎이 꺾였다. 마루에서 둔탁한 소리가 울렸다.

겐타도 불만스러운 표정을 감추려 하지 않았다.

"더 써볼 만한 다른, 더 강한 약은 없을까요?"

역시 모에의 엄마도 아빠도 3차 치료의 종료가 의미하는 바를 정확히 이해하지 못했다.

일반적으로 항암치료가 진행될수록, 즉 2차 치료, 3차 치료 순서로 숫자가 커질수록 치료가 성공할 확률은 낮아진다. 왜냐하면, 효과가 큰 약부터 순서대로 환자에게 투여하기 때문이다. 약을 바꾼다는 것은, 즉 '효과가 없으므로 바꾼다', '효과가 없어져서 바꾼다' 혹은 '부작용이 커서 몸에 맞지 않기 때문에 바꾼다'라는 의미지 결코 강한 약을 쓴다는 의미가 아니다.

"4차 치료라는 게 있다고 회사 동료에게 들은 적이 있습니다. 약 같은 건, 세상에 무수히 많은 종류가 있는 것 아닌가요?"

"분명히 다른 약도 있긴 합니다만, 이전에 투여한 약과 비슷한 수준 이상의 효과가 나타날 가능성은 더 낮아집니다. 게다가 기본적으로 항암제는 그렇게 많은 종류가 있는 것은 아니기도 하고요."

여기서는 젊은 부모가 최대한 이해하기 쉽도록, 몇 번이라도 상황을 정확히 전달하는 것이 자신의 임무이다. 심야 응급의료센터에서처럼 이마에서 피를 흘리는 부상자들이 줄지어 기다리는 상황이 아니다. 한 명의 소녀를 위해 충분히 시간을 들일 수 있는 것이 그나마 작은 위안이다. 사와코는 신중히 단어를 골라가며 천천히 이야기를 이어갔다.

"하지만 치료를 중지한다는 것은, 즉 모에의 생명이 사라져 버린다는 것이잖아요. 그렇게 생각하면 저희는 도저히 납득할 수가 없어서……."

겐타는 고개를 푹 숙인 채 잠시 심호흡을 몇 번 하더니 고개를 들었다.

"모에의 건강이 갑자기 나빠진 건 작년 여름방학 때였어요. 마침 오키나와로 가족 여행을 떠나려던 타이밍이었는데……. 그다음 주부터 여기저기 병원을 돌아다니며 검사 또 검사. 결국은 소아암센터 입원이 결정되었어요. 천국에서 지옥으로 굴러떨어진 듯한 나날들이었습니다."

마지막 부분은 목소리가 갈라졌다.

"하지만 여보, 왜 모에만 암에……. 친척 아이들도 친구들도 다 건강한데."

유코는 눈에 눈물을 글썽이며 감정이 북받쳤다.

"조금이라도 안 좋은 소문이 도는 생선이나 채소는 절대로 사지도 않았는데……. 모에에게 식품첨가물이 들어간 가공식품을 먹여서 그런 걸까요? 임신 중에 비행기를 타서 그랬을까요? 송전선 근처 아파트에서 3년 이상 살았는데 그것 때문일까요? 정말 제 탓일까요? 대체 뭐가 어떻게 잘못되었던 거죠……?"

심장을 쥐어짜는 듯이 신음하며 유코는 쓰러져 울었다.

마호로바 진료소로 돌아와 센카와에게 와카바야시 모에에 관해 보고했다.

"부모가 딸의 병세를 받아들이기 힘들어해서……."

모에가 마지막 날들을 평온하게 보내기 위해서는 부모의 마음의 안정도 빠뜨릴 수 없는 요소이다. 사와코는 자신의 역량 부족으로 부모를 곁에서 제대로 붙들어주지 못하는 것은 아닐까 하는 염려를 떨쳐버릴 수가 없었다.

"사랑하는 딸에게 죽음이 다가오고 있는 현실을 그렇게 쉽게 받아들일 수 있는 부모가 세상에 어디 있겠나?"

센카와의 단호한 말에 위로를 얻었다. 부모의 감정이 거칠어지는 것은 당연하다는 것을 센카와도 알고 있다.

"몸부림치며 고뇌하고, 자문자답하며, 울다가 지칠 때쯤 되면 깨닫게 되지. 아이를 위해서는 내가 정신 바짝 차려야 한다는 것을 말이야. 거기에 도달하기까지 고통의 과정은 사람마다 다르지만, 우리 의료인은 환자 가족과 동행하며 든든한 버팀목이 되겠다는 심정으로 진료에 임합시다."

센카와의 말에 마요와 노로도 깊게 고개를 끄덕였다. 사와코도 조금 차분해진 마음으로 머릿속을 정리했다.

겐타와 유코는 지금, 괴로워하며 비정한 상황을 마주하고 있다. 그것을 넘어선 다음에야 향후 치료와 돌봄에 대해 진정 이해할 수 있게 될 것이다. 재택 의료에서는 그것을 전제로

하여 환자 가족을 돌봐나가야 한다.

주말을 포함하여 닷새가 지났다.

두 번째로 사와코가 와카바야시 씨 집을 방문했을 때, 모에의 부모는 더는 울지 않았다. 그 대신에 병원과 의료에 대한 비난을 늘어놓았다. 모에의 부모에게서는 센카와가 말한 '고통의 과정'의 최종 목표 지점이 아직 보이지 않는다.

"소아암센터에서는 왜 모에에게 임상시험 중인 신약을 써 주지 않을까요? 미승인 약이라도 써 주면 좋겠어요. 아니, 써 봐야 해요. 혹시 아나요, 아주 조금이라도 효과가 있을지도 모르는 거잖아요."

겐타는 언성을 높였다.

"모에는 암센터에서 버림받은 거예요. 아무 의미도 없는 엉터리 치료나 하고서는 자기들의 실패가 드러나니까 '자, 그럼 안녕히 가세요.'라니요. 너무해요."

남편의 말을 따라 하듯이 유코도 강한 어조로 말했다.

"왜 우리 모에가……. 그 생각뿐이에요. 선생님, 암은 체질과도 관련이 있는 거죠?"

이들은 모에의 암이라는 현실을 인정하기 위한 답을 필사적으로 찾고 있는 것 같다.

"암의 발병 요인은 한 가지가 아니라 다양한 요소가……."

사와코의 말이 끝나기도 전에 유코가 "앗!" 하고 작게 외쳤다.
“역시 와카바야시 집안의 체질이 유전된 거 아냐? 우리 집안에는 암에 걸린 사람이 없어.”
“우리 삼촌은 대장암이었어. 대장과 신장은 아무 관계 없잖아.”
겐타는 성난 표정으로 맞받아쳤다.
“암은 암, 똑같은 거지. 당신은 항상 그런 식으로 중요한 문제를 회피하더라.”
“아니, 책임을 따지자면 피차일반이지. 윌름스 종양은 태아 때부터 세포의 암 변이가 시작되는 병이니까. 어쩌면 당신이 임신 중에 뭔가 나쁜 걸 먹었다든가…….”
“너무해. 어떻게 그런 말을 할 수가 있어. 당신은 정말…….”
유코는 양손으로 얼굴을 가렸다.
그때, 성큼성큼 계단을 올라오는 발소리가 들렸다. 숨을 헐떡거리며 노로가 모습을 드러냈다.
“큰 소리 내지 마시고 두 분 다 진정하세요. 일 층에서 모에도 불안해하고 있어요. 아빠랑 엄마가 싸우는 것 같다면서요.”
사와코는 두 사람 사이에 끼어들었다.
“이것만은 꼭 말씀드리고 싶은데요…….”
모에의 부모의 눈을 각각 똑바로 바라본다.
“모에는 병원에서 버림받은 게 아닙니다. 항암제에는 여러 가지 부작용이 있는데 부작용으로 인해 오히려 생명이 단축되는 경우도 있습니다. 의료진은 항암제를 사용했을 때의 이익과 불이익을 고려하여 모에에게는 중지를 결정한 겁니다."

모에의 부모는 금시초문이라는 듯이, 넋이 나간 듯한 표정을 지었다.

소아암센터의 담당 의사가 두 사람에게 몇 번이고 말했을 내용이다. 하지만, '고통의 과정'의 한가운데에 있는 두 사람의 가슴에는 전해지지 않았을 것이다. 그것을 반복하여 설명하는 것은 새 동반자가 된 재택 의사의 역할이다. 오늘 나눈 이야기조차 '부모에게 설명했으니 전달되었겠지.'라는 등 안이하게 생각해서는 안 된다고 사와코는 스스로 되새겼다. 모에를 위해서라도 두 사람이 정신을 바짝 차려야 한다는 것을 깨달을 때까지 프로세스에 관해 단단히 일러둘 필요가 있다.

"항암제의 치료 효과가 없다는 것이 밝혀진 이상, 무의미하게 괴로운 치료에 시간을 쓰고 있을 여유가 없다는 것입니다. 지금부터는 모에의 QOL(Quality Of Life), 즉 삶의 질을 유지하며 쾌적하게 지낼 수 있는 치료를 계속해나가야 합니다."

모에의 부모는 둘 다 아무 말이 없다. 이윽고 유코가 불쑥 말했다.

"완화치료, 말인가요? 모에는 새로운 치료 단계에 들어갔다는 말씀이시죠."

겐타의 입가에 잔뜩 힘이 들어가더니, 신음이 새어 나온다.

"으으, 모에."

계단을 내려오는 어른들의 발걸음이 무겁다. 그렇긴 하지만, 향후의 치료를 둘러싸고 새 방향으로 발걸음을 내딛는 것에 관한 의견을 이제 공유하기 시작했다. 사와코는 일보 전진했다는 느낌이 들어 조금은 마음이 놓였다.

"돌아가기 전에 다시 한번 모에의 상태를 보게 해 주세요."

모에의 부모는 그러시라고 손짓했다. 사와코는 일 층에 있는 모에의 침실을 향했다.

방 중앙에 놓인 침대는 캐노피에서 드리워진 레이스 커튼으로 꼭 닫혀 있다. 분홍색 커튼 너머로 자그마하게 부풀어있는 실루엣만이 보인다.

"모에, 또 올게."

그렇게 말하며 사와코가 커튼을 열려고 손을 가져다 대자 마요가 제지했다. 마요는 천장을 손가락으로 가리키더니 양손으로 X 표시를 하고는 어깨를 움츠렸다. 엄마, 아빠가 싸우는 소리를 듣고는 의기소침해져서 이불을 덮어쓰고 있는 모양이다.

"그랬구나. 미안해, 모에. 선생님도 같이 있었는데 아빠하고 엄마가 조금 말다툼을 했어. 하지만 그건 모에를 위해 모두 함께 생각하고 모두 함께 행복해지기 위한 다툼이란다. 이미 화해했으니까 괜찮아."

사와코는 의견 대립의 사실과 원인을 숨기지 않고 말해두고 싶었다. 그것은 눈앞의 소녀가 성장하기 위해서도 필요한 과정이라고 생각했기 때문이다.

"그러니까 얼굴 좀 보여줄래?"

부주의했던지 사와코가 당긴 커튼 밑단이 엉키는 바람에 사이드 테이블 위에 세워져있던 큰 메시지 카드를 넘어뜨렸다. 한 장이 옆의 카드를 넘어뜨리자 도미노처럼 차례차례로 쓰러져갔다.

"아이코, 이를 어쩌나."

쓰러져가는 카드를 허둥지둥 양손으로 막으며 사와코는 소녀에게 사과했다.

"괜찮아요, 선생님."

모에는 푹 뒤집어쓰고 있던 이불 속에서 얼굴을 반쯤 내밀었다.

"모에의 소중한 카드인데, 미안해."

이불에서 나와 모에는 "아녜요." 하며 힘없이 고개를 젓는다.

"카드 같은 거 실은 좋아하지도 않아요."

무척 침울한 표정이었다.

"앗? 왜……."

사와코는 쓰러져 있는 알록달록한 카드들의 메시지를 훑어보았다.

'모에, 잘 지내? 빨리 나아.'

'모에, 그 후 몸 상태는 좀 어떤가요? 하루빨리 회복되길 바랍니다.'

'모에, 아픈 건 좀 어때? 빨리 좋아지길.'

'모에, 건강은 좀 어때요? 어서 퇴원할 수 있기를 기원합니다.'

'모에, 잘 지내? 빨리 나아.'

'모에, 상태는 좀 어때요? 건강해지기를 기다리고 있어요.'

'모에, 몸은 좀 어때? 빨리 건강해지길.'

'모에, 잘 견디고 있어요? 건강해진 모습으로 만날 날을 기대하고 있어요.'

"모두 모에를 응원해 주고 있는데……."

사와코는 그렇게 말하면서도 카드에 적혀 있는 메시지가 말기 암 소녀에게 몸 상태를 묻는 직접적인 질문부터 병의 조기 회복을 전제로 쓴 글쓴이의 희망까지 뒤죽박죽 섞여 있다는 것을 눈치챘다.

"엄마가, 장식해두라고 해서요. 하지만 모에는 이미……."

사랑스러운 분홍색 커튼 안쪽에서 소녀는 홀로 비정한 현실과 마주하고 있다. 사와코는 모에의, 그리고 말기 암 환자의 고독을 새삼 통감한다. 부모뿐만 아니라 요동하는 환자의 마음에도 더욱 세심한 주의를 기울여야 한다.

마호로바 진료소에 돌아오는 길에, 여느 때처럼 잡담하고 싶은 마음이 들지 않았다.

모에가 퇴원하고 나서 한 달이 지나 5월이 되었다. 모에의 몸 상태는 차츰 악화하고 있다. 기침과 호흡 곤란도 빈번하게 나타나기 시작했다. 폐에 전이된 암 때문이라는 것이 명백하다.

“오늘은 진료에 앞서 잠시 드릴 말씀이 있습니다.”

현관문에서 사와코는 유코에게 그렇게 말했다. 모에의 혈액 수치를 부모에게 보여주며 병세가 위중하다는 것을 설명하기 위해서였다. 차마 모에에겐 들려줄 수 없다. 처음 방문했던 날 안내받은 응접실에서 이야기를 끝내자 겐타는 데이터에 눈을 고정한 채 꼼짝도 하지 않고 유코는 크게 어깻숨을 내쉬었다.

갑자기 모에의 웃음소리가 들려왔다. 모에의 방 쪽에서. 이것도 첫날과 똑같다.

“야호! 또 선생님 패배!”

“선생님이라고 하지 말라니까. 사와코 선생님이 들으시면 나 혼난단 말이야.”

모에가 주먹을 불끈 쥐며 의기양양한 표정을 지었다.

“벌칙이에요. 웃긴 얼굴 해 봐요, 선생님.”

“그러니까 선생님 아니래도.”

그렇게 말하면서도 노로는 아랫입술을 쑥 내밀고 사팔눈

흉내를 냈다. 모에가 큰 소리로 웃었다.

모에와 노로는 사와코와 모에의 부모가 문 입구에 서 있는 것을 눈치채지 못한 모양이다.

노로의 우스꽝스러운 얼굴에 또 모에가 자지러지게 웃는다. 겐타와 유코의 표정에서 조금 전까지의 어두운 그늘이 사라졌다.

"선생님들이 와주신 후부터 모에가 쾌활해졌어요. 암센터에서는 거의 웃지 않았거든요."

유코가 기쁜 듯이 미소지었다.

"아, 시라이시 선생님, 안녕하세요."

모에는 웃음기가 남은 목소리로 사와코를 맞아주었다.

'노로 선생님'에게서 '시라이시 선생님'에게로 바통이 넘어와 이제는 진찰시간이다. 사와코는 모에의 손발을 촉진했다. 근육이 사라지고 있다. 체중 감소도 진행 중이다.

"좀 더 먹여야 할 것 같은데 금세 배부르다고 그러네요."

유코는 미간을 찡그렸다.

"어머님, 초조해하지 마세요. 먹지 않는 것만이 문제는 아니에요. 이 병에 걸리면 '악액질'이라고 하는데, 살이 빠지거든요."

식사 및 음료를 충분히 섭취하지 못하기 때문에 모에에게 수액 주사가 불가피하게 되었다. 사와코는 조금이라도 모에의 식욕을 회복시키고자 스테로이드제를 처방했다. 스테로

이드는 면역을 떨어뜨리므로 양날의 검인 치료법이지만, 최종수단으로서는 때로 효과적이다.

모에의 신체 활동성이 극단적으로 줄어, 몸을 뒤척이는 것조차 어려워지고 있다.

"이제 겨우 여섯 살인데 욕창 걱정을 해야 하다니……."

마요가 안타까워 견딜 수 없다는 듯이 중얼거렸다. 모에의 몸에서 피하지방이 점점 사라져서 뼈가 이부자리에 닿는데 그 부분의 피부의 혈류가 막히므로 괴사하여 욕창이 생긴다.

호흡 부전이 점점 진행되어 결국 산소투여를 개시했다. 소형 냉장고 크기의 산소 농축기를 침대 옆에 설치하고 '비강 캐뉼라'라는 긴 튜브의 끝부분을 코 아래에 고정하였다. 꾸벅꾸벅 조는 시간이 많아졌다. 모에에게 남은 생명의 시간이 길지 않다는 것은 누가 봐도 명백했다.

방문 진료 간격을 이틀에 한 번으로 변경했다. 시시각각 변화하는 모에의 상태를 하루 단위로 파악하고 정확하게 돌봄에 반영하기 위해서이다.

5월 10일의 일이다. 이날은 5월답지 않게 아침부터 비가 오다가 그치기를 반복하여 으슬으슬 추웠다.

"선생님, 저는 솔직히 너무 괴롭습니다……."

와카바야시 씨 집에 가는 도중, 노로가 그런 말을 하며 운전대를 잡은 채 눈을 깜빡거렸다. 노로가 그 정도로 정신적인 한계 상태에 이른 줄 몰랐다. 그도 그럴 것이 모에는 노로를 무척 따랐다.

"항상 모에를 웃게 해줘서 고마워. 모에의 부모님도 고마워하시고. 우리가 조금만 더 정신을 바짝 차립시다."

사와코는 운전석을 향해 말했다. 마요도 노로에게 격려의 말을 보탰다.

"나중에 천천히 울어도 되니까 지금은 철저히 프로의 자세로 임합시다!"

여느 때처럼 한 차례 진찰을 끝내자마자 모에는 무엇인가 하고 싶은 말이 있는 듯한 표정을 띠었다.

"오빠 선생님."

기운 없는 모습으로 모에는 노로에게 이리 와보라고 손짓했다.

"모에, 난 선생님은 아니지만, 뭔데?"

노로가 모에의 얼굴에 귀를 가져다 대자 모에는 속삭이는 듯한 소리로 말했다.

"……보러 가고 싶어요."

"응? 뭘까나, 모에?"

사팔눈을 만든 노로를 보고 모에는 살짝 웃었다.

"저기 모에는요, 바다에 가고 싶어요."

이번에는 또렷한 어조였다. 원래의 명랑한 목소리였다.

"바다? 바다에 가고 싶은 거구나!"

노로는 그것이 대단한 공훈이라도 되는 듯이 의기양양하게 유코와 겐타에게 보고했다.

"모에는 바다에 가고 싶다고 하십니다!"

그러나 두 사람의 반응은 턱없다는 것이었다.

"아니, 아니, 말도 안 돼. 몇 번을 말해야 알겠니. 자외선은 체력을 소모시킨다고. 약 때문에 면역력도 떨어진 상태인데, 그렇게 사람 많은 곳에……. 무슨 일이라도 생기면 어쩌려고?"

유코가 딱 잘라 거절했다. 겐타가 만면에 미소를 띠며 덧붙였다.

"비디오로 오키나와 바다를 보자. 하와이도 좋고. 화면이 크니까 진짜 간 거랑 똑같아."

모에는 몸을 비틀었다.

"진짜 바다가 아니면 싫어!"

겐타의 표정이 험악해졌다.

"진짜 바다는 멀기도 하고 세균이 득실거려. 혹여라도 모에에게, 모에에게 무슨 일이 생기기면……."

괴로움으로 목이 메는 겐타에 뒤이어 유코도 모에의 머리를 쓰다듬으며 말한다. "맞아. 그러니까 모에, 비디오 보면서 참자."

"무슨 일 생겨도 상관없어! 어차피 모에는 이제 곧 죽을 거잖아? 그러니까 바다에 가고 싶어. 수영하고 싶어."

모에가 깜짝 놀랄 만큼 큰소리로 외쳤다. 그 격렬함에 곁에 있는 사람 모두가 입을 꾹 다물었다.

"죽기 전에 바다에 데리고 가 줘!"

이렇게 강하게 주장하는 모에를 사와코는 여태까지 본 적이 없었다. 그건 모에의 부모도 마찬가지일 것이다. 두 사람은 아연실색하여 얼굴을 마주하고 있었다.

잠시 후 유코가 정신을 차린 듯이 등을 쭉 펴고 말했다.

"모에, 그게 무슨 말이야. 현실을 잘 봐야지. 그런 게 가능할 리 없잖아."

모에는 이불 속에 얼굴을 묻어버렸다. 꽃무늬 이불이 바르르 떨렸다.

다음 날인 11일도 사와코 일행은 와카바야시 씨 집을 방문했다. 모에의 호흡 상태가 더 불안정해졌기 때문이다. 지금까지의 경험으로 보면, 모에의 여명은 앞으로 며칠일 것으로 생각되는 단계였다.

현관 초인종을 누르려 할 때 노로가 "잠깐만요." 하며 만류했다.

"선생님, 모에가 또 바다 이야기를 하면 어떻게 대답하면 좋을까요?"

그것은 사와코 역시 판단을 내리기 어려운 문제였다.

"나도, 어떻게 답을 하면 좋을지……."

이날 진료 중에, 모에는 거의 아무 말도 하지 않았다. 유코와 겐타도 입을 꾹 다문 채로 곁을 지키고 있었다.

모에의 호흡을 조금이라도 편하게 해 주려고 산소 유량을 2 l 에서 3 l 로 올렸다. 사와코는 유량설정 버튼을 새로 세팅하고 비강 캐뉼라에 확실히 산소가 전해지고 있는지 컵의 물로 확인했다. 기포가 생기는 것을 확인하고 다시 모에의 코 아래에 의료용 테이프로 비강 캐뉼라를 고정했다.

돌아가려고 할 때였다. 사와코가 진찰 결과를 유코와 겐타에게 설명하고 있을 때 침대 위에서 모에가 또 노로를 손짓으로 불렀다.

"선생님, 모에는, 그래도 바다에 가고 싶어요."

아주 작은 목소리였다. 하지만, 사와코에게도 분명히 들렸다.

"바다에 왜 가고 싶어?"

노로가 물었다. 모에의 산소 튜브가 조금 느슨해졌다. 사와코는 곁으로 가서 코와 귀에 밀착하도록 조정했다.

"바다의 신께 소원을 빌고 싶어요. 이번에는 진짜 인어로 태어나게 해 주세요, 라고요."

침대 위쪽 선반을 비롯하여 모에의 방 책장에는 수많은 책이 꽂혀 있다. 그중에서 유난히 눈길을 끄는 너덜너덜한 그림책이 있었다. 손을 뻗어 꺼내보니 안데르센 동화집이었다.

모에가 바다에 가고 싶다는 것은 자신의 남은 생명이 길지 않다는 것을 깨닫고 다음에 다시 이생에 태어나기를 소원했기 때문이었다. 사와코에게는 그렇게 느껴졌다.

고작 여섯 살이지만 모에는 자신의 운명을 받아들이고 필사적으로 앞을 바라보고 있다.

마호로바 진료소로 돌아오는 길에는, 안개 같은 비가 한없이 내렸다. 가나자와치고는 흔치 않은 일이다. 방문 진료 차량 안에서 사와코는 모에가 말했던 인어에 대한 자기 생각을 말했다.

"그래서 모에는……."

운전석에서 운전대를 잡은 채 노로가 소리 죽인 채 울기 시작했다. 마요도 주머니에서 손수건을 꺼내어 눈가에 대었다.

"어떻게든 가게 해 주고 싶군."

센카와의 생각에 잠긴 듯한 목소리가 마호로바 진료소의 진찰실에 울렸다.

"……하지만 그것만은 아쉽지만 무리다. 산소호흡기에 의존 중인 환자를 해변으로 데리고 가는 것은 보통 일이 아니고 리스크도 크지. 환자 부모가 하는 말이 옳아."

"그건 그렇지만요. 저희는 모에의 절실한 표정을 보고 말았어요. 어떻게 안 될까요? 그렇지?"

사와코는 노로와 마요에게 동의를 구했다. 그러나 젊은 두 사람은 바닥만 내려다보고 있었다.

그때 료코가 기세등등하게 책상을 두드렸다. 모두가 깜짝 놀란 표정으로 료코를 본다.

"그거예요, 그거, 그거. 그게 있잖아요."

료코는 답답하다는 듯이 열을 올리며 말했다.

"지리하마! 지리하마에 있는 나기사 드라이브웨이 말이에요!"

지리하마. 노토 반도 서쪽 초입부에 쭉 뻗은 해안이다. 사와코는 가 본 적은 없다. 바다를 코앞에서 바라보며 자동차로 통행할 수 있는 해안이라는 것은 들은 적이 있다. 마요도 "그렇네요." 하는 것을 보니 이해한 눈치였다. 노로는 고개를 갸웃거리고 있다.

이어지는 료코의 말은 확신으로 가득 차 있었다.

"그곳이라면 해변을, 모래사장을 자동차로 달릴 수 있어요. 파도가 밀려오는 물가 바로 앞에 정차하면, 발만 살짝 뻗어도 바로 바다에 들어갈 수 있거든요."

"앗, 그런 데가 있어요? 나기사 드라이브웨이, 최고잖아요!"

노로가 벌떡 일어서더니 몸을 흔들며 문자 그대로 덩실덩실 춤추었다. 료코가 태블릿 단말기를 켰다.

"차량은 리클라이닝 휠체어가 들어가는 환자용 택시가 좋겠지요. 산소는 휴대용 산소호흡기를 가지고 가고요. 날짜는 언제가 좋을까요? 가나자와에서 소요시간은 한 시간 남짓이에요. 햇볕이 강하지 않아 환자에게 부담을 주지 않는 오전 출발로 생각하고 찾아보면……."

료코의 손끝에서 모에의 몽상이 현실의 계획으로 탈바꿈하고 있다.

다음 날도 와카바야시 씨 집을 방문했다. 다행히 모에의 호흡 상태는 조금 좋아졌다.

언젠가 센카와가 질병의 종류에 따른 사망 곡선을 진료소 스태프에게 보여준 적이 있다. 그때 들은 설명대로 암은 어느 시점까지는 건강하다가 주 단위로 급격히 상태가 악화하는 것이 일반적인 경향이다.

그러나 급격한 악화가 진행되는 여정의 종반에 가끔 '중간 휴식'이라고 부를 만한 '맑은 하늘'이 보일 때가 있다. 거대한 하강 추세의 최종 국면에 작은 상승 변동이 나타나는 것이다.

이런 예로서 죽기 전날, 갑자기 의식이 또렷해지거나 식사를 잘 하는 등의 사례가 왕왕 보고된다.

'오랫동안 자리보전했던 할아버지가 죽기 직전에 친척을 한 명 한 명 불러서 전원에게 유언을 남기고 다음 날 돌아가셨다.'

'죽기 며칠 전에, 말을 잃었던 어머니가 시원시원한 목소리로 신혼 당시의 이야기를 해주셨다.'

이런 에피소드가 그런 경우이다. 의료현장에 오랫동안 몸담아 온 사와코도 그런 신기한 현상에 관해 수없이 들어왔다. 다 타들어 가던 막대 폭죽이 마지막에 갑자기 밝은 불꽃을 튀기는 현상으로 사와코는 저 혼자 '막대 폭죽 현상'이라고 이름 붙였었다. 그 현상의 이유에 관해서는 잘 모른다.

"모에, 상태가 안정적이네요. 이 정도면 산소흡입기 의존도를 낮출 수 있겠습니다. 분당 유량을 3*l* 에서 2*l* 로 낮춥시다."

사와코의 설명에 유코와 겐타의 표정이 조금 누그러졌다. 모에도 살짝 미소를 지었다.

이날 예정했던 처치를 대부분 마치고 나서 사와코는 모에의 침대를 사이에 두고 모에의 부모 쪽으로 돌아섰다.

"바다에 가는 이야기를 진행해볼까요?"

사와코가 말을 꺼내자, 두 사람은 어안이 벙벙해졌다. 컬러 인쇄하여 직접 만든 문서를 큼직한 서류 봉투 속에서 꺼내어 겐타와 유코에게 각각 건넨다. 당황한 두 사람에게 마요도 말을 보탰다.

"아버님, 어머님, 모에의 꿈을 이루어줍시다."

"하지만 이런 상태의 모에를 어떻게……. 바닷바람도 몸에 해로울 테고."

유코가 걱정스러운 표정으로 사와코를 바라본다. 겐타도 의아한 표정이다.

"모에가 하루라도 더 오래 살아주길 바랍니다. 그래서 가능한 한 신중을 기하고 싶습니다."

그렇게 나올 것이라고 예상했다. 사와코는 큰맘 먹고 과감

한 표현을 고른다.

"어머님, 아버님 심정은 잘 알고 있습니다. 하지만 그것만으로 충분한가요?"

사와코의 말에 유코의 얼굴빛이 변했다.

"그것만이라니요……. 하루라도 오래 살아준다면 충분합니다. 그 이상 어떤 소원이 있겠어요?"

"물론 외출에는 리스크가 따릅니다."

거기서 사와코는 말을 끊었다. 모에의 부모에게는 가장 잔혹한 현실을 들이대는 것이다. 두 사람이 제대로 이해해줄지 염려된다.

그때 모에가 입을 열었다.

"그래도 모에는, 바다에 가고 싶어."

가냘픈 목소리에는 결연한 마음이 절절히 묻어났다.

겐타와 유코의 얼굴이 난처한 듯이 일그러졌다. 모에는 자기에게 남은 시간이 많지 않다는 것을 확실히 이해하고 있다. 모에의 목소리에 힘입어 사와코는 방을 나와 모에의 부모를 마주했다.

"가혹한 말씀입니다만, 모에는 침대에 있든 아니든 남은 시간은 고작 며칠입니다. 그렇기에 더더욱 특별한 하루를 원하는 겁니다. 그런 마음에서 비롯된 소원이라고 생각합니다."

두 사람은 소리 없이 울기 시작했다. 몇 분이 지나자, 이윽고 겐타가 입을 열었다.

"한심, 합니다. 저는 현실을 인정하지 못하고 있었습니다. 모에는 모든 것을 받아들였는데……."

유코도 긴 한숨을 내쉬었다.

"무엇을 위해 사는 걸까……. 저희가 너무 겁쟁이였어요. 소중한 것을 깨닫지 못하고 있었네요."

겐타와 유코는 꾸벅 고개를 숙였다.

"모에의 소원을 이뤄 주세요."

"알겠습니다. 모에의 체력을 고려하여 만든 것이 아까 보여 드린 계획서입니다."

사와코의 말에 따라 유코와 겐타는 컬러 인쇄된 문서에 눈길을 돌렸다. 표지에는 '와카바야시 모에 - 바다 여행 계획'이라고 쓰여 있고 지리하마 해안의 사진이 깔끔하게 배치되어 있다. 료코가 어제 만든 한나절 동안의 여행기획서이다. 두 사람은 진지한 표정으로 읽기 시작했다.

가나자와에는 며칠간 비 오는 날이 계속됐다. 그러나 세상에는 운명이라는 것이 분명히 있다. 이날만큼은 이른 아침부터 푸른 하늘이 펼쳐졌다.

오전 일곱 시가 막 지난 시각, 마호로바 진료소에서는 노로가 바스락거리며 큰 지도를 펼쳤다. 노로는 환자용 택시 운전사와 꼼꼼하게 주행 루트를 협의하는 중이었다.

"대로에서 이 길로 빠지면 혼잡을 피할 수 있고 흔들림이나 진동도 적을 것 같습니다만."

초로의 택시 운전사가 "그렇군요. 좋은 길과 주행 방법을 잘 알고 있네요."라며 고개를 끄덕였다.

"감사합니다! 최근 몇 달간, 가나자와 시내를, 그것도 주택가로만 몇백 킬로미터는 달렸을 테니까요."

운전의 프로에게 칭찬받아서인지 노로는 기뻐 보인다.

180도로 젖혀지는 휠체어에는 마요가 휴대용 산소호흡기와 흡인기, 그리고 수액 걸이를 설치했다.

"모에가 춥지 않게 넉넉히 준비했어요."

료코가 개켜진 얇은 이불을 차곡차곡 쌓았다.

오늘은 '와카바야시 모에 — 바다 여행 계획' 당일이다.

"잘 다녀오세요. 만일 다른 환자분들에게서 왕진 의뢰가 들어오면 센카와 선생님이 대응하시도록 할 테니까."

료코가 웃는 얼굴로 배웅해 주었다. "여행 중이신 여러분을 대신해서요."라고 농담을 곁들여서.

일행의 목적지인 '지리하마 나기사 드라이브웨이'는 이시카와현 하쿠이 시에서 호다쓰시미즈초에 걸친 폭 약 30m인 드라이브 코스로 전체 길이는 약 8km이다. 가나자와에서는 북쪽으로 약 40km 떨어진 지점에 있다. 그리고 이곳은 국내에서 유일하게 자동차로 달릴 수 있는 모래사장이다.

료코의 기획서에 적힌 '토막 상식 코너'에 따르면, 지리하마 나기사 드라이브웨이는 도로교통법상 '도로'가 아니며 어디까지나 '해안'이다. 다만, 해수욕객이 집중적으로 모여드는 칠월 하순부터 한 달간은 '여름철에 집중하는 이용객의 안전을 확보하기 위해' 임시로 도로교통법을 적용하여 속도 규제도 시행한다. 그러나 그 외 기간은 원칙적으로 24시간, 언제든지 맘대로 달릴 수 있다.

지리하마 외에도 승용차로 주행 가능한 모래사장은 미국 플로리다주의 데이토나 해변, 뉴질랜드의 와이타레레 해변 등 전 세계에 몇 곳밖에 없다고 한다.

오전 일곱 시 반, 로쿠마이마치의 와카바야시 씨 집 초인종을 누른다.

머리부터 발끝까지 나들이복으로 빼입은 모에가 침대 위에서 설렘으로 가득 찬 얼굴로 기다리고 있었다. 손수건과 티슈를 잔뜩 담은 작은 배낭을 가슴께에 안고 있다. 눈에 익은 곰무늬 파자마가 아닌 순백의 원피스로 몸을 감싼 모에는 조금 긴장한 탓인지 피곤해 보였다.

"우선 진찰부터 하자."

몸 상태가 좋지 않으면 중지도 검토할 생각이다. 부모의 심정을 생각해서 어떻게든 자동차에서 위독한 상태에 빠지는 사태는 피하고 싶다.

모에의 가슴에 청진기를 가져다 댔다. 호흡음은 깨끗하게 들린다. 산소 유량 2 *l* 에 산소포화도는 98%를 유지하고 있으니 호흡 상태는 양호하다. 심박 수도 안정, 체온과 혈압도

평상시와 같다.
"숨차지 않니?"
모에는 아무 말 없이 고개를 끄덕였다.
"피곤하니?"
야무지게 고개를 저었다.
"바다에 가고 싶어?"
모에는 눈을 동그랗게 뜨고 몇 번이나 고개를 끄덕였다.
"좋았어, 오케이. 이 정도면 오늘은 바다에 갈 수 있겠어."
사와코가 최종판단을 내리자, 소녀의 얼굴이 꽃처럼 활짝 피었다.
"야호!"
원피스 모습의 모에가 작은 주먹을 불끈 쥐고 환호를 질렀다.
"모에, 잘됐네."
마요와 노로도 함께 주먹을 불끈 쥐고 기뻐하며 차례로 모에와 하이파이브했다.
"시라이시 선생님, 그리고 여러분. 오늘 잘 부탁드립니다."
겐타와 유코도 평소와 달리 밝은색 복장이었다. 오늘을 특별한 하루로 만들고자 하는 두 사람의 마음이 전해진다.
진료소에서 준비한 틸트 · 리클라이닝 휠체어라는 특수한 휠체어를 침실로 가지고 들어갔다. 등받이를 내려 평평하게 만든 후, 얇은 이불을 깐다. 마요와 노로가 라쿠락스(환자를 들어 올려 이동시키지 않고 옆으로 수평 이동할 수 있게 만든 매트 같은 상품의 이름)라는 체위 변경 보조용품을 사용하여 부드럽게 모에를 휠체어로 옮겼다.

"우왓."

모에는 휠체어에 옮겼을 뿐인데도 큰 소리로 웃었다.

"모에, 이대로 괜찮겠어? 아프거나 불편한 곳은 없어?"

사와코는 산소 캐뉼라가 코에 닿는 위치를 조정하고 베개 위치를 조금 움직여주었다. 모에가 "괜찮아요."라고 대답한다.

"전부 다 실었습니다."

마요가 사와코에게 보고하러 왔다. 휴대용 산소호흡기, 링거 세트, 흡인기 등 리스트에는 전부 확인 완료 표시가 되어 있다.

"마요, 수고했어요. 자 출발합시다."

사와코는 노로에게도 손으로 출발 사인을 보냈다.

"좋았어. 오케이! 자, 모에, 드디어 출발이야."

마요가 큰 소리로 선언한다. 그 말투가 조금 전의 자신과 닮아서 사와코는 겸연쩍었다.

여전히 하늘은 활짝 개어 있다. 오월이라고는 생각되지 않을 만큼 땀이 송골송골 맺히는 날씨도 이날 일행에게는 딱 알맞다.

노로와 마요가 진료소 차량에 타 선도하고 환자용 택시가 그 뒤를 따른다. 택시에는 모에의 부모와 사와코가 동승한다.
시내 주택가를 요리조리 솜씨 좋게 빠져나와 북상하여 가나자와 동쪽 나들목에서 호쿠리쿠 자동차 도로로 갈라진다. 시가지에서 나오니 드넓은 전원풍경이 펼쳐졌다. 여기서부터는 노토사토야마카이도를 타고 노토반도를 향한다.
"앗, 백조!"
밖을 내다보고 있던 모에가 신이 나서 소리쳤다.
바라보니, 몸집이 큰 새가 하강하는 순간이었다.
"모에, 저건 백로란다."
겐타가 웃으며 말한다.
"그렇구나. 어쩐지 바짝 말랐다 했네."
차내가 다시 한번 웃음으로 가득 찼다.
40분 정도 계속 달려 지리하마 나들목에서 노토사토야마카이도를 빠져나와 바다 쪽으로 방향을 정했다. 눈앞에 갑자기 해안선이 나타났다.
"앗, 바다, 바다다. 야호, 얏호, 바다다!"
모에가 환호성을 질렀다.
차는 해안선을 향해 비탈길을 내려갔다. 앞유리창 너머로 펼쳐진 풍경에 사와코는 자기 눈을 의심했다. 차는 정말로 모래사장 위의 궤도를 따라 달리고 있다. 여기서부터가 지리하마 나기사드라이브웨이다.
해안의 파도가 밀려드는 가장자리를 시속 30km로 달리기 시작했다. 생각보다 빠르게 느껴진다.

모에는 이제 아무 말도 없이 그저 창밖 풍경에 눈을 반짝이며 손을 뻗었다. 바다와 하늘 모두 손을 뻗으면 닿을 듯이 가깝게 느껴진다. 해안 안쪽에는 대합구이 노점과 간이 점포들이 늘어서 있다. 하지만 모에는 그런 것에는 아무 관심 없이 오로지 바다 쪽만 하염없이 바라보고 있었다.

앞에서 달리던 노로의 차가 파도가 들이치는 물가에 닿을락 말락 한 곳에 정차했다. 이어서 환자용 택시도 멈췄다.

노로가 운전석에서 내려 이쪽으로 온다. 환자용 택시 조수석 창문을 열어 달라고 하여 모에에게 말을 걸었다.

"모에, 나오고 싶어?"

모에는 "나갈래요!"라고 외쳤다. 우선 사와코가 내렸다. 차 밖으로 한 발 디디면 그곳은 이미 바닷물을 머금은 모래사장이었다. 그런데도 발은 거의 빠지지 않았다.

"신기한 모래사장이네."

"모래 입자가 아주 곱고 균일해서 물에 젖으면 강한 표면장력이 생긴다고 합니다."

노로가 의기양양한 얼굴로 설명했지만, 이것도 료코가 만든 '토막 상식'에서 본 것을 그대로 읊었을 뿐이다. 지리하마의 모래 크기는 지름 0.2㎜ 전후이다. 다른 지역 해안과 비교하면 5분의 1 정도로 미세하여 바닷물을 머금으면 아스팔트 수준의 강도를 가진다고 한다. 손가락 끝으로 집어 문질러 보니, 확실히 점토처럼 감촉이 매끄러웠다.

겐타와 유코가 함께 차에서 내렸다. 택시 운전사가 해치백을 열었다. 노로와 마요가 그곳으로 달려갔다.

"이제, 내려주세요."

운전사는 모에의 리클라이닝 휠체어를 천천히 내렸다.

겐타가 휠체어를 물가까지 밀고 갔다. 유코가 큼직한 양산을 받치며 따라갔다.

해수욕하기에는 아직 이른 시기였다. 5월의 평일 아침 시간대여서 그런지 주위에는 거의 인적이 없다.

큰 파도가 밀려와 하얀 물보라를 일으킨다. 그 앞에는 겐타와 유코, 그리고 모에만이 있다.

"좀 더, 좀 더. 그래서는 바다에 못 들어가잖아."

모에는 휠체어 위에서 안타깝다는 듯이 다리를 파닥거렸다.

"으쌰."

겐타가 기합을 넣는 듯한 소리를 낸다. 그리고 모에의 휠체어 안전띠에 손을 대었다. 한여름 같은 햇살이 두 사람 위로 쏟아져 내린다.

"여보……."

유코가 불안한 듯이 남편을 바라본다.

"괜찮지, 유코?"

남편의 말에 유코가 말없이 고개를 끄덕인다. 휴대용 산소

호흡기를 어깨에 걸었다. 모에의 안전띠가 찰칵하며 풀렸다.

"이리 온, 모에."

겐타가 모에를 가뿐히 들어 올린다.

모에를 안은 채 겐타는 바다 쪽으로 들어갔다.

"여기는 먼바다까지 수심이 얕아요. 괜찮아요."

세 사람의 모습을 보며 운전사가 큰 소리로 말한다.

뒤쪽에서 전달된 정보에 자신을 얻은 듯 유코가 모에의 양말을 벗겼다. 태양 빛을 받아 해수면이 반짝반짝 빛난다. 요 며칠 계속된 비가 거짓말처럼 느껴진다.

"모에, 발 넣는다."

아빠에게 안긴 채 모에는 발을 수면에 갖다 댔다. 발가락끝부터 발등 그리고 무릎까지 바다에 잠긴다. 사와코와 마요는 바로 근처에서 모에를 지켜보았다.

"우와! 차가워! 그래도 기분 좋아요. 인어가 된 것 같아."

모에는 녹아버릴 듯한 웃는 얼굴로 발을 하늘하늘 움직였다. 빈혈 때문에 전신이 창백한 모에는 정말로 인어처럼 보였다.

"아빠, 엄마. 모에 있잖아……."

물결에 발을 맡긴 채, 모에가 진지한 모습으로 말한다.

"응?"

"모에가, 암에 걸려 미안해."

유코와 겐타의 얼굴이 일그러졌다.

"암에 걸린 딸이라서 미안해."

두 사람은 고개를 저었다. 유코는 꽉 잠긴 목소리로 "무슨 말을 하는 거니?"라고 말했다.

"모에는, 모에니까."

겐타의 목소리도 띄엄띄엄, 파도 소리에 섞여서 잘 들리지 않았다.

잠시 후 모에가 다시 입을 열었다.

"모에는, 인어가 되어도 아빠랑 엄마의 아이가 되고 싶어."

겐타와 유코는 크게 고개를 끄덕였다.

"그럼, 그럼."

"커다란 수조를 준비해 놔야겠네."

모에가 활짝 웃는 얼굴이 되었다.

"지붕 달린 수조로 해 줘."

모에는 캐노피 침대를 무척 좋아한다.

"아주아주 큰 지붕이 있는 수조로 하자."

겐타가 울음과 웃음이 섞인 목소리로 답한다.

그때, 노로와 마요가 힘차게 물가로 뛰어들더니 빗방울 같은 물보라를 일으켰다. 기세를 몰아 몇 번이고 몇 번이고. 하얀 포말이 햇빛을 받아 반짝반짝 빛나더니 한순간, 무지개색을 띠었다. 그것을 본 모에는 열띤 환호성을 질렀다. 유코와 겐타도 웃고 있다. 저 가족이, 저렇게 밝은 얼굴로 함께 웃을 수 있구나. 푸른 바다를 앞에 둔 가족의 모습을 보고 사와코도 마음이 기쁨으로 가득 찼다.

"시라이시 선생님도 오세요!"

소녀가 손짓하여 부르자 사와코도 양말을 벗었다.

바다에 온 것이 몇 년 만일까? 파도에 발을 담근 것은 오랜만이었다. 모에의 모습에 갑자기 자신의 모습이 오버랩된다. 어머니, 아버지와 함께 갔던 고향 바다에 가슴이 두근거렸던 것이 언제였을까?

해변에서의 시간은 눈 깜짝할 새에 지나간다.

"모에가 바다에 가고 싶다는 말을 꺼냈을 때, 그렇게 깊이 생각했는지 몰랐어요. 하지만 오늘 모에의 얼굴은 최고였어요. 모에는 앞으로도 저와 아내가 살아갈 수 있도록 저희를 바다로 데려와 준 건지도 모르겠습니다. 지금은 그런 생각이 들 정도예요."

태양을 등진 겐타가 사와코에게 속마음을 털어놓았다. 눈물 없는 하루가 되었다.

바다를 배경으로 기념사진을 찍고 '와카바야시 모에 — 바다 여행 계획' 일행은 귀갓길에 올랐다.

돌아오는 길에 차 속에서 잠들었던 모에가 눈을 반짝 떴다. 곁에서 모에를 지켜보던 사와코와 눈이 마주치자 손을 잡아 달라는 듯 내민다. 긴장이 풀려서인지 모에의 부모는 푹 잠들어 있었다.

"시라이시 선생님, 책 읽어주실래요? 바다에 오면요, 읽고 싶었거든요."

그렇게 말하고 모에는 작은 배낭에서 『동화의 비밀』과 『인어공주』를 꺼냈다. 책갈피가 끼워져 있던 『인어공주』를 건넨다. 인어공주가 바다에 몸을 던지고 '물거품'이 되어 승천하는 장면이었다.

"가엽게도, 작은 인어공주야, 너는 우리와 같은 것을 얻으려고 정말로 온 맘으로 힘써왔구나. 고통을 참고 인내해 왔구나. 그리하여 공기의 정령의 세계까지 올라온 것이란다. 그리고 이제부터 네가 계속 선한 행동을 하면 삼백 년이 흐른 후, 너도 불멸의 영혼을 얻을 수 있어."

그리고 작은 인어공주는 점점 투명해지는 양팔을 신의 태양을 향해 높이 뻗었다. 그러자 그때 난생처음, 두 눈에서 눈물이 흐르는 것을 느꼈다.

차창 밖으로 보이는 하늘을 향해, 모에는 손을 뻗었다.

"바다, 즐거웠지?"

사와코의 말에, 모에는 끄덕하며 턱을 잡아당긴다.

"모에는, 오래 살고 싶어요."

이번에는 사와코가 말없이 고개를 끄덕일 차례였다.

"시라이시 선생님, 인어공주는, 정말 대단하네요."

그렇게 말하고 모에는 싱긋 웃었다.

"삼백 년이나 살 수 있대요. 인간보다 훨씬 오래요. 무거운 병에도 걸리지 않고 오래오래 살 수 있대요."

그렇네, 하고 사와코도 대답하고 싶지만, 목소리가 나오지 않는다.

"모에도, 오래오래 살고 싶었어요. 엄마랑 아빠가 슬퍼하지 않도록……."

사와코는 모에의 손을 꽉 쥐었다.

"저기요, 선생님. 죽는 건 괴롭나요?"

사와코는 고개를 저으며 단호히 답했다.

"조금도 괴롭지 않아."

모에가 미소를 지으며 고개를 끄덕였다.

"스르륵, 잠자는 숲속의 공주처럼 죽고 싶어요."

"알고 있어. 괜찮아. 선생님이 꼭 곁에 있을 거니까."

어른스러운 말을 하는 모에였지만, 아직 여섯 살이라는 것을 새삼스레 느낀다.

"약속이에요."

모에가 사와코의 손을 아플 정도로 강한 힘으로 꽉 쥐었다.

"응."

사와코는 누워있는 모에의 양어깨에 손을 올리고 살짝 껴안았다.

바다에 다녀오고 나서 사흘 후 아침, 모에는 세상을 떠났다.

고별식 다음다음 날, 사와코 일행은 와카바야시 씨 집을 방문했다. 모에의 '유품 분배'로서 노로가 그림책을 받아주었으면 좋겠다는 요청을 받았기 때문이다.

"여러분, 정말로 감사합니다. 이제 모에는 고통에서 해방되었어요."

새빨간 눈의 겐타가 말했다. 어린 딸을 잃은 부모의 눈에서는 눈물이 마를 기미가 보이지 않았다.

"모에가 떠나기 전날 밤이었습니다. 모에와 함께 바다에서 헤엄치는 꿈을 꾸었어요. 바닷속에서 모에는 기운 넘치고 자유롭고 정말로 즐거워 보였습니다. 마지막까지 웃는 얼굴의 모에와 함께 있을 수 있었던 덕분입니다. 시라이시 선생님, 마요 씨, 노로 씨, 진심으로 감사드립니다."

유코도 생각에 잠긴 듯이 말했다.

"노로 씨, 모에를 항상 웃게 해 주셔서 고마워요. 모에에게 노로 씨는 역시 선생님이었어요."

유코가 고개를 숙였다.

"아닙니다. 제가 선생님이라뇨……."

겐타와 유코에게서 건네받은 『이야기 안데르센』을 가슴에 품고 노로가 꺼이꺼이 운다.

돌아가기 직전, 모에의 방을 한번 둘러보았다. 주인을 잃은 침대 머리맡에는 그림책과 병문안 메시지 카드가 늘어선 모습 그대로였다. 방문 진료를 위해 모에의 집을 드나들며 완전히 눈에 익은 추억의 물건이다.

사와코는 그중에서 이전에 본 적 없는 한 장의 카드를 집어 들었다.

코발트블루 색의 바다가 클로즈업되어 있어서 눈에 확 띄었다. 뒷면으로 뒤집어보니, 갖가지 색연필로 쓴 귀여운 글씨가 눈에 들어왔다.

다시 태어난 모에에게
잘 지내? 내 몫까지 마음껏 살아줘.
나로부터

메시지에는 모두 함께 바다에 갔던 당일 날짜가 적혀 있었다.

구라가리자카의 STATION에 들어가니 카운터석에서 노로가 마요와 술을 마시고 있었다. 사와코는 조금 떨어진 자리에 앉아 특제 마유주를 주문한다.

"어라, 사와코 선생님 마유주 드십니까? 그건 그렇고 이쪽으로 오세요."

사와코가 마유주의 강한 산미를 그리 좋아하지 않는 것을 노로는 알고 있었다.

"오늘 밤은 생각할 게 있어서 여기 있을게."

"네에에, 그런 기분인 날이 있지요. 그럼, 방해하지 않겠습니다. 알겠습니다."

"노로 씨, 상당히 많이 마셨어요."

마요가 술잔을 입에 털어 넣는 흉내를 냈다. 노로의 손 옆에 놓인 잔에는 탁한 흰색의 마유주가 아닌, 투명한 액체가 들어있다. 조금 걸쭉해 보이는 느낌으로 보아 마유주를 증류시킨 도수 높은 증류주인 아르히일 것이다.

사와코가 멍하니 아버지에 관한 생각에 잠겨 있는데 흐느껴 우는 소리가 들려왔다.

"또, 우네."

마요가 노로에게 티슈를 건넨다.

"사람이 죽는 건 이제 정말 못 견디겠습니다."

요란하게 코 푸는 소리가 들렸다.

"노로 씨, 모에가 선생님이라고 불렀었지."

마요가 생각에 잠긴 목소리로 말했다.

"내가 시킨 거 아니거든. 그런데도 이런 나한테 선생님이라고……."

노로의 목이 멘다.

"모에가 웃겠네. 울보라고. 게다가 덜렁이라고."

"덜렁이라니, 너무한데. 내가 마요한테 뭔가 실수라도 했어?"

"의사국가시험은 응시자 80%가 붙잖아. 그런 시험에 떨어지다니, 덜렁이가 틀림없지."

"아아, 그럴지도."

노로는 갑자기 어깨를 쭉 떨구더니 입을 다물었다. 마요가 유리잔의 맥주를 한 모금 마시더니, 노로를 똑바로 응시했다.

"형님 이야기는 들었어. 하지만 그러니까 더더욱 다시 한번 국시를 봐야 해."

"응?"

"노로 씨는 소아과에 잘 맞아."

"말은 고맙지만……."

"일단 의사가 되어야 해. 우리 클리닉의 장래도 걱정이고."

마치 선언하듯이 말하고는, 마요가 맥주잔을 단번에 비웠다.

노로는 술이 확 깬 듯이 눈을 깜박거렸다. 마요가 큭, 하고 웃기 시작했다.

잠시 간격을 두고 노로는 자기 머리를 톡톡 두드리기 시작했다.

"나, 지금이라도 할 수 있을까?"

"그럼. 노로 씨라면 분명히 할 수 있어."

노로는 "좋았어!" 하고 외치더니 유리잔 속에서 일렁이는 액체를 단숨에 들이켰다.

"고마워, 고마워……."

노로는 그렇게 말하며 카운터에 푹 엎드렸다. 조금 있으니

가볍게 코 고는 소리가 들려왔다.

사와코도 노로와 같은 몽골의 증류주 아르히를 주문해본다. 입에 머금으니, 예전에 먹었던 우유 맛과 은은한 아이스크림 향이 퍼지나 싶더니 이내 강한 알코올에 목구멍이 타는 듯하다.

야나세에게 모에 이야기를 했다.

"여섯 살짜리 여자아이였는데 죽기 사흘 전에 바다를 보러 갔었어요. 훨씬 더 많은 것을 보여주고 싶었는데……."

사와코는 눈가의 눈물을 훔쳤다.

"그 아이는 행복한 아이였군요."

야나세가 입가심용 찬물을 건네주었다. 찬물의 청량함이 기분 좋다.

"몽골에서는 바다를 한 번도 보지 못한 채 일생을 마감하는 사람들이 대다수거든요. 하지만 그중에는 '몽골의 바다'를 볼 수 있는 아이들도 있습니다."

"네? 바다가 없는 나라 아니었던가요?"

사와코는 자기가 착각한 게 아니길 바라며 물었다.

"울란바토르에서 북서쪽으로 1,000km 떨어진 시베리아 침엽수림 지역의 남단에 홉스굴호가 있어요. 푸르른 물이 넘실대는 거대한 호수로 그 나라에서는 누구나 '몽골의 바다'라고 부른답니다."

"대초원의 나라에 푸른 호수라니. 환상적이네요."

사와코의 뇌리에서 수많은 아이가 웃는 얼굴로 앞다투어 뛰어갔다. 그중에는 모에를 닮은 소녀도 있는 듯하다.

"아이들은 모두 행복하게 살고 있습니다."

머나먼 이국의 이야기에 몸을 맡기고 있는 동안, 사와코는 조금은 마음이 가벼워졌다.

카운터석에서는 노로에 이어 마요의 코 고는 소리도 들려왔다.

이즈미가오카 종합병원에 아버지 문안을 갈 때마다 사와코는 괴로움으로 마음을 가눌 수가 없다.

병상 위의 아버지는 미간을 찡그리며 온종일 통증으로 신음하며 기침을 연발한다. 침대에 누워있을 뿐인데 그 모습은 고문에 시달리기라도 하는 듯 괴로워 보인다.

이제 아버지는 사와코의 얼굴을 보아도 웃음을 짓지 않는다. 신경이 날카로워져 있을 때가 많아졌다.

그러다가, 아주 잠깐, 그런 고문에서 해방되는 기적 같은 순간이 있다.

그 날 오후 아버지가 낮잠에서 깼을 때는 평온하게 대화할 수 있는 모처럼의 기회였다.

"사와코, 여기 있었구나."

느긋한 아버지의 음성을 들을 수 있다는 것은 딸로서 행복한 일이다.

"예, 있었죠. 언제라도 올게요."

"응."

그리고 이 시간은 의사 대 의사로서 차분하게 대화할 수 있는 귀중한 기회이기도 했다.

"아버지, 더 효과 있는 통증 치료에 관해 잠깐 얘기할 수 있을까요?"

"신경병성 통증에는 할 수 있는 게 없어."

신경과 전문의였던 아버지가 바로 부정했다.

"외과적인 방법은요? 시상파괴술에 관해 공부해봤는데요……."

사와코는 전문서에서 얻은 지식을 아버지에게 말했다.

시상파괴술이란 시상이라고 불리는 통증 인지에 관여하는 뇌 일부를 파괴하는 방법이다. 수술에 의한 신경차단술의 일종으로 완화가 어려운 통증에 시행되는 치료법이다. 다시 말하자면, 뇌를 파괴하는 수술이며, 합병증의 리스크가 있는 최종수단이지만 극심한 통증을 계속 견디는 것보다는 낫다는 생각이 들었다.

"이미 알고 있다. 이론적으로는 그렇지만 실제로는 별로 효과가 없어."

과거 수십 년 이상, 셀 수 없을 만큼 많은 환자를 진료해온 아버지는 어느 치료도 효과가 희박하다는 것을 이미 알고 있는 듯하다.

하지만 무슨 방법이라도 있지 않을까?

사와코는 포기할 수가 없어 주치의인 에다노에게 면담을 신청했다.

"어떻게 해서라도 통증을 억제할 방법은 없을까요?"

에다노의 표정이 흐려졌다.

"이렇게 의료가 발달해도 '머리에서 오는 통증'을 제거하기는 대단히 어렵습니다."

아버지는 뇌경색으로 인해 통증을 느끼는 신경 중추 자체에 이상이 생겼다. 통증을 제거하기 위해서는 최종적으로 뇌 전체 기능을 떨어뜨리는 수밖에 없으리라.

"그럼 역시 모르핀의 양을 늘려 주세요. 부작용보다도 통증이 괴로워 보여요."

에다노는 "그렇게까지 말씀하신다면"이라고 하며 이번에는 승낙해주었다.

강한 모르핀의 작용으로 아버지는 잠들어 있는 시간이 길어졌다. 주말에는 사와코도 침대 옆을 지키고 있으나 의사소통이 거의 불가능한 날이 이어졌다.

그래도 통증이 완전히 가시지는 않는 듯했다. 완화의료의 발전으로 90%의 통증은 완화할 수 있다고 알려져 있다. 역으로 말하면 10%의 통증은 통제가 어려운 것이다. 그 불행한 소수파에서 벗어나 아버지가 평온을 되찾을 가능성은 없는 것일까?

어느 날, 문안 갔을 때의 일이다.

"악, 뜨거워!"

아버지는 갑자기 신음하는 듯 소리를 질렀다. 그야말로 절규였다. 잠에서 깨어 쌕쌕 거친 숨을 내쉬었다.

"무서워……. 눈 뜨기가 겁나. 의식이 돌아올 때마다 몸을 불로 지지는 듯한 통증 때문에 절망적인 기분이 든다. 살아있는 것이 고통스럽구나. 알겠냐, 사와코. 나 좀 구해다오……."

이제 더는 다른 선택지가 없다. 사와코는 모르핀 양을 더 늘려달라고 의뢰했다. 다만, 호흡 억제를 일으킬 가능성도 필연적으로 높아진다. 에다노는 이 이상은 위험하다는 말을 반복했다.

"그건 견해의 차이입니다. 통증이 심해서 호흡 억제는 오지 않을 것 같은데요."

사와코는 그렇게 반론했다.

"그럴지도 모르지요. 그러나 만에 하나라도 무슨 일이 생길 경우에는 담당 의사인 제가 숨통을 끊은 것이 되어 버립니다. 아무래도 마음이 찜찜합니다. 그것만은 양해해 주십시오."

에다노의 방침은 바뀌지 않았다. 마음이 찜찜하다……. 의식이 있을 때는 언제나 극심한 통증에 시달리는 아버지의 괴로움은 어떻게 생각하고 있는 걸까?

방도를 찾지 못한 채 무거운 마음을 안고 아버지 병실로 향한다. 의사이면서도 아버지의 고통조차 덜어줄 수 없는 무력

함에 울고 싶은 지경이다.

"아버지, 에다노 선생님이 다른 통증 완화치료를 찾아보고 계시니까."

사실대로 말할 수는 없었다.

"쓸데없는 연명 치료는 이제 됐다. 나는 충분히 살았어."

"아버지, 쓸데없다니요……."

아버지에게는 언제부터 지금의 치료가 '쓸데없는 치료'가 되어 버린 것일까?

어느 단계부터 쓸데없는 치료일까? 그런 의문은 재택 의료를 시작했을 때부터 항상 품고 있었다. 살아있는 시간이 고통의 시간을 단지 연장할 뿐인 시점부터일까? 생명의 끝을 판단하기는 어렵다.

절망감 속에서 고뇌하는 아버지를 목전에 두고서도 연명 치료를 중단하는 결단에는 이르지 못했다.

이대로 입원을 계속하는 것은 정말로 아버지를 위한 것일까? 생명을 연장하려는 의료인의 사명감을 만족시키기 위한 것일까? 아니면 육친을 잃고 싶지 않은 딸의 이기심일까? 생각하면 생각할수록 더 모르겠다.

"사와코……."

도쿄에서 가나자와로 돌아온 지 1년이 지났다.

"네?"

대체 나는 무엇을 위해 고향에 돌아온 것일까?

"네 엄마 무덤 앞에서 약속했었잖냐."

오랜만에 듣는 차분한 목소리로 아버지가 말을 시작했다.

"집으로 돌아가고 싶다. 모두 함께 살았던 그 집에서 네 엄마의 뜰을 바라보며 죽을 수 있다면 더 바랄 것이 없겠구나."

아버지는 무엇인가 결심한 눈빛이었다.

제6장 | 아버지의 결심

"쿨럭, 쿨럭쿨럭쿨럭."

이즈미가오카 종합병원 3A 병동 복도에 섰더니 병실 밖까지 아버지의 기침 소리가 울려 퍼졌다. 몹시 괴로워 보인다.

뇌경색 발병 이후, 몸이 불타는 듯한 통증과의 격투가 하루도 빠짐없이 이어지고 있다. 게다가 최근 며칠, 아버지는 음식을 제대로 목으로 넘기지 못하게 되었다.

아무리 시간을 들여 천천히 식사해도 심한 기침을 연발한다. 가벼운 삼킴장애를 일으키기 때문이다. 그 때문에 기관지염과 폐렴에 쉽게 걸리고 게다가 늘어난 가래 때문에 다시 숨이 콱콱 막히는 악순환에 빠진 상태다. 숨을 쉬면 마치 가래로 가글을 하는 듯이 들릴 때도 있었다.

그런데 그날 아버지는 드물게 고요한 숨소리를 내며 잠들어 있었다. 사와코는 조금은 위안을 얻으며 병실에 들어갔다. 아버지가 잠에서 깬 기색은 없었다.

직전에 가래를 깔끔히 흡인해낸 모양이다. 아버지가 편안한 마음으로 숙면할 귀중한 기회를 빼앗고 싶지 않다. 침대 옆 의자에 소리 내지 않고 앉았다.

귓가에 들려오는 아버지의 호흡음이 무척 정겨웠다. 창밖은 신록으로 덮여 있었다. 5월 마지막 주 일요일. 모처럼 평온한 오후이다.

멀리서 간호사 호출음이 들린다. 간호사의 발소리, 금속성 물질이 서로 부딪히는 소리, 아버지의 호흡음에 그렁그렁 조금씩 섞여서 들리기 시작하는 가래 소리.

아버지의 가슴 언저리에 이불이 조금 비뚜름한 것이 눈에 띄었다. 손을 뻗어 살짝 바로잡았다. 그 순간이었다. 아버지가 눈을 딱 부릅떴다.

"아야야야, 아파. 살려 줘."

아차 싶었지만 이미 늦었다. 극히 작은 자극에도 잠에서 깰 정도로 아버지는 통증과 호흡 곤란을 견디며 지내고 있었다. 잠에서 깬 순간, 아버지는 다시금 통증으로 인해 끙끙 앓는 소리를 냈다. 뼈가 부서지고 끊임없이 불에 데는 듯한 극심한 통증과 함께 아버지는 삶을 강요당하고 있다. 이전에 오후의 낮잠 이후 드물게 찾아왔던 평온한 시간조차 이미 사라졌다.

"지, 집은 어떠냐?"

아버지는 이런 상황에서도 집 걱정을 하고 있었다.

"아버지, 집은 아무 일 없어요."

의식이 돌아온 아버지는 의아하다는 듯이 사와코를 올려다보며 말했다.

"센카와네 진료소는 안 가봐도 되는 거냐?"

"오늘은 일요일, 휴일이에요."

"그렇군. 그렇다면 다행이다."

아버지는 안심한 듯이 휴 하고 숨을 내쉬었다.

"지금 몇 월이냐?"

"5월이에요. 아버지, 가가대학 부속병원의 영산홍도 피었더라고요."

사와코는 잠시라도 아버지가 통증을 잊기를 바라는 맘으로 말했다.

"그렇군. 붉은 꽃이 피었구나. 아, 아침부터 밤까지 잠만 자고 있으니 낮인지 밤인지 분간이 안 되는구나."

아버지가 힘없이 웃는다. 그러고 나서 천장을 바라본 채 입을 한일자로 꾹 다물고 있다.

"……좌반신이 견딜 수 없이 아프구나. 악성 신경성 통증이야. 이제 가망이 없어."

인상을 쓰며 목구멍 안쪽에서 말을 짜내듯이 말한다. 결연한 말투였다.

"집에 가게 해 다오."

사와코의 눈이 휘둥그레졌다.

"집에 간다고요?"

"응, 누가 뭐라고 해도 집에 갈 거야. 내일 퇴원한다. 수액 그만 맞고 집에서 죽으려 한다."

아버지는 이미 죽음을 각오했다. 귀를 막고 싶은 심정이었다.

"에다노 선생님께 말하고 와야겠네요."

일단은 자신의 기분을 정리하고 싶었다. 사와코는 도망치듯이 병실을 빠져나왔다.

복도로 나오자 생각지도 않게 센카와가 있었다.

"센카와 선생님, 어떻게 여기에……."

센카와는 꽃다발을 든 쪽 손을 올렸다. 휠체어를 밀고 있는 노로도 고개를 숙였다.

"병문안 왔지. 다쓰로 선생님, 슬슬 많이 괴로우실 때가 되지 않았을까 싶어서."

영락없는 야생의 감이다.

"재택 의료 일을 오래 하다 보면 말이지. 환자와 환자 가족에 관한 일에는 센서가 작동하기도 하거든."

지금까지 센카와에게는 아버지의 병세를 상세하게 보고해왔다. 상담에 응해주길 바라서라기보다는 혼자서 떠안고 있는 불안을 덜기 위해서였다. '교과서적인 경과'를 그대로 밟고 있는 아버지의 심정을 파악하는 일 정도는 베테랑 재택 의사에게는 의외로 간단한 일인지도 모른다.

"짐작하신 대로예요. 아버지가 퇴원하고 싶다고……."

사와코는 말끝을 흐렸다. 그 이상 어떤 말로 설명해야 할지 모르겠다. 이 단계에서 병원을 떠나는 것은 연명 치료의 중지를 의미하며 죽음을 맞이하기 위함이다. 아버지는 틀림없이 그렇게 생각하고 있을 것이다. 그리고 그것은 이미 센카와도 인식하고 있을 것이다.

"사와, 각오는 되어 있나?"

역시 센카와는 아버지의 진의를 꿰뚫고 있다.

"각오……."

무슨 각오인지는 물어볼 필요도 없다.

"괴로운 일이야. 환자 본인은 결심을 굳혔다고 해도 가족에게는 그렇게 쉬운 일은 아니니까."

사와코는 옴짝달싹도 하지 못한 채 듣고 있다.

"사와, 내일부터 진료소 나오지 않아도 돼."

갑작스러운 제안이었다.

"다쓰로 선생님 곁에 있어 드려."

"하지만, 진료소가……."

센카와는 뒤쪽으로 살짝 고개를 돌려 "노로." 하며 불렀다. 지시를 기다리고 있었는지 노로는 "넵, 여기요." 하고 미소지으며 지팡이를 내밀었다.

"여엉차."

"센카와 선생님!"

깜짝 놀랐다. 다소 어설프긴 했지만 센카와는 지팡이 하나에 의지하여 일어섰다.

"응, 이제 거의 나았어. 내일부터 다시 내가 방문 진료 다닐게."

"네……."

재활치료가 정말로 원활히 잘 진행된 건지, 나를 위해 무리하고 있는 건 아닌지, 여러 가지 생각이 교차했지만 사와코는 꾸벅 고개를 숙이고 마음속으로부터 감사를 표했다.

"내일 이후 '닥터 클라라 센카와(닥터 클라라(dr.clara)는 도쿄대 의대 출신 이비인후과 의사이자 코미디언, 인플루언서)'라는 새 이름으로 대대적으로 선전해 보겠습니다."

노로의 어설픈 농담에 사와코와 센카와는 쓴웃음을 나눴다.

재택사를 이루기 위해서는 가족의 각오가 필수불가결하다는 것을 알고 있다고 생각했다. 그렇게 환자들을 지도해 왔다. 그러나 지금, 막상 내 일이 되니 평정을 유지할 수 없음을 느낀다. 그것은 죽음을 향해 가는 사람이 아버지이며 내가 딸이기 때문일 것이다.

"아직 퇴원시키고 싶지 않아요. 집에 돌아가면 아버지는 분명히 링거를 거부할 거예요. 틀림없이 그대로 죽을 생각인 거예요. 지금은 병원이니까 어쩔 수 없이 치료를 받고 있을 뿐……."

사와코는 자기도 모르게 입술을 깨물고 있었다.

"그렇겠지."

센카와가 고개를 끄덕인다.

"하지만 일단 입 밖에 낸 이상 내 의견 따위 절대 듣지 않을 거예요. 결국을 퇴원시킬 수밖에 없을 것 같아요."

"응, 그렇겠지."

센카와가 같은 말을 반복했다.

사와코는 고개를 푹 숙였다. 바닥 타일을 따라 시선을 옮겼다. 어떻게 하면 좋을지, 결론이 나지 않는다.

"저기요, 사와코 선생님."

노로가 말을 걸었다.

"각오가 되어 있지 않은 가족이 재택 의료를 받아들이는 건 무리예요."

"그럼, 어쩌라는 건지……."

지금까지의 경험으로 보아 노로가 차분히 상황을 분석해주려 한다는 것은 알겠다. 하지만 그것을 받아들일 수가 없다.

"이거, 사와코. 이것 좀……."

센카와가 휠체어에서 꽃다발을 집어 들더니 사와코에게 떠안겼다. 포장지가 바스락 소리를 내고 붉은 장미와 라벤더 꽃이 흔들린다. 순간, 아름다운 향기가 코끝으로 올라왔다.

"아내가 좋아하던 꽃이야."

털썩 휠체어에 다시 앉더니 센카와가 먼 곳을 응시한다.

"각오라, 나도 못 했었어. 그래서 아내는 자살해버리고 말았지."

센카와가 예상치도 못한 말을 했다.

"자살? 선생님 부인은 유방암이었던 것 아니……."

생각지도 못한 고백이다. 사와코는 말문이 막혔다.

센카와의 아내가 유방암을 앓다가 마흔 살에 세상을 떠났다는 사실은 아버지와 센카와 본인에게서 이미 들었다.

센카와의 아내의 몸에 자리 잡은 암은 순식간에 진행되었다. 계속되는 항암치료에도 불구하고, 암세포는 서서히 여지없이 폐와 간 등 전신으로 전이되었다고 한다.

"발병으로부터 7년째였어. 입원 중이었는데 암으로 인한 통증이 전신으로 퍼지고 호흡도 괴로워진 데다가 황달까지 나타났지. 그즈음엔가 아내가 집으로 가고 싶다고 하더군. 마지막으로 함께 살았던 집을 한 번 더 보고 싶다면서."

애처로운 아내의 모습이 떠오른 걸까? 센카와가 눈을 질끈 감았다.

"……아내는 의학적으로는, 언제 죽어도 이상하지 않은 상태였어. 그걸 알면서도 나는 도저히 받아들일 수가 없었지. 나 자신, 재택 의사였으면서도 갓 마흔 살이 된 아내에게 재택 의료는 너무 이르다고 생각했어. 그래서 병원에서 힘내보자고 계속 격려해왔지. 그랬더니 아내가 두 손을 모아 빌더군. 이제 허락해달라고. 더는 힘을 낼 수가 없다고. 어쩔 수 없이, 그러면 딱 하루만 집에서 보내고 오자고 하며 아내를 데리고 집으로 갔던 거였는데…….”

갑자기 센카와의 목이 메었다. 센카와의 아내와 아버지는 질환, 나이, 병력도 다르다. 하지만 같은 마음을 품고 있었다. 그건 바로 인생의 마지막 순간에는 집으로 돌아가고 싶다는 것이다.

“둘이서 느긋하게 하룻밤을 보내고 다음 날 다시 병원으로 돌아올 예정이었어. 그런데 새벽 4시에 눈을 떠보니 침대에 아내가 없는 거야. 안 좋은 예감이 들어 벌떡 일어나 보니…….”

거기까지 말하고는 센카와는, 오른쪽 무릎을 주먹으로 세게 내리쳤다. 두 번, 세 번…….

“걱정했던 대로였어. 아내는 계단 난간에 허리띠를 걸고……. 목을 맸더군.”

사와코는 센카와가 아내의 병세를 고려하여 병원 치료에서 재택 의료로 전환하여 자기 품 안에서 아내가 숨을 거두는 것을 조용히 지켜봤을 것으로 생각했었다.

침실에는 유서 같은 메모가 남겨져 있었다고 한다. ‘무리한 부탁을 들어주어 고마워요. 나는, 더는 아무 데도 가고 싶지 않아요.’라고.

“병의 진행을 생각해보면 무리한 부탁도 아니었지. 나는 아내에게 ‘힘내, 힘내.’라고 죽음의 문턱까지도 채찍을 휘둘러 댔던 거야. 무리한 짓을 한 건, 마지막까지 아내를 병원에 가

두어두었던 나였지."

센카와가 20여 년을 품어온 슬픔이 다시금 사와코의 가슴을 날카롭게 찌른다.

"그럼, 이만 가지. 다쓰로 선생님은 누굴 만날 기분이 아니실 테니, 이대로 돌아갈게."

노로가 센카와가 탄 휠체어를 돌렸다.

"가장 위로받아야 할 존재는 바로 가족이야. 환자를 진정으로 위로할 수 있는 건 가족뿐이니까."

고요로 가득 찬 병원 복도 저쪽으로 센카와의 휠체어가 멀어져간다. 휠체어를 미는 노로의 뒷모습과 함께. 사와코는 그 뒷모습을 향해 가만히 고개를 숙였다.

사와코는 각오를 굳혔다.

아버지의 병실로 돌아가지 않았다. 그길로 간호사실로 가서 면담을 신청했다. 다행히 에다노의 교대 근무일이어서 바로 연락이 닿았다. 간호사가 분주하게 들락날락하는 집무 공간 옆쪽으로 안내받았다. 사무용 테이블을 사이에 두고 사와코는 에다노와 마주 앉았다.

"아버지가 집으로 가고 싶다고 하셔서요."

사와코는 단도직입적으로 말을 꺼냈다.

"그렇군요. 입원 생활이 예상치 못하게 길어지긴 했죠."

에다노는 진료기록부의 첫 장을 넘기면서 생각에 잠겨 말했다. 다리를 골절하여 입원한 것이 약 반년 전이었다. 그때부터 병원 생활이 시작되었다. 수술 후 안정기에 흡인성 폐렴을 일으켰다. 폐렴이 거의 나아가나 싶을 때쯤 뇌경색을 일으켰고 그로 인해 이질통이 나타나 오늘에 이르렀다. 골절하기 전까지만 해도 스툴을 놓고 천장 전구를 무리 없이 갈던 아버지가 지금은 걷기는커녕 식사조차 제대로 하지 못한다.

"고령자의 골절은 의사에게도 정말로 무서운……."

에다노는 한숨을 쉬었다. 에다노의 말에서 진심이 느껴져 위로받는 기분이 들었다.

"그때 다리 수술을 하지 않았어야 했던 걸까요?"

흔히 일어나는 연쇄반응의 경과를 그대로 거쳐왔다고는 하지만, 도대체 무엇이 잘못된 것인지 생각하게 된다.

"아뇨. 통증이 극심했기 때문에 수술은 불가피했을 겁니다."

에다노는 객관적인 의견을 들려주었다.

"그렇긴 하지만, 선생님, 흡인성 폐렴은 그렇다 쳐도 바로 이어서 뇌경색까지 일으킬 줄은 꿈에도 생각하지 못했어요."

에다노의 눈썹이 움찔했다. 병원을 탓하는 것으로 오해했는지도 모르겠다.

"아니 제 말은, 여든여덟이라는 고령이다 보니 무슨 일이 일어나도 이상하지 않다는 것은 알고 있습니다. 그저 놀랐다고 할까요?"

황급히 덧붙여 말했다.

"정말 안타까운 일입니다."

주치의는 시선을 떨구었다.

사와코는 향후 계획에 관해 이야기했다.

"아버지를 퇴원시키고자 합니다."

에다노의 표정이 바뀌었다.

"그렇습니까? 잘 생각하셨습니다. 저희도 결국은 재택 의료가 바람직할 것으로 생각했습니다. 자택에 비할 곳은 없지요."

어느 병원이나 마찬가지겠지만, 병상이 비기를 기다리는 환자가 많다 보니, 병세가 안정된 환자를 오래 입원시킬 수 없는 사정이 있다. 그런 사정도 작용했던 건지, 퇴원 절차는 신속하게 진행되어 다음 날, 퇴원 일정이 잡혔다.

월요일은 아침부터 비가 내렸다. 에다노와 간호사 두 명이 병원 현관까지 나와 배웅해 주었다.

환자용 택시에 아버지가 누운 환자 이동용 침대를 그대로 실었다. 아버지는 작은 차창 밖을 한없이 바라보고 있었다. 병원이 있는 이즈미가오카에는 학교가 많아서 아버지는 건강 진단 아르바이트로 몇 번이나 온 적이 있다고 말했었다. 눈에 익은 풍경도 남아 있으리라.

"정거장이 있었지."

아버지가 중얼거렸다. 그러고 보니, 데라마치 대로에는 원래 노면 전차 정거장이 있었다. 지금은 오래된 나무로 만들어진 버스 정류장이 그 흔적을 희미하게 간직하고 있을 뿐이다. 어렸을 때, 사와코는 전차로 돌아오는 아버지를 마중하려고 정거장에 서서 한참을 기다리곤 했던 기억이 있다.

"사쿠라바시 다리를 천천히 지나가 줄 수 있을까?"

사쿠라바시 다리 바로 앞 언덕에서 사이가와 강 건너편에 있는 집을 내려다보는 것을 사와코는 좋아한다. 아버지도 그랬을 것이다. 검은색 지붕이 투박해 보이는 날도 있는가 하면 어머니가 키우던 꽃들에 둘러싸여 부드러워 보이는 날도 있었다.

오늘 보이는 집은 부드러운 햇살에 휘감긴 채, 소나무가 푸르른 모습을 뽐내고 있다.

아버지와 손을 잡고 사쿠라바시 다리의 언덕에서 집을 내려다보며 걷던 때의 광경이 선명하게 되살아난다. 그때 갑자기 사와코는 깨달았다.

가나자와에 돌아오고 나서 사와코는 아버지와 여러 번 외출했다. 아버지가 그리워할 만한 곳에 모시고 가려는 심산이었다. 그러나 그렇지 않았다. 모든 장소가 사와코에게 그리운 곳이었다.

사이가와 강에 가까워졌다. 아버지는 강기슭의 야트막한 계단 언덕을 올려다보고 있었다. 다리 옆으로는 사찰 지구인 데라마치다이로 이어지는 비탈길이 있다. 가파르게 몇 번이나 꺾여 지그재그식으로 올라간다. 강변을 따라 난 길을 지나 사쿠라바시 다리에 접어들었다.

집 앞에 환자용 택시가 정차했다. 운전사와 함께 아버지를 침대에 누인 채 차에서 내렸다. 아버지는 현관 앞의 소나무를 감개무량한 표정으로 올려다보았다.

"아버지 나무, 멋지네요."

아버지는 그 순간, 미간의 주름을 펴고 조용한 미소를 지었다.

이동용 침대째로 아버지를 집 안으로 옮기고 일단 방의 침대로 옮겼다. 침대의 진동과 몸을 옮길 때 자극이 있을 때마다 아버지 입에서 작은 신음이 새어 나왔다. 일일이 말하지는 않지만, 역시 이질통으로 인한 극심한 통증은 멈추질 않는 것이다.

"추가용 약 좀 써주련?"

침대에 눕힌 직후였다. 아버지는 임시로 추가용 모르핀을 사용하고 싶다는 말을 했다. 추가용 약이란 극심한 고통이 있을 때, 매일 사용 중인 모르핀에 추가하여 임시로 사용하는 약이라는 의미이다.

사와코는 아버지의 약봉지에서 모르핀 좌약을 한 개 꺼내어 사용했다. 십 분 정도 지나자 아버지의 일그러졌던 표정이 조금 누그러졌다.

추가용 약을 쓴다는 것은 고통이 매우 심하다는 신호다. 추가용 약 사용이 반복된다면 매일의 모르핀양을 늘릴 필요가 있다.

잠시 후, 아버지는 휠체어에 옮겨 앉고 싶다고 했다.

"휠체어를 밀고 집 안을 한 바퀴 돌아다오."

아버지 지시에 따라, 가라는 곳으로 휠체어를 밀었다. 예전에 세 식구가 둘러앉았던 낡은 식탁을 아버지는 사랑스럽다는 듯이 어루만졌다.

그 식탁은 사와코가 태어난 해에 샀던 것이었다. 첫 히나마쓰리(여자아이의 행복을 기원하며 매년 3월 3일에 지내는 명절)를 마치고 돌아오는 길에 들른 백화점에서 보고 "윤기가 반지르르한 게 꼭 사와코 같네."라는 어머니 말에 구매한 것이라는 유래를 설명해준다. 통증 같은 건 전혀 느끼지 않는 듯한 표정이었다. 몇 번이나 들은 이야기였지만, 사와코는 말할 수 없이 기뻤다.

텔레비전 받침대 겸 거실 장 구석에는 어렸을 때부터 있었던 돌 세 개가 늘어서 있다. 사이가와 강에서 주운 돌에 채색한 것이다. 세 식구의 '얼굴 돌'이다. 사와코가 신발장 서랍에서 꺼내어 여기에 놓아둔 것이다.

"아주 많이 닮았군."

아버지는 사와코의 돌을 들어 올렸다. 잠시 쳐다본 후 제자리에 돌려놓더니 이번에는 어머니 돌을 사랑스럽다는 듯이 쓰다듬더니 제자리에 놓았다.

툇마루 바로 앞까지 휠체어를 밀고 갔다. 여기에서는 앞뜰이 한눈에 들어온다.

서쪽 한구석에는 만병초 나무가 있다. 연분홍색의 작은 꽃들이 탐스럽게 피어 있는 모습을 아버지는 질리지도 않고 바라보았다.

턱에 자란 수염에 손을 얹었다.

"네 엄마가 보면 기뻐하겠구나."

아버지는 미소 지으며 중얼거렸다. 아버지는 정말로 통증을 잊은 듯이 보였다.

수액을 거부하는 아버지를 위해 준비해둔 젤리 형태 음료를 권했다. 아버지는 목이 말랐는지, 느린 속도였지만 생각 이상으로 마셨다. 이 상태라면 식욕도 돌아오지 않을까 하는 생각까지 들었다.

"아버지, 드시고 싶은 건요? 뭐든지 말씀만 하세요. 가부라즈시는 어때요?"

아버지는 곧바로 '지부니'라고 답했다.

지부니……. 이전에 사와코 나름대로 공들여서 저녁 식탁에 내놓았지만, 아버지가 좋아하는 맛은 아니었던 것을 떠올렸다.

며칠 후, 사와코는 어머니의 지부니의 맛을 열심히 떠올리며 조리대 앞에 섰다. 어머니의 지부니는 오리고기가 아니라 닭고기였다. 그 외에 채소는 일반적인 조리법대로였다. 표고

버섯, 당근, 소송채, 그리고 스다레후를 곁들였다.

하지만, 식탁 앞에 앉은 아버지 얼굴은 시원치 않았다. 극소량밖에 못 드는 것은 알고 있다. 그렇기에 더욱 극소량이라도 맛을 음미하는 즐거움을 느껴주길 바라는 심정이었다. 그런데……. 그날 저녁 식사는 아버지에게도 딸에게도 아쉬움이 남는 식사가 되어버렸다.

다음 날 아침, 사와코는 냄비와 그릇을 들고 마호로바 진료소에 얼굴을 비쳤다.

"아버님은 좀 괜찮으세요?"

"실은, 내가 만든 지부니 시식 좀 해주었으면 해서. 아버지가 거의 드시질 않아."

"대단해요. 이거 선생님이 만드신 거예요?"

마요가 깜짝 놀란 목소리로 말했다.

"집에서도 거의 먹어본 적이 없거든요."

"저희도 그래요. 가끔 만든다 해도, 설날 정도려나?"

료코도 감탄한 듯이 냄비 속을 들여다보았다.

"나도 요 몇 년은, 밖에서밖에 먹어본 적이 없어."

센카와도 신기하다는 듯한 반응이었다.

아버지는 청주와 잘 어울린다고 하며 지부니를 자주 들곤 했다.

그러고 보니 도야마에서 시집온 어머니는 할머니께 향토 요리를 배우고 연습했다는 이야기를 들었다. 그러나, 좀처럼 만족할 만한 맛이 나지 않아 어머니는 자신의 서투름을 한탄하며 지냈다고 한다.

“도야마 시골에서 시집왔으니까. 어렸을 때부터 먹어본 적도 없고, 그런 음식이 있는지도 몰랐거든.”

어머니는 그렇게 말하곤 했다.

처음으로 아버지에게 지부니가 맛있다고 칭찬받았을 때, 어머니는 “이제야 내 몫을 하게 되었다”라며 눈물을 흘렸다고 한다. 어머니에게 있어 지부니를 맛있게 만드는 것은 시라이시 가의 사람, 그리고 가나자와의 사람이 된다는 의미였던 것이다.

사와코의 지부니를 시식해 본 마요는 “식재료가 다른 건지도 몰라요.”라고 말했다. 그날 저녁 무렵에 마요는 사와코의 집에 들러, “오미초 시장에서 가나자와산으로 사와 봤어요.”라며 신선한 채소를 가득 전해주고 갔다.

밤에 새 재료로 지부니를 만들자, 채소의 향미가 돋우어져 감칠맛이 강해졌다.

저녁 식탁에서 그릇을 상에 늘어놓고 고추냉이를 국물에 풀어 넣었다. 평소처럼 아버지는 가장 좋아하는 스다레후를 들고 싶다고 말했다. 사와코는 젓가락으로 스다레후를 집어 아버지 입으로 가져갔다.

“이건 이것대로 맛있다…….”

스다레후를 한입 맛본 후 국물을 한 숟가락 들고서는 아버지는 입을 닫아버렸다. 원래 식욕이 없는 것이니 어쩔 수 없다고 생각하기가 무섭게 아버지가 못을 박았다.

"하지만, 네 엄마가 만든 거랑은 다르구나."

사와코는 허둥지둥 국물 맛을 다시 한번 확인했다. 역시, 어머니의 손맛은 아니다. 혀끝에서 절로 어머니의 손맛과는 다르다는 생각이 피어올랐다.

식사 도중에 전화가 울렸다. 마요였다.

"지부니, 어떠셨어요?"

"그게 말이지, 아직 불합격인가 봐……."

사와코는 솔직히 대답했다.

"버터랑 된장을 조금 넣으면 좋다고 하더라고요."

본가인 산요 료칸의 숙수에게 물어봤다고 한다.

사와코는 조언을 따라 버터와 된장을 냄비에 넣어보았다. 작은 접시에 떠서 맛을 본 순간, 저도 모르게 "앗!" 하고 소리를 질렀다. 그리운 어머니의 손맛이었다.

"아버지, 어머니의 지부니가 완성됐어요!"

멍하니 어두운 앞뜰을 바라보고 있던 아버지가 눈을 들었다.

아버지의 입에 스다레후를 넣어주었다. 잠시 입을 우물거리더니, 아버지는 "맛있어"라고 말하며 여태까지 본 적 없었던 환한 표정을 지었다.

스다레후 다음으로는 소송채. 그리고 닭고기, 표고버섯, 당근을 달라고 아버지는 차례차례 요청했다. 시간이 꽤 들기는 했지만, 아버지는 지부니의 모든 건더기를 맛보았다.

"고맙구나. 이제 여한이 없다."

전에 없이 만족스러운 표정을 지으며 아버지는 긴 숨을 뱉었다.

그날 밤늦게, 사와코는 STATION으로 호출을 받았다. 마호로바 진료소 스태프 전원이 격려회를 열어준다는 것이다. 사와코가 진료소 일을 중단하고 아버지의 재택 요양을 시작한 지 닷새째 밤이었다.

사와코를 위해 "오후 열한 시 스타트"로 시작 시각을 설정한 격려회였다. 사와코는 아버지가 침대에서 편히 눈을 감는 모습을 확인한다. 모르핀의 진통 작용은 제대로 나타나지 않으면서 부작용인 졸음은 뚜렷이 나타났다. 이 타이밍에 아버지는 항상 두세 시간은 숙면할 수 있다. 사와코는 사쿠라바시 다리 근처의 집을 서둘러 나섰다.

야나세가 가르쳐준 몽골의 집 '파오' 이야기를 떠올리며 STATION의 문을 열었다.

"저 왔어요, 주인장."

그렇게 말하고 나니, 신기하게도 포근한 기분에 휩싸였다. 이것이 '파오'에 돌아온 느낌일까?

"시라이시 선생님, 잘 오셨습니다."

제시간보다 조금 일찍 도착한 사와코를 야나세가 따뜻한

말로 맞아주었다. 묘하게도 마음에 스며든다. 잘 지내고 있다고 생각했는데, 역시 몸 어딘가에 생생한 상처 같은 것을 떠안고 있는 느낌이다.

"괴로워서 어찌할 바를 모를 때, 주인장이라면 어떻게 해요?"

야나세가 대답하려 할 때 가게 입구에서 왁자지껄한 소리가 울렸다.

"사와코 선생님, 수고 많으십니다."

센카와, 노로 그리고 료코였다.

"이미 진료실에서 맥주를 마시고 왔거든요."

료코가 난처하다는 듯이 두 사람을 바라봤다. 센카와는 지팡이를 능숙하게 사용하며 비록 갈지자로 비틀거리면서도 '삼족 보행'을 하고 있었다.

센카와가 "자, 이거, 사와 선물"이라며 작은 장식품을 카운터에 놓았다. 미니 분재였다. 작은 소나무가 가느다랗게 뻗은 가지 끝에 잎을 달고 있다.

"투박하지요. 저라면 장미꽃으로 할 텐데요."

노로가 작은 분재를 손바닥에 올려놓았다.

"뭘 모르는군. 이건 우리가 지향하는 모습이야. 게다가 장미는 지난번, 다쓰로 선생님 병문안 때 갖고 갔었잖아."

노로는 멀뚱히 작은 식물을 바라본다.

"지향하는 모습이라니, 소나무가요?"

센카와는 목을 가다듬었다.

"꽃 중에는 햇빛에 약한 종류가 있어. 라벤더나 푸크시아, 노토반도의 영산홍 같은 게 그렇지. 그런데 소나무는 꽃나무 주위에 절묘한 그늘을 만들어준다네. 그래서 소나무 아래에 그런 햇빛에 약한 꽃을 심으면 아름다운 꽃을 피울 수 있지. 보호를 바라는 연약한 존재들을 위해 스스로 그늘을 만들며 서 있는 모습. 그게 의료인이라네."

감복하며 듣고 있자니, 가게 밖에서 떠들썩한 소리와 함께 마요가 들어왔다.

"늦었잖아. 여기, 여기."

노로가 손짓으로 불러 자리에 앉힌다.

"이거 좀 봐 주세요."

마요가 옷을 잔뜩 사 왔다. 가발과 화장품도 있다.

방문 치료를 받으며 동시에 항암치료 중인 자궁암 환자가 "실컷 멋 부리며 지내고 싶다."라고 했다며 환자에게 요청받은 물건을 바리바리 사 모아왔다고 한다.

"메가돈키(할인 잡화점 '돈키호테' 계열로 돈키호테보다 더 크고 다양한 제품군을 갖춘 슈퍼마켓 같은 느낌의 매장)를 샅샅이 뒤졌어요. 아, 피곤해."

사와코의 눈에 갑자기 눈물이 고였다. 재택 의료란 이런 마음들이 모여서 이루어지는 의료로구나 싶었기 때문이다. 생애 마지막 날까지 어떻게 자기답게 살 것인가? 그러한 환자의 하루하루를 지탱하는 존재가 되자는 생각을 모두가 품고 있다.

철저하게 살고 싶은 사람에게는 최신 의학까지 시야에 둔 수단으로 치료에 임한다. 한편, 고통 없는 마지막 날들을 지켜주는 돌봄도 시행한다. 환자에 맞춰 유연성 높은 대응이 가능한 것이 마호로바 진료소의 재택 의료다.

떠들썩한 목소리에 둘러싸인 채, 사와코는 소나무 미니 분재를 손에 들었다. 누군가를 위해 그늘을 만든다. 이것이 우리가 지향하는 모습인가, 하고 새삼스레 느낀다.

"저기, 꼭 드리고 싶은 말씀이 있습니다."

보기 드물게 진지한 얼굴로 노로가 일어섰다.

"저, 역시 의사면허를 따겠습니다. 여러분에게 더욱 도움이 되는 사람이 되기 위해 노력하겠습니다!"

노로의 선언은 갑작스럽고 뜻밖이었다.

"다음 달부터 도쿄의 전문 학원에서 착실히 공부하고 내년 2월 시험을 돌파하겠습니다. 면허를 따면 다시 돌아오겠습니다. 그러니까, 그러니까, 꼭 기다려 주십쇼."

노로가 꾸벅 고개를 숙였다.

센카와가 손뼉을 쳤다. 이어서 료코와 사와코도 박수했다. "힘내!"라고 마요가 목소리 높여 외쳤다.

몽골 음악이 흐르기 시작했다. 우주적인 음색에서 2박자의 곡으로 바뀌었다. 센카와가 손으로 박자를 맞추자 노로와 야나세가 어깨동무를 하고 한쪽 발씩 지면을 박차고 껑충 뛰었다. 몽골에서 씨름 장사들이 추는 '독수리 춤'이다. 이윽고 센카와가 날개 치듯이 손을 펼치고 몸을 좌우로 흔들었다. 힘이 넘치는 2박자 곡에 이끌리듯이, 사와코도 훌쩍 양팔을 뻗었다.

곡이 끝났다. 야나세가 모두에게 서비스로 마유주를 리필해 주었다.

"그리고, 이건 시라이시 선생님께서 아까 하신 질문의 답입니다."

야나세는 사와코에게 작은 목소리로 말하며, 새 컵 받침을 건네주었다. 뒷면에 손으로 쓴 글씨로 무언가가 적혀 있다.

"생각하고 가면 실현된다, 천천히 가면 도착한다."

사와코는 휴, 하고 어깨 힘이 빠지는 것을 느꼈다. "괴로워서 어찌할 바를 모를 때 어떻게 하느냐?"라는 질문의 답변이다.

"몽골의 격언입니다."

야나세의 목소리를 들으며 그 확신에 찬 필치를 바라보고 있자 다시금 마음이 포근한 기운으로 채워졌다.

격려회 이튿날 아침의 일이다.

아침 링거를 세팅하고 있는 사와코를 향하여 아버지는 정색하고 '요청'을 입 밖에 냈다.

"사와코, 아버지를 편하게 해 다오."

"네……?"

"충분히 살았다. 마지막에 사와코와 함께 지낼 수 있어서 더없이 만족한다. 추한 모습을 보이기 전에 슬슬 네 엄마 곁으로 가련다."

움찔하는 사와코는 아랑곳하지 않고 아버지는 평소와 다름없이 담담한 모습으로 말했다. 모르핀을 꼬박꼬박 쓰면서 자택에서 생활하는 동안, 아버지의 결심이 바뀔지도 모른다……. 사와코는 어느샌가 그렇게 기대하고 있었다. 하지만, 아버지의 생각은 병원에서 퇴원했을 때와 조금도 바뀌지 않았다.

"무슨 의미예요?"

확인하지 않을 수 없었다. 아버지의 진의를 알면서도 심정적으로 아직 믿을 수 없었기 때문이다.

"치료를 한층 더 앞당겨 한시 빨리 고문과 같은 고통을 제거해 달라는 말이지. 통증 완화를 위해 이 약을 써다오. 그걸 위해 집으로 돌아온 거니까."

아버지는 그렇게 말하고는 사와코에게 수첩을 펼쳐서 건넸다.

펜토바르비탈 2g을 링거를 통해 정맥주사. 수첩에는 진정제의 종류와 양, 그리고 정맥주사를 놓는 방법이 세세하게 적혀 있었다.

"이건……."

아버지가 제시한 진정제의 양은 단순히 진통만이 목표라고 할 수 없다는 것은 명백하다.

"분명히 말하마. 적극적 안락사를 원한다."

잘못 들을 수 없는 한마디였다.

"더 통증을 참으면 반드시 착란증을 일으킬 거야. 생각해보지도 않은 폭언을 뱉을지도 모른다. 추악한 목소리로 말이지. 그런 모습을 보이고 싶지 않구나."

가당키나 한 말인가, 아버지는 적극적인 안락사를 딸인 사와코에게 요청했다. 지금까지의 날들과 달리, 숨김없는 심정을 전하는 강하고 명확한 어조로 죽음을 앞당기는 안락사를.

일반적으로 안락사에는 두 종류가 있다. 연명 치료를 중지함으로써 자연스러운 형태로 환자를 죽음으로 이끄는 소극적 안락사, 이른바 존엄사다. 다른 한 가지는 의사 등의 '제삼자'가 치사량의 약을 투여하여 죽음을 앞당기는 적극적인 안락사이다.

네덜란드와 벨기에에서는 환자의 요청을 바탕으로 의사가 시행하는 경우에 한해 적극적 안락사가 합법화되어 있다. 그러나, 일본에서는 혼수상태인 환자를 주사로 죽음에 이르게 한 의사가 살인죄로 기소된 1991년 도카이대학 사건을 비롯하여 안락사 사건에서 담당 의사가 무죄판결을 받은 사례는 없다. 의사에게 존엄사와 적극적 안락사 간에는 건널 수 없는 깊은 골이 존재한다.

아버지가 수액에 의존하는 등의 무리한 연명 치료를 하지 않겠다고 한 것은 사와코도 수긍했다. 입으로 음식을 먹지 못하게 된다 하더라도 위루나 링거에 의한 영양공급 등은 시행하지 않고 자연사하는 모습을 지켜볼 작정이었다. 그런 조치는 암 말기 환자나 초고령자 등의 치료 현장에서 '취할 수 있는 선택지'라는 인식이 의료인 사이에서도 넓게 퍼져있기 때문이다.

하지만, 아버지의 생각은 그게 아니었다. 처음부터 골을 건넌 지점에 요청을 집어 던진 것이다.

"적극적 안락사라니, 그런 게 용인될 리 없잖아요! 그건 살인이에요. 아버지는 딸을 범죄자로 만들고 싶어요?"

아버지는 무표정인 채로 낮은 목소리로 말했다.

"사와코는 이해할 수 없겠지만, 견딜 수 없는 통증이란 게 있단다."

미간의 주름이 한층 더 깊어졌다.

가나자와에 돌아올 때까지 근무했던 조호쿠 의과대학 병원 응급의료센터에는 아침부터 밤까지 셀 수 없을 정도로 많은 환자가 이송됐다. 교통사고 외상으로 안면에서 엄청난 양의 피를 흘리며 내장에 심한 손상을 입고, 사지를 잃을 위기에 처한 환자들. 피를 토하며 자기 피 때문에 질식해가는 상태로 이송되는 환자, 뇌출혈로 의식을 잃은 사람, 급성 심근경색으로 인한 가슴 통증으로 깔딱깔딱 금세라도 숨이 끊어질 듯한 환자, 격렬한 복통으로 실려 온 급성 복증(급격한 복통을 주 증상으로 하는 병을 통틀어 이르는 말) 환자……. 그리고 그들은 하나같이 말했다.

"선생, 살려주시오!"

"선생님, 살려 주세요!"

집중치료실로 연결되는 복도. 모든 환자와 가족은 목숨을 건지기를 원하며 사와코는 그에 응답하여 생명을 살리는 것만을 생각하며 살아왔다. 죽게 하는 방법 따위 생각해 본 적도 없었다.

"……아버지, 미안해요. 통증이 심하다는 건 알아요."

아버지에게 심한 말을 하고 말았다. 신경과 의사였던 아버지는 현재 자신의 상황이 어떤지, 그리고 향후 어떻게 될지, 그 누구보다 잘 알 터였다. 기절할 만큼 극심한 이질통으로 신음하며 죽을 때를 기다릴 것인가, 아니면 고통에서 풀려나는 방법을 택할 것인가?

몸이 덜덜 떨리기 시작했다. 엄청난 두려움이 몰려왔다. 신념이 크게 흔들리는 것을 느꼈기 때문이다.

적극적 안락사 따위 절대로 있을 수 없는 일이다. 의사로서, 죽어가는 환자의 등을 떠미는 짓은 할 수 없다. 그것이 직업윤리다. 결단코 해서는 안 될 일이라고 믿어왔다.

그런데 지금, 사와코는 환자 가족으로서 이전에 느껴보지 못한 감정을 떠안고 있다. "편하게 해 다오."라고 호소하는 아버지의 심정에 응답하고 싶다는 감정이다.

그건 최근 1년간의 생활의 변화와 궤를 같이하는 것이다. 도쿄의 대학 병원을 떠나 고향의 진료소에서 죽음을 마주하는 일을 계속해 온 나날 속에서 여태까지와는 다른 가치관이 싹튼 것일까?

도저히 벗어날 수 없는 통증으로부터 자유롭게 되어 추한 모습을 보이기 전에 아름답게 이 세상을 떠나게 해다오. 그런 말을 한 아버지의 심정은 아버지의 나이, 상황을 고려할 때 터무니없는 요구라고 치부할 수만은 없다.

온몸이 땀으로 흥건해졌다.

아버지의 고통을 적극적으로 제거해줄 수 있는 것은 나뿐이다. 그런 생각에 도달하고 만 자신이 너무나 두려워졌다.

그날은 여느 때와 다를 것 없는 집에서의 하루였다.

아버지는 오후부터 줄곧 침대에 누워서 타는 듯한 통증에 쉴 틈 없이 신음하고 있었다. 땀범벅이 되어 눈을 떴을 때, 신경성 통증을 조금이라도 억제하기 위해 그리 효과는 없을지라도 모르핀 좌약을 썼다. 십 분 정도 지나자 아버지는 꾸벅꾸벅 졸기 시작하며 겨우 규칙적인 숨소리를 찾았다. 이렇게 아주 잠시간에 불과하지만 고요한 순간을 맞이한다. 기본으로 투여 중인 모르핀양을 늘려 아버지가 잠자는 시간이 길어진다고 해도 눈을 뜨면 다시 통증에 시달리는 것은 변함없다.

아버지는 적극적 안락사를 위해 집으로 돌아왔다.

밤 열 시, 사와코는 그것이 의미하는 중압감을 견디지 못하고, 집을 나섰다. 자전거를 타고 어두운 밤길을 달려 마호로바 진료소로 향한다. 뒤쪽을 들여다보자, 아직 센카와 자택에 불이 켜져 있다.

조심스럽게 현관문을 노크했다.

노로가 금세 나왔다.

"사와코 선생님! 무슨 일이세요?"

"늦은 밤에 미안……. 센카와 선생님은?"

"안에서 술 드시고 계세요. 들어오세요."

센카와의 집에 들어가는 것은 어릴 적 이후 처음이다. 하지만, 지금은 염치 따질 상황이 아니다. 사와코는 빨려 들어가듯이 집으로 들어갔다. 센카와는 서재 책상에서 찬술 잔을 손에 들고 있었다.

"선생님, 아버지가 안락사하고 싶다고……."

센카와는 잔을 책상 위에 놓고는 얼굴을 찡그렸다.

"적극적 안락사를?"

사와코는 고개를 끄덕였다.

"적극적 안락사를 위해 집으로 돌아왔다고까지 하셔서……."

센카와는 천장을 쳐다보았다.

"어떤 의미에서는 다쓰로 선생님답군……."

아버지가 제시한 요청에 관해 설명하자 센카와는 팔짱을

끼었다.

"가가대학 부속병원에서 근무했을 때, 나는 환자가 아무리 고령이더라도 입으로 먹지 못하게 되면 위루를 냈고 호흡 곤란에 빠지면 호흡기를 달고 심장을 움직이려고 페이스메이커(인공 심장박동기)를 넣었지. 그중에는 삶을 끝내고 싶다며 호소하는 환자도 있었어. 하지만, 그런 환자의 말은 넋두리나 푸념 같은 거로 치부하고 상대도 안 했었지. 자신만만하게 연명 치료가 왜 나쁘냐고 생각했었어. 여기에서 재택 의료를 시작하고 나서였어. 대학 병원에서 내가 했던 것들이 틀렸을지도 모른다는 생각이 든 게 말이야. 나는 오랜기간, 환자들을……. 그저 괴로운 나날을 보내게 만든 건지도 몰라."

"저도 마찬가지예요. 왜냐하면, 의사가 생명을 지키는 것은 당연한 행위니까요……."

사와코는 그렇게 말하면서도 아버지의 통증을 떠올렸다.

"하지만 말이야."

센카와는 사와코의 말을 막으며, 날카로운 눈빛을 던졌다.

"절대로 나아질 전망 없이, 말할 수 없이 고통스러운 시간이 죽을 때까지 계속될 것이 분명한 상황이라면 어떨까?"

그것은 밤바람 속에서 자전거의 페달을 밟으며 사와코가 생각한 것과 똑같은 전제였다. 센카와가 말하고자 하는 것은 잘 안다. 센카와가 죽은 아내의 통증을 떠올릴 때 그렇듯이 사와코도 아버지의 통증을 생각하면 괴롭다. 제 일처럼 고통스럽다.

"환자 본인이 죽음을 희망한다면 그 고통을 줄이는 것을 돕는 행위를 나는 비난할 수 없어."

센카와의 말이 무슨 말인지 알겠다. 하지만 사와코는 아직도 망설임 속에 있다.

"하지만 그건 살인, 혹은 자살 방조로 체포되는 행위잖아요. 물론 아무에게도 말하지 않고 시행하는 것도 가능하긴 하겠죠. 하지만, 제가 의사인 이상 그건 도저히 넘을 수 없는 벽이에요."

사와코는 입술을 깨물었다.

"사와는 그렇게 말할 줄 알았어. 그리고 그건 당연한 반응이야. 하지만 말이지, 그와 동시에 아버님의 소원을 무시하는 일이야. 정답은 없어. 그러나 어느 쪽이든 선택할 수밖에 없지."

괴로워하는 아버지의 표정이 뇌리에 클로즈업되어 떠오른다. 사와코는 눈을 질끈 감았다.

"수명을 단축시키는 의사가 되려고 생각한 적은 결단코 없어요. 그런, 말도 안 돼. 사람을 살리는 것만을 생각하며 살아왔는데……."

센카와는 연신 고개를 끄덕였다.

센카와는 방의 책장을 가리켰다.

"거의 두 번째 단에 있는 녹색 파일을 좀 꺼내 줘."

사와코는 센카와의 말대로 서류철을 꺼내 센카와에게 건넸다.

"이건……."

서류철 안에서 센카와가 끄집어낸 것은 1962년에 내려진 나고야 고등법원의 판결문이었다. 거기에는 특별히 적극적 안락사를 인정할 수 있는 여섯 가지 요건이 기술되어 있었다.

① 환자가 불치병으로 죽음이 임박했을 것
② 극심한 고통이 있을 것
③ 전적으로 환자의 고통을 완화하기 위한 목적일 것
④ 본인의 진지한 의뢰·승낙이 있을 것
⑤ 원칙적으로 의사가 시행할 것
⑥ 그 방법이 윤리적으로 타당할 것

사와코는 저도 모르게 앓는 소리를 냈다.

"……여섯 가지 요건을 아버지는 전부 충족하네요."

"일반적으로는 바늘귀 같은 전제조건이야. 그걸 어떻게 생각하는가에 달렸지."

그럼에도 불구하고 사와코는 마음이 흔들리는 것을 느꼈다.

"비록 조건을 만족한다고 해도 저에게는 아무래도 죄의식이……. 아무리 생각해도 이 처치는 자살 방조가 되니까."

센카와는 슬픈 표정을 지었다.

“잔혹한 말이지만, 다쓰로 선생님은 머지않아 돌아가실 거야. 지금 상태라면 진통 목적으로 모르핀을 증량하는 것만으로도 호흡 억제가 일어나 죽음에 이를 수도 있어. 그러니까 그런 방법으로 죽음을 기다리는 것도 가능하지. 그리고 그건 법에도 저촉되지 않아.”

센카와는 말을 끊고는 크게 숨을 들이마셨다.

“하지만 사와는 정말 그걸로 되겠어? 다쓰로 선생님은 원래 뇌 신경 전문이셨으니 당신의 병세가 앞으로 어떻게 될지 가장 잘 아실 거야. 그러니까 더욱, 자신의 의지로 인생을 마감하고 싶으실 거라고.”

사와코는 떨리는 몸으로 고개를 끄덕였다.

아버지의 희망을 따른다면 사와코는 의사면허를 박탈당할 것이다.

한편으로 아버지의 고통을 알면서도 방치하는 것은 자식으로서 후회가 남는다. 사와코의 사고는 거기에서 한 발짝도 진전이 없었다.

집으로 돌아가서 다시 한번 아버지와 허심탄회하게 이야기를 나누자. 아버지의 생각을 다시 한번 온 마음을 다해 듣자. 그것만은 결심했다.

의사로서 자신에게 남은 시간을 어떻게 사용할까?

환자와 가족에게 어디까지, 어떤 형태로 동행할까?

도쿄의 응급의료 현장에서 동분서주하던 때는 생각지도 못했던 일이다. 설마 고향인 가나자와에서 이런 난제를 떠안게 될 줄이야.

아버지와 딸, 그리고 환자와 의사로서 나누는 이야기는 미명까지 이어졌다. 길고도 고통스러운 시간이었다.

그리고 나흘 후, 아버지와 약속한 날 아침이 되었다.

사와코는 센카와를 집으로 불렀다. 처치의 입회뿐만 아니라 '제삼자인 의사'라는 입장에서 사망진단서를 받기 위해서이기도 했다.

센카와는 지팡이를 짚고 노로와 함께 아버지 침실로 들어왔다.

"토오루, 마지막까지 신세를 지는군."

아버지는 놀랄 만큼 서글서글한 미소를 띠었다.

"아닙니다, 그럴 리가요. 다쓰로 선생님."

그렇게 대답하는 센카와가 오히려 잔뜩 긴장한 표정이다.

"이건 나 자신의 인생의 마지막 장, '죽음 창조'를 위한 조치다."

아버지는 엄숙한 목소리로 그렇게 말했다.

나흘 전. 그날 밤, 야심한 시각에 집으로 돌아간 사와코에게 아버지는 자기 생각을 거침없이 밝혔다.

"사와코, 나이를 먹는다는 건 두려운 일이란다. 견딜 수 없는 통증으로 머리가 착란을 일으킬 것 같은데도 스스로 죽을 힘조차 남아 있지 않아. 이 고통이 영원한 것이 아니며 이 통증에 끝이 있다고 생각함으로써 죽음은 오히려 살아갈 희망이 될 수도 있단다."

아버지는 차분한 모습으로 말했다.

"인간에게는 누구나 자기 인생을 자유롭게 꾸려갈 권리가 있는 거 아니냐. 그렇다면 인생의 마지막 순간을 어떻게 맞이할지, 어떤 식으로 죽음을 창조할지도 마찬가지여야 하지. 그 정당성을 모든 사람에게 이해받고 싶구나."

비록 쉬었지만 힘 있는 목소리였다.

"사와코, 이건 나의 숙원이다. 통증으로 망언을 지껄이고 몸부림치며 뒹구는 모습은 도저히 참을 수 없을 것 같구나. 여기까지라고 스스로 정하고 싶다. 어차피 내게 무사처럼 스스로 목숨을 끊을 힘도 남아 있지 않은 이상, 이 방법밖에는 없어. 사와코는 그걸 도와주는 것으로 생각해주길 바란다."

낮고 작은 목소리였지만, 또렷이 들렸다.

"가나자와는 작은 교토가 아니라, 무사의 도시다."

아버지의 말버릇이었다.

환자가 자기 자신의 의지로 죽음을 창조한다. 환자의 생사에 관여하는 것이 의사의 일이라면 죽음을 창조하는 데 조력하는 것도 의사의 의무라고 말하고 싶은 것이리라.

그리고 아버지가 원하는 이 처치가 아버지와 같은 상태에서 고통받는 환자와 가족에게 위로와 희망이 될 가능성도 적지 않을 것이다.

사용해도 통증을 제거할 수 없을 정도로 극심한 뇌졸중 후 통증에 시달리는 환자는 뇌졸중 환자의 약 10%이다. 그 외에도 다양한 질환으로 인한 통증에 신음하는 환자가 셀 수 없을 정도로 많다.

그렇다면 세상에 질문을 던질 가치가 있다. 만약 내가 가나자와에 돌아온 의미가 있다면 그것을 위해서일지도 모른다.

사와코가 각오를 굳힌 순간이었다.

노로가 비디오카메라를 세팅했다. 그것은 아버지의 희망사항인 동시에 사와코의 각오이기도 했다.

아버지로서는 스스로 희망한 죽음임을 증명하기 위해서. 사와코로서는 이제부터 시행할 처치의 정당성에 관해 판단을 구하기 위해.

"그럼 지금부터 영속적인 통증 완화를 위한 진정제 조제를 시작합니다."

한 어절씩 천천히 말했다. 처음으로 임상 현장에 선 신입의사가 된 듯한 기분이다.

아버지의 처방에 따라 진정제를 소형 링거팩에 넣었다.

이것으로 깊은 수면 속에 빠져듦과 동시에 호흡이 억제될 것이다. 호흡기 등 생명 유지장치에 연결하지 않으면 영원히 잠들게 된다.

주저하며 센카와에게 시선을 던진다. 센카와도 사와코를 강한 눈빛으로 바라보았다.

"다음으로 생리식염수로 정맥로를 확보합니다."

정맥로 확보란 우선 생리식염수만을 정맥으로 흘려보내어 외부에서 정맥으로 주사하기를 위한 준비를 하는 것이다.

사와코는 아버지의 팔에 나비침을 꽂으려 했다. 그런데 손이 심하게 떨리는 바람에 제대로 혈관에 바늘을 꽂을 수가 없다.

"내가 할까?"

센카와가 차마 못 보겠다는 듯이 말했다.

하지만 사와코는 손을 멈추지 않는다. 이것은 나의 시련이다. '환자의 행복을 최우선으로 생각하는가 그렇지 않은가'에 대한.

"고작 식염수잖니."

아버지의 지적을 듣고 사와코는 심호흡을 반복했다. 이제까지 몇백 번, 몇천 번 해왔던 링거 놓는 기술이다. 실패할 리가 없다.

사와코는 눈을 감았다.

살짝 스친 왼쪽 손가락 끝에서 아버지의 혈관을 느낀다. 떨림이 점점 멎고 바늘이 정맥혈관 벽에 빨려 들어가듯이 들어갔다.

생리식염수가 정맥 내로 원활하게 들어가기 시작한다. 그것을 분명히 확인하고 아버지는 만족스러운 듯이 미소지었다.

"사와코, 고맙다. 마지막으로 진정제를 연결하렴."

또렷하고 맑은 음성이었다.

"……그럼 진정제 연결을 개시합니다."

아버지의 말을 복창하듯이 말하며 사와코도 처치 내용을 선언한다. 다만, '마지막으로'라는 말은 차마 할 수 없었다.

조금 전에 진정제를 넣었던 소형 링거팩의 꼭지를 'OFF'로 한 채 링거줄의 분기점에 접속했다.

"아버지, 연결했어요."

다음은 아버지가 꼭지를 틀면 약제가 정맥으로 흘러 들어가는 구조이다.

"아버지, 정말 이걸로 된 거예요? 저, 틀린 거 아니에요?"

아버지는 부드러운 미소를 지었다. 맑은 눈빛에는 확고한 의지가 서려 있었다.

"이제 겨우 편안해지겠구나. 사와코, 고맙다. 네가 틀릴 리 있겠냐. 이때가 올 것으로 생각했기에 오늘까지 견딜 수 있었단다. 사와코도 내 입장이 되면 알 거다. 사와코는 정말로 좋은 딸이야. 자랑스럽게 생각한다. 모쪼록 당부해둔다만, 이건 통증 치료의 일환이다. 고마워."

아버지는 이 와중에도 사와코를 안심시키고 격려해주려 했다.

"아버지, 좀 더……."

아버지, 좀 더 살아있어 줘요, 라는 말을 사와코는 삼켰다.

아버지는 사와코를 크게 감싸는 듯한 표정을 짓고는 다시 한번 미소지었다. 아버지는 오른손을 링거팩의 꼭지로 쭉 뻗었다. 그러나, 아버지의 손은 곧바로 이불 위에 살포시 떨어졌다. 다시금 타이밍을 꾀하는 듯한 자세에 들어갔다. 오른쪽 손등이 바르르 떨렸다. 진정제가 든 링거팩을 ON으로 할 확실한 기회를 엿보고 있는 것으로 느껴졌다.

그러나 아무리 시간이 지나도 아버지는 링거의 꼭지로 손을 뻗을 낌새가 없었다.

그러더니 갑자기 아버지의 손이 침대 아래로 축 늘어졌다.

센카와의 안색이 변했다.

"사와, 맥 확인해!"

사와코도 이변을 깨달았다.

이런 일이 있을 수 있을까? 아버지는 이미 숨을 거두었다.

혈압이 내려가고 하악 호흡이 일어나는 등의 익숙한 죽음의 프로세스를 따르지 않고 그야말로 촛불이 바람에 훅 하고 꺼진 듯한 깔끔한 죽음이었다.

"이, 이런 일이……."

사와코는 아연실색했다. 센카와는 힘 빠진 표정으로 아버지의 얼굴을 바라보고 있다.

“다쓰로 선생님답네. 정말로, 다쓰로 선생님다워.”

정신을 가다듬은 센카와는 감회가 깊은 듯이 중얼거렸다. 그리고 아버지의 죽음을 천천히 절차를 따라 확인한다.

“오전 아홉 시 오십 분, 임종하셨습니다.”

팽팽하게 긴장했던 가슴 속에서 모든 것을 뱉어내듯이 사와코는 긴 한숨을 내쉬었다. 머릿속이 새하얘졌다.

“노로, 고마워. 이제 됐어.”

그렇게 말하며 사와코는 비디오카메라 스위치를 껐다.

모든 것이 끝났다. 예상치도 못한 모습으로.

그렇지만, 사와코는 처음에 계획했던 길로 발을 내디뎌야 한다. 그것이 사와코의 각오였기 때문이다.

“아, 맞다. 이거.”

센카와는 아버지가 맡겨두었다는 봉투를 꺼내더니 사와코에게 건넸다.

편지가 들어있었다. 아버지 글씨다. 군데군데 심하게 글씨가 흐트러져있긴 했지만 틀림없다.

안락사는 나 자신이 원한 것이다. 내 소원을 이루어주어 고맙다. 사와코가 훌륭한 의사가 되었기에 여한이 없다. 사와코는 절대로, 절대로 자신을 비난하지 말길.

사와코의 성격을 잘 아는 아버지는 마지막까지 사와코를 걱정했다.

센카와 앞으로 남긴 편지에는 "사와코는 틀림없이 자신을 책망할 테니 부디 곁에서 지켜주길 바라네. 그 링거는 어디까지나 통증 완화가 목적이었네."라고 쓰여 있었다.

③ 전적으로 환자의 고통을 완화하기 위한 목적일 것
④ 본인의 진지한 의뢰·승낙이 있을 것

적극적 안락사를 허용하는 여섯 가지 요건 중, 중요한 조항인 두 개 항목을 증명하기 위해 아버지는 안락사가 자신의 의사임을 기록한 편지였다.

아버지는 자기 죽음에 임할 때조차 사와코에게 교훈을 제시해주었다. 전신의 힘이 빠져 사와코는 아버지의 가슴 위로 쓰러졌다. 신기하게 눈물은 흐르지 않았다.

머릿속이 윙윙 울렸다.

사이가와 강 속으로 빠져들어 가는 듯한 느낌 속에서 여태까지의 인생의 수많은 파편이 가슴 속을 스쳤다.

"네가 하고 싶은 대로 하면 돼. 자신을 믿으렴."

귓가에서 어머니의 음성도 들려오는 듯했다.

"아버지……."

자신의 미숙함은 자각하고 있었다. 아버지의 능력을 더 자신의 피와 살로 만들었어야 했다고 생각하며 움직임을 멈춘 아버지의 몸을 꽉 껴안았다. 아버지의 온기가 사라져버리기 전에…….

잠시 후 사와코는 조용히 아버지 곁에서 일어났다. 아버지와 자신을 지켜봐 준 센카와와 노로에게 깊숙이 고개를 숙였다.

"역시 저는 저 비디오를 가지고 경찰서에 가겠어요."

사와코는 주저함이 없었다.

자신이 한 행동이 죄가 될 것인가, 아닌가? 사와코는 답을 낼 수 없었다. 의사인 딸이 아버지에게 투여할 다량의 진정제를 조제하는 일련의 영상, 그리고 아버지가 남긴 서한과 문서는 전부 그대로 제삼자의 손에 위임할 결의를 굳혔다.

판단을 내리는 것은 경찰을 비롯한 사법부, 언론, 학회, 그리고 세상 사람들이다. 더 나아가 다양한 병으로 고통받는 수많은 환자와 매일 그 간병에 짓눌리는 가족들이 될까?

사와코 쪽에서 그것을 '누구'라고 규정짓고자 생각지도 않는다.

다만, 사와코가 각오할 수 있었던 것은 자신의 행위에 대해 세상에 질문을 던짐으로써 희망을 발견하는 사람들이 반드시 있을 것이라는 확신이었다.

"무슨 말이야. 죽이지도 않았는데. 애초에 그 처치는 자네 아버님의 의사였다고."

센카와가 지금까지 들어본 적 없는 큰 소리로 말했다. 노로는 뻐끔뻐끔 입을 열었다 닫았다 하고 있다.

"다행히 내게는 아직 시간이 있어요. 최종적인 판단이 내려지는 것을 어디에서든 기다릴 수 있어요. 만약 허락된다면 그 후에 또다시, 환자들 편에 서서 백의를 입을 수 있다면……."

사와코는 다시 한번 두 사람에게 고개를 숙였다. 그리고 스마트폰으로 110번(우리나라의 범죄 신고 전화인 112와 유사함)을 눌렀다.

〈끝〉

본서를 집필하는 데 도움을 주신 아키야마 히사나오 선생님, 가바타 도시후미 선생님, 마에다 데쓰오 선생님, 야나가와 하야토 선생님, 야마토 다로 선생님, 유즈키 마사시 선생님께 이 자리를 빌려 감사의 말씀 올립니다.

[참고 문헌]
『재미있는 가나자와학』 2003년, 홋코쿠 신문사
『인어공주』 한스 크리스티안 안데르센 저, 오쓰카 유조 편역, 2003년, 후쿠인칸쇼텐
'하카' 인용 출처 : 웹사이트 '세계의 민요 · 동요' (http://www,worldfolksong.com)

옮긴이의 말

악인은 단 한 명도 나오지 않는 이 착한 소설에서 던져주는 화두는 결코 가볍지 않습니다. 인생의 마지막을 어떻게 살 것인가? 어디에서 죽을 것인가? 생명의 자기 결정권은 인정되어야 할까? 사랑하는 사람을 어떻게 보내야 할까? 그렇다고 숨 막히게 무겁고 심각하지만은 않습니다. 문학이 사회문제에 접근하는 다정한 방식을 보여줍니다. 이야기에는 힘이 있습니다. 이야기에는 따뜻한 피와 살이 있는 인물들이 살아 숨쉬고 그들을 통해 뉴스에 나오는 무기질의 이슈가 아닌, 인생 속에서 너와 나, 우리가 당면한 갈등과 고민을 간접 체험하고 공감할 수 있습니다.

우리나라에서도 전후 베이비붐 세대가 대거 은퇴하고 노년 생활에 접어들며 인생의 마지막을 어떻게 살다가 어떻게 죽어야 할지가 사회적 화두가 되고 있는 것 같습니다. 2000년대 초, 웰빙 열풍이 불었는데, 이제는 웰다잉, 즉 인간으로서

존엄과 품위를 지키며 삶을 마감하는 것의 중요성이 나날이 높아지는 것 같습니다. 이 책에는 가난한 고령 여성, 전도유망한 청년 창업가, 중년의 고위급 관료, 열 살도 채 되지 않은 어린 소녀, 의사인 딸에게 적극적 안락사를 요청하는 의사 아버지 등 치명적인 질병/상해, 그리고 죽음을 마주한 다양한 연령, 계층의 사람들의 이야기가 나옵니다. 그리고 이들 바로 곁에서 순수한 선의와 열정으로 이들의 삶을 지탱하고자 하는 의료인들이 나옵니다. 이 의료인들 역시 가정에서는 문제와 아픔을 간직한 한 명 한 명의 생활인입니다.

고군분투하는 마호로바 클리닉의 매력적인 의료진과 함께 울고 웃다 보면 어느새 책의 마지막에 도달하게 되고 묵직한 질문이 가슴 깊은 곳에 남습니다. 안락사를 허용해야 할까? 병원이나 요양시설이 아닌 정든 집에서 죽는다는 선택지도 가능할까? 이 책은 답을 제시하지 않고 질문을 제시합니다.

그리고 그 질문은 답하기가 녹록지 않습니다. 윤리적 이슈, 정책적 의도, 의료 제도의 방향성, 젠더 이슈까지 고려해야 할 사항이 한둘이 아닙니다. 하지만 적어도 이런 삶과 죽음도 있을 수 있다는 가능성을 보여줍니다.

저자는 이 책의 주인공 사와코처럼 현역 의사입니다. "보호를 바라는 연약한 존재들을 위해 스스로 그늘을 만들며 서 있는 모습. 그게 의료인이라네."라는 마호로바 클리닉 원장 센카와의 대사 속에서 저자의 따뜻한 시선을 느낄 수 있습니다. 최근 일본 내 일간지에 몇 차례에 걸쳐 저자 인터뷰가 실렸습니다. 이 책을 기획/번역한 것을 아는 지인이 사진으로 찍어 보내주어 읽어보았는데 저자는 두 자녀의 엄마로 자녀들을 돌보고 의사로 환자들을 진료하면서 출퇴근 전차 안에서 집필까지 하는 대단한 열정의 소유자였습니다. 진심과 선의가 느껴지는 의료인에 관한 이야기를 쓰는 작가로 데뷔작부터 지켜봐 왔습니다.

메멘토 모리(Memento mori). '죽음을 기억하라'라는 의미의 라틴어입니다. 죽음을 생각할 때 비로소 진정한 삶을 살 수 있다는 역설적 진리를 보여주는 것 같습니다. 이 책 속에서 좋은 삶의 힌트를 얻으셔도 좋고, 순수한 이야기의 감동으로 울고 웃으셔도 좋겠다고 생각합니다. 책이 선사하는 기쁨이 전해지길 바랍니다.

2022년 초겨울에,

최현영

생명의 정거장

1판 1쇄 발행 2022년 12월 10일

지은이 미나미 교코
옮긴이 최현영

표지 그림·디자인 김선미
내지 디자인 남서우
제작 금비피앤피 곽민주
경영지원 김미애

펴낸이 이동훈
펴낸곳 도서출판 직선과곡선
출판등록 2016년 9월 28일 제2016-000280호
주소 [06153] 서울특별시 강남구 봉은사로 418, 5층
전화 02) 555-8105 **팩스** 02) 564-0757
홈페이지 snc-p.com **이메일** snc-p@naver.com

ISBN 979-11-90187-34-3 03830